FRESH FRIED CHINA CAT

Neues aus dem unmöglichen
Nobelresaturant

von Lars Voss
Ein fiktionaler Roman
...hoffentlich

erschienen bei "We bite Aliens"

INHALT

PERSONEN

(ODER DIE LISTE DER VERDÄCHTIGEN IN DIESEM BAND)

Kool ist der beste Freund von Lars Voss. Leider hat er bei der Geburt keinen Vornamen abbekommen. Der Grund liegt darin, dass alle anwesenden Damen sofort damit anfingen, ihn zu herzen und „Ist der aber süß!“ zu jubeln. Dieses Anhimmeln hat sich bis heute gehalten, sodass Kool fast keine Nacht ungeküsst zu Bett geht. Außerdem ist Kool ein unglaublich schlechter Koch sowie Mitbesitzer und Koch in der “Fresh Fried China Cat“, dem weltweit einzigen Restaurant mit 7 Sternen im Guide Michelin. Kool hat mit seinem Freund Lars Voss in jungen Jahren bereits Banken überfallen sowie Wegelagerei, Strandraub und Zigarettenautomatendiebstahl begangen. Zudem wurde Kool eine Viertelstunde vor Voss im selben Krankenhaus geboren.

Lars Voss ist der beste Freund von Kool. Er geht immer ungeküsst zu Bett. Er schreibt mehr oder weniger korrekt auf, was Kool und er an Abenteuern erleben. Lars führt einen längeren nichtadligen Familienstammbaum und beruft sich auf die Erwähnung seiner Vorfahren bei Tacitus. Vermutlich ist das nur Spinnerei, denn tatsächlich zurückverfolgen lässt sich der Stammbaum nur etwa bis ins 12. Jahrhundert. Außerdem prahlt Voss stets damit, dass nach seiner Geburt das Büsumer Krankenhaus geschlossen wurde, denn außer Hausgeburten ist kein Eintrag im entsprechenden Register zu finden: „Sie wussten, nach mir kann nichts besseres mehr kommen, darum wurde es geschlossen.“

Onkel Wu, gebürtiger Chinese, ist wiederum der beste Freund der beiden Vorgenannten. Er ist Professor für Atomphysik und wird von 5 Geheimdiensten gesucht. Er ist ein außerordentlich erfinderischer Koch und Drittelteilhaber der China Cat.

Wachtmeister Hansen und Schulze sind die zwei erfolglosesten Sheriffs Norddeutschlands. Sie versuchen vergeblich Kool und Voss in den Knast zu bekommen.

Ochja aus der Nation der Hopi, eigentlich im Grand Canyon zuhause, besucht Momme Kuckschief. Ochja heißt mit vollem Namen:

Ochon tech Na Od Tieschi Tepuan Dakanahatte Towa Och Ja.

Momme Kuckschief, Bauer aus Dithmarschen und kreativer Schnapsbrenner, kann in zwei Wochen 90 Jahren alten Whisky herstellen - oder Rum, Cognac, Grappa; je nachdem, was gerade benötigt wird. Diverse Sommeliers, Verkoster und Konsumenten schwören auf die Produkte aus dem Flaschentresor in der China Cat.

Außerdem sammelt Momme Briefmarken.

Andi und die Tigerlady. Ein Ehepaar mit gefährlichem Broterwerb. Beide sind Tigerdompteure. Von Zeit zu Zeit sind sie mit einem oder zwei Revolvern bewaffnet.

Der hochverehrte Ministerpräsident unseres geliebten Landes ist, wie so viele Politiker, äußerst wandelbar. Er wechselt im Laufe der Legislaturperioden seine Figur, sein Aussehen, seinen Namen und sein Geschlecht. Er wohnt stets im selben Hochhaus wie Kool und Voss. Aber, wie es sich gehört, ein Geschoss tiefer, unter dem Penthouse unserer beiden Dithmarscher Helden.

Mkele. Botschafter aus Namibia. Studierte mit einem Stipendium der Queen (des Britischen Empire) Jura am Trinity College in Cambridge. Trotz seiner eleganten Manieren ist er sich nicht zu fein, ab und zu mit Kool und Voss ein kaltes Bier aus der Flasche zu trinken.

Der Päpstliche Nuntius. Ein sehr kluger und trotz seiner relativ jungen Jahre würdiger Mann, der die Belange des Vatikans in Deutschland vertritt. Der Nuntius ist so etwas wie ein ständiger Gesandter. Manchmal bringt er auch seinen kleinen, steinalten Kumpel mit, dessen Name beim Vorstellen unverständlich genuschelt wird. Der Kumpel trägt auch so eine lange komische Kutte wie der Nuntius, hat aber einen riesigen Schnurrbart wie Sancho Pansa und trägt immer rote Slipper. Wenn man dem Kumpel vorgestellt wird, schiebt er den rechten Schuh unter der Kutte raus und hält die Hand zum Handkuss hin...

Beide, der Nuntius und der mit dem Bart, lachen gern. Interessanterweise hat der Alte mit dem Bart einen bayerischen Dialekt.

Und der Bart ist falsch.

Der neutrale Beobachter schreibt seine Beobachtungen in Kursiv. Stets tritt er nur im Hintergrund in Erscheinung. Er kann Aufschluss geben über Dinge, die sich der Beobachtung von Kool und Voss verborgen bleiben.

Privat ist der NB ein Arschloch.

Hausmeister. Der gefährlichste Mann für Kool und Voss. Denn er kann die beiden ins Gefängnis bringen. Vor Autoritäten, echten oder eingebildeten, reagiert er unterwürfig.

Diverse Diplomatinnen und Diplomaten aus den unterschiedlichsten Ländern der Welt. Diese werden teilweise als Gäste in der China Cat empfangen, teilweise dürfen sie mit in die bescheidene 600 qm Penthouse- Wohnung.

Sowie etliche weitere wichtige Menschen, deren Aufzählung aber zu weit führt.

Dithmarschen: Einer der ältesten Landkreise Deutschlands. Komplett von Wasser umschlossen, durch Elbe, Eider, Kanal und Nordsee. Recht merkwürdige Bewohner. Zu finden ist Dithmarschen, wenn man in Schleswig-Holstein an der Westküste sucht. Also ganz oben in Deutschland.

PROLOG

Mein bester Freund Kool und ich sind geborene Dithmarscher. Wir lebten bis zu der schrecklichen und unaufhörlichen Verfolgung durch Wachtmeister Hansen und Schulze auch dort an der Westküste Schleswig-Holsteins.
Diese beiden hatten sich geschworen, Kool und mich in den Knast zu bringen. Dabei waren wir durchweg unschuldig.

Oder ist Bankraub, Wegelagerei und Zigarettenautomatendiebstahl jetzt etwa nicht mehr erlaubt? Anstatt diese Frage tiefschürfend, endgültig und in allen Einzelheiten abzuklären, flohen Kool und ich inkognito vor der Staatsmacht nach Kiel, eröffneten ein Tierbestattungsinstitut und wurden reich.

Dann wurden wir ganz schuldlos wieder arm, auf den Bahamas im Spielkasino. Völlig abgebrannt kamen wir wieder nach Deutschland, doch diesmal machten wir es besser: Nach einigen Wirrungen, durch unseren zeitweilig erheblichen Geldmangel bedingt, kauften wir ein chinesisches Restaurant und schafften es in kürzester Zeit, 7 von 6 möglichen Guide Michelin Sternen zu bekommen. Uns blieb vor Arbeit fast die Luft weg. Selbst hochrangige Diplomaten aus aller Herren Länder fanden den Weg in unser Restaurant. Unter anderem auch der Botschafter des schönen Landes Namibia, dem der besoffene Kool „bei seinem Leben“ etwas ganz Besonderes versprochen hatte:

Ein riesiges Fest für alle Botschaftsangehörigen, deren Freunde sowie alle geladenen Gäste der Namibianer. Dazu alle Vetreter der Neueinwohner, um alle alten und neuen Streit-

punkte der nicht ganz freiwilligen Kolonisation vor 140 Jahren zu beseitigen. Die Hauptattraktion, so hatte Kool versprochen, war ein ganz besonderes Fleisch, das von den Namibianern (alt und neu) angeblich nur an besonders hohen Festtagen gegessen wird. Das sowohl die Alt- als auch die Neueinwohner das Fleisch entsetzt ablehnen würden, ahnten wir nicht.

Nur mussten wir das Fleisch aus dem Zollverschluss abholen. Denn der mit dem Transport dieses Fleisches betraute Kurier der Botschaft hatte das Paket einfach beim Zoll in Frankfurt stehen lassen und war geflohen. Man hatte bei der Abreise vergessen, dieses Paket als diplomatische Sendung zu deklarieren. Da der Inhalt des Paketes unzweifelhaft nicht in die EU eingeführt werden durfte...

Weil es ja um unser Leben ging, widerstrebte uns die Reise nach Frankfurt nicht. Zumal uns unser Teilhaber Onkel Wu unser Fahrzeug, den alten Opel- Diplomaten, schön getunt hatte.

Der Opel „Diplomat", der vor vielen Jahren auf krummen Wegen in den Besitz von Kools Vater gelangte. Dadurch, dass der Diplo in unserem schönen Kiel direkt vor dem Hause der Staatskanzlei gestohlen wurde. Die Papiere, die Kools Vater in einer Aktentasche auf dem Rücksitz fand, bildeten den Grundstein für den legendären, fast unermesslichen Reichtum der Familie Kool.

Kools Vater war immerhin schlau genug, sowohl die Regierung als auch die politische Opposition gegeneinander auszuspielen.

Das Auto war in den späteren Jahren in Kools und meine Hände übergegangen und unser "Streitwagen", wie wir ihn nannten. Der Diplomat hatte einen V6-Motor und war mit Hilfe von Onkel Wus physikalischen und chemischen Kenntnissen zu einem wahren Wunderauto geworden. Er konnte zwar nicht tauchen und fliegen wie das großartige Auto des britischen Geheimdienstes. Aber er konnte sehr schnell fahren und hatte ein

Fass Bier mittig auf dem Rücksitz angeschnallt.

So dass man sich während der Fahrt sogar erfrischen, stärken und laben konnte.

Onkel Wu war auch so eine Marke Mensch, die uns kurz nach der Eröffnung der China Cat zulief: Wu hatte als chinesischer Atomphysiker irgendetwas entdeckt und sollte eine komische Auszeichnung dafür bekommen. Während der Preisverleihung in Oslo täuschte er ein menschliches Bedürfnis vor, kroch aus dem Klofenster des Schlosses und trampte mit der Fähre von Oslo Richtung Kiel. Diese Reise machte er als Abwäscher mehrere dutzend Male, da die Bezahlung an Bord ein Vielfaches dessen betrug, als er damals im realen Sozialismus bekam.

Außerdem war er zum Schluss der Reise immer betrunken, weil er die halbleeren Gläser der Gäste vor dem Abwaschen aussoff.

Eines Tages sprang er dann doch von Bord und hatte seine Aufpasser und Verfolger gründlich abgehängt. Wiederum ein menschliches Bedürfnis, der schlimme Hunger nach echtem chinesischen Essen, trieb ihn in die „Fresh Fried China Cat“. Kool und ich besaßen diese seit ein paar Tagen und betrieben sie mehr schlecht als recht.

Als sich Wu lautstark und unter dem Beifall der anderen Gäste über das Essen beschwerte, lockten wir ihn mit freundlichen Worten und im Schwitzkasten in die Küche, wo er an den Herd gekettet wurde. Hier sollte Wu die nächsten Jahre als Küchensklave knechten, hatten wir uns so gedacht.

Eine Viertelstunde später war Wu von uns quasi adoptiert.

Oder wir von ihm.

Und er war plötzlich Dritteltteilhaber unseres Nobelrestaurants. Da Wu von der Zubereitung schmackhaften Essens aus den schrecklichsten Zutaten sehr viel mehr als wir wusste, begann unser Restaurant zu brummen. Immerhin hatte Wu während der Kulturrevolution unter grausamsten Entbehrungen überlebt. Was dann später der Grund für seine Flucht von der Preisverleihung aus Oslo war.

Inzwischen suchten circa 5 Geheimdienste nach Wu, aber wir konnten die diversen Infiltrationsversuche abwehren. Es weigerte sich zum Beispiel die komplette Deutschlandsektion des CIA und die NAVI SEAL Teams 6 und 9, noch einmal unseren Laden zu betreten.

Selbst wenn man sie wegen Feigheit erschießen wollte.

Immerhin hatten wir als besonders grausame Abwehrmethode das Eiergrog- Boarding erfunden.

Als den moralischen Gegenentwurf zum Waterboarding in Guantanamo.

Bei dieser speziellen Verhörmethode wird man gezwungen, selbst angerührten Eiergrog nach dem alten Familienrezept meiner Ur- Großmutter (mindestens hälftig Rum, mindestens 54% Alc) mit einem einzigen Kopfschwung nach hinten auszutrinken. Man muss unter Androhung eines weiteren Eiergrogs den Kopf so lange im Nacken lassen, bis das Glas leer ist...

Selbst wenn die Augen aus dem Kopf quellen wollen.

Wer die cremige Konsistenz von Eiergrog kennt, weiß unter welchen Hals- und Kopfschmerzen die Agenten nach Hause wankten.

Seitdem gilt unser Restaurant als eine Art Schleswig-Holsteinisches „AREA 51“, das von allen Geheimdiensten belauert wird und bei Todesstrafe nicht betreten werden darf.

Omas Eiergrog wird seitdem als stärkste subnukleare Waffe im Verzeichnis der verbotenen Kriegswaffen geführt - und dort in der Kategorie fieser und tückischer Landminen.

◆ ◆ ◆

Da uns die Ordnungshüter der besseren Kategorien nicht mehr belästigten, konnten wir uns dem Aufbau unseres heimlichen

Imperiums widmen. Durch Wus phänomenale Kochkünste und mein Marketing rannten uns die hungrigen Kunden die Bude ein. Das Hindenburgufer mit den meisten, na, den wichtigsten Ministerien jedenfalls lag in der Nähe. Mit unserer kreativen Herstellung von steuerlich absetzbaren Bewirtungsbelegen waren wir bald gut Freund mit allen möglichen wichtigen und unwichtigen Leuten im Parlament. Ganze Stabsabteilungen der Landesregierung und Opposition bezogen einen erheblichen Nebenverdienst über diese - hm, ich sag mal malerischen - Spesenabrechnungen, die wir lieferten.

So begrüßten wir an manchen Tagen die Regierung und die Opposition in unserem Gastraum. Durch Momme Kuckschiefs garantiert Neunzigjährigen Whisky gefügig gemacht, lagen sich Regierungschef und Oppositionsführer bald besoffen im Arm und versicherten sich gegenseitige ihre Liebe, ihre Hochachtung und immerwährende Freundschaft. Am nächsten Morgen wollten sie nichts mehr davon wissen.

Ja, der liebe Onkel Momme: Er war dem Beruf unserer gemeinsamen Vorfahren treu und betrieb einen Bauernhof mit Milchwirtschaft in der Nähe Büsums in Dithmarschen. Nebenbei hatte Momme auch die ehrwürdige Schnapsdestille seines Ururgroßvaters sorgfältig gepflegt und mit den alten Rezepten der Familie alle denkbaren Sorten Schnaps illegal hergestellt.

Ob nun Cognac, Vorkriegsware, also vor 1870/71, gewünscht wurde. Oder eben Neunzigjähriger Whisky, Churchills Finest Selected; Momme braute das Zeug innerhalb von vierzehn Tagen zurecht. Außerdem hatte er durch seine weltweiten Handelskontakte Freunde auf der ganzen Welt.

Als Wachtmeister Hansen und Schulze in jungen Jahren unsere Spur noch im heimatlichen Dithmarschen aufnahmen, verwirrten wir die beiden mit Postkarten, die wir angeblich aus allen Herren Länder an Momme schickten.

Diese hatte Momme natürlich von uns vorschreiben lassen, dann mit einem blickdichten Briefumschlag und entsprechenden Instruktionen an seine weltweiten Briefmarkensammlerkumpels verschickt. Die Kumpels schickten die Karten dann mit ordentlichen Briefmarken ihrer Heimatländer zurück. Vor allem mit tollen Stempeln der Postbehörden, was einige der Briefe sicherlich sehr wertvoll machte. Die Krönung war der Luftpostbrief aus der Hindenburg, der Original-Stempel der Hindenburg überstempelt mit "Delivered by the US Postal Office Lakehurst". Das war zwar völlig unmöglich, aber Hansen und Schulz konnten damit ein halbes Jahr in den USA auf Behördenkosten Urlaub machen. Bei vollen Bezügen. Wenn ich es recht betrachte: ganz so dämlich waren die beiden dann doch nicht.

Bis das gastgebende Land von Hansens und Schulzes Trotteligkeit die Schnauze voll hatte. Die beiden wurden regelmäßig mit der Bitte an die jeweilige konsularische Vertretung der Bundesrepublik, diese beiden nie wieder zu schicken, nach Hause gejagt.

Wir blieben auch dank unserer Tarnung mit den chinesischen Zopfperücken und den Seidenklamotten unbehelligt und konnten trotz eines erheblichen Kerbholzes dem Aufbau unseres ersten nicht strafbaren Broterwerbs nachgehen.

Allerdings war bei unserer Mission, bei der wir dieses besondere Fleisch aus Frankfurt holen mussten, das Auto in Frankfurt verreckt und eines sehr ehrenhaften und würdigen Autotodes gestorben.

Als Ausgleich dazu hatten wir Wachtmeister Hansen und Schulze den VW-Bus weggenommen. Dieser wurde kurzerhand mit Spraydosen neu lackiert. Wir tarnten uns selbst mit Frauenklamotten und waren über Schleichwege von Frankfurt nach Kiel zurückgekehrt.

Mit Hansen und Schulze verhält es sich so, dass sich Hansen auf die Fahne geschrieben hat, uns dingfest zu machen, und dabei sogar jede Beförderung ausschlägt, die man ihm als

Gnadenakt zukommen lassen will. Denn er gilt als der erfolgloseste Polizist aller Zeiten. Da er außerdem noch das seltene Talent hat, jedes Auto, das er bewegt, zu zerstören, werden ihm nur die ältesten Exemplare des Wagenparks überantwortet. Bei der Verfolgungsjagd bis Frankfurt fuhr Hansen einen alten VW-Bus noch mit geteilter Front- und Heckscheibe, also ein Auto, das quasi direkt nach dem Krieg bei der Polizei seinen Dienst aufgenommen hatte.

Man sieht also auch, dass Wachtmeister Hansen und Schulze nicht immer allein schuld daran waren, dass ihre Autos zerdeppert wurden.

Zur Person Schulzes ist nichts weiter zu sagen, da dieser noch keinen produktiven Beitrag zu irgendetwas geleistet hat.

Ende des Prologs

Der neutrale Beobachter:

Es war mittags halb zwei, als ein erstaunliches Gefährt die Straßen der schönen Landeshauptstadt Kiel im Wortsinne unsicher machte: Zuerst erschreckte ein asthmatisches pfeifendes Motorgeräusch die Anwohner und ihre Haustiere. Auch die Krähen flatterten erschreckt, wenn das Fahrzeug um die Ecken bog. An den Ampeln sah man mitleidige, abschätzende und verächtliche Blicke der benachbarten Autofahrer. Immerhin war das Fahrzeug in allen möglichen Farben erst kürzlich besprüht worden - es stank noch ein wenig nach den Lösemitteln. Auf dem Dach hatte es zwei prächtige runde Kuppeln, die Hautfarben vom Dach leuchteten.

Jeder anständige Hippie wäre angesichts dieser Urkatastrophe eines scheußlichen Vehikels vor Scham im Boden versunken.

Hätten Adam und Eva nicht die Früchte des falschen Baumes gefressen, dies Fahrzeug wäre... aber das führt nun zu weit.

Außerdem waren die beiden Insassen deutlich als breitschultrige Männer zu erkennen, trugen aber äußerst freizügige Damenbekleidung und Dreitagebärte. Das alte Make-Up rieselte den beiden flockenweise aus dem Gesicht.

Interessanterweise bog die Urausgabe eines VW Bullis mit geteilter Front- und Heckscheibe in die Tiefgarageneinfahrt des luxuriösesten Hochhauses an der Kieler Förde.

Widerwillig, doch letztendlich gehorsam und mit hochgezogenen Augenbrauen öffnete sich die sichtlich angeekelte Schranke. Man war in diesem Haus besseres gewohnt. Das färbte nicht nur auf die Bediensteten, sondern auch auf das ganze Gemäuer samt Inventar ab.

Aufheulend und hustend knurrte sich der Uraltbulli die Abfahrt herunter.

Dann gab es ein schmetterndes und klirrendes Geräusch, das die beiden Insassen erschreckte.

1. KAUM ZUHAUSE, SCHON FAST ERWISCHT

Denn als wir auf dem Heimweg immer noch in Frauenklamotten, Stringtangas in der Poritze, viel zu viel Lippenstift und Make-Up im unrasierten Gesicht in die Garage einfuhren, krachte es fürchterlich über unseren Köpfen.
Da lagen die beiden ehemals blauen Hörner, die Kool doch mit so viel Liebe und hautfarbenem Lackspray zu zwei riesigen weiblichen Brüsten neu lackiert hatte. Um vom Gebrechen dieses armen Fahrzeugs, in Wirklichkeit ein Polizeifahrzeug zu sein, abzulenken.

Unklugerweise blieben wir nicht sofort stehen, um den Schaden zu beseitigen: die verräterischen blauen Glassplitter. Wir hatten das Blaulicht der Polizei natürlich nur von außen eingefärbt, nein, wir Idioten mussten natürlich zuerst auf unseren angestammten Parkplatz fahren.

Und als wir immer noch im vollem kriegerischen Outfit mit rutschenden Strumpfbändern zur Einfahrt der Tiefgarage zurückstiefelten, an der uns ein Schild klar darauf hinwies, dass Autos mit einer Höhe von mehr als zwei Metern hier nicht durchpassten, stand dort schon unser bester Feind, der Hausmeister, und grinste bösartig:

„Hab ich dich am Arsch!", sagte er triumphierend zu mir. „Ich will mindestens 50.000 von der Beute abhaben."

„Welche Beute?", sagte ich, und guckte vermutlich recht dämlich. Dann fiel mir eine elegante Lösung ein, mit der ich Hausmeister ablenken konnte:

„Abgesehen davon: Darf ich dir meine neue Freundin vorstellen?“

„Du hast doch noch nie eine Freundin gehabt. Dein Kumpel Kool schon, der schleppt doch ständig irgendwelche Weiber ab. Wo steckt Kool überhaupt?“

Dabei blickte er nur mit einem Seitenblick Kool an, den er ganz offensichtlich überhaupt nicht erkannte. In meinem Hirn ratterte es. Jetzt konnte nur eine blitzartige Lösung helfen.

„Claudia, meine Liebe“, flötete ich zu Kool gewandt und hoffte, dass dieser Trottel schlau genug war, um mein kleines shakespeareskes Doppelspiel zu verstehen. Kool hielt wohlweislich das Maul und blickte mich nur dämlich an.

„Claudia, mein Schatz“, flötete ich wieder, „darf ich dir unseren wunderbaren Hausmeister vorstellen? Er sorgt dafür, dass hier in unserem Haus alles meisterhaft ist. Wenn du verstehst, was ich meine.“

Und zum Hausmeister sagte ich kurz, knapp und barsch:

„Also, Hausmeister, das da ist Claudia. Die kennst du aus dem Fernsehen von den politischen Sendungen. Gib ihr die Hand und mache einen Knicks.“

„Äh“, sagte der Hausmeister und zuckte sichtlich zusammen, „die Claudia ...?“

„Ja, genau die Claudia!“

„Aber Claudia, dieeee Claudia..., dieee,“ hier verbeugte er sich in Richtung Kools, der ungerührt in der Nase bohrte, „ist eine kleine fette Dralle. Und nicht groß und schlank! Und auch nicht breitschultrig!“

Hausmeister machte ein schlaues Gesicht dabei.

„Höhöhöhö“, sagte ich, „nun mal sachte. Sie wird im Fernsehen einfach immer nur unvorteilhaft dargestellt und immer nur in den Momenten, wo sie von Betroffenheit ganz geknickt ist.“

„Oh ja“, sagte der Hausmeister zögernd, „stimmt... Das ist ja natürlich klar. Und man soll im Fernsehen ja dann kleiner und dicker wirken. Und pummelig.“

„Ja, die Last der Welt ist schwer zu tragen,“ flötete Kool im Fistelsopran. Endlich funktionierte sein Gehirnkasten wieder.

Hausmeister zwinkerte noch ein zwei Mal, dann gab es einen Ruck, der durch den ganzen Mann ging, und Hausmeister ergriff Kools Hand und drückte ihm einen schmatzenden Handkuss auf den Handrücken. Offensichtlich hatte sein Gehirn die Täuschung geschluckt.

Und ungekaut verdaut.

„Wenn ich das so sagen darf: Ihr Parföng macht mich willenlos.“ Dabei dienerte und knickste er ununterbrochen.

„Dafür habe ich es ja“, flötete Kool und räusperte sich: „Würde es etwas ausmachen, den Müll da vorne in einen Plastiksack zu tun und mir zu überreichen? Ich möchte gern einen aktiven Beitrag für die Sauberkeit unseres Planeten leisten.“ Kool zeigte auf unsere Lampentrümmer.

„Nein, ganz und gar nicht“, sagte der Hausmeister devot. Den größten Teil von diesem Abfall hatte er sowieso schon auf seiner Schubkarre und schüttete den Kram jetzt in einen Abfallsack. Als Zugabe mit einigen Blättern und etwas Staub. Aber da wollten wir mal nicht so kleinlich sein.

„Danke schön. Es ist nämlich so: ich bin inkognito hier.“

Kool machte eine Kunstpause und blickte mit rollenden Augen und vorgerücktem Hals in die Ecken der Tiefgarage. „Es soll niemand wissen, dass ich hier war. Da dürfen natürlich keine Beweise hierbleiben. Auf keinen Fall sollen mich irgendwelche scheiss Paparazzis hier in flagranti mit meinem lieben Voss fotografieren.“

Dabei packt er mich von hinten am Hals und schüttelte mich.

Dann machte Kool mit der Rechten eine Faust, hielt sie dem Hausmeister unter die Nase und knurrte ihn mit seiner tiefen, männlichen Bruststimme an: „Und es dürfen eigentlich keine Zeugen bleiben."

Sollte ich jemals in wirkliche Geldnot kommen, würde ich Kool und seine überzeugende Stimme in Tonkonserven einfangen und an Apotheker verhökern.

Als Abführmittel.

Und damit Millionen machen.

Denn man konnte buchstäblich sehen, wie sich der Hausmeister vor innerlicher Rührung fast in die Hose schiss. Er blickte ängstlich auf Kool, der mich immer noch am Hals gepackt hielt. Vermutlich fühlte er sich in diesem Moment wie ein männlicher Gottesanbeter, kurz vor dem Ende des Aktes.

Kool sah ihn noch einmal scharf an und erlöste ihn dann aus seiner Not:

„Aber ich will mal nicht so sein, wenn du schweigen kannst!"

Zähneklappernd und mit plötzlichem Schweiß auf der Stirn sagte Hausmeister schnell: „Ja, natürlich ich schweige wie ein Grab!"

Hausmeister machte noch dreimal einen Bückling und zog sich langsam rückwärtsgehend zurück.

„Ich empfehlige mich", sagte er immer wieder und verschwand nach hinten in sein Hausmeisterbüro, um sich vor ähnlichen Zombieattacken in Zukunft besser zu wappnen.

In der Butze hatte der er meines Wissens sogar eine Toilette, deren Benutzung er sich jetzt sicher mit Inbrunst hingab...

Als er die Tür hinter sich schloss, hörte man einen tiefen erleichterten Seufzer und das Rattern eines Stuhles, den er über den Fußboden zog. Der wurde anschließend mit deutlich hörbarer Anstrengung als Barrikade hinter der Tür verklemmt.

Das Zähneklappern Hausmeisters aber hörten wir noch, als wir grinsend den Fahrstuhl zu unserem Penthouse betraten.

◆ ◆ ◆

Selbst der geliebte Ministerpräsident unseres wunderschönen Landes als unser Untermieter durfte nur mit dem Fahrstuhl für das gemeine Volk fahren. Unser persönlicher Fahrstuhl hatte nur in der Tiefgarage und in unserer Wohnung eine Tür, zu der auch nur wir einen Schlüssel haben. Wir hatten von den steuerlich geringen Einkünften unseres chinesischen Nobelrestaurants dieses komplette Hochhaus an der Kieler Förde über diverse Tarnfirmen erworben, was den verehrten Ministerpräsidenten zu unserem Untermieter machte.

Kaum war dieser eingezogen, hatten wir eines der legendären Feste in unserer Wohnung.

Zu der selbstverständlich auch Gott (vertreten durch den Päpstlichen Nuntius, den Botschafter des Vatikans in Deutschland) und die Welt (alle möglichen evangelischen und konfessionslosen) kamen. Am nächsten Tag wurde uns per Boten ein Brief aus der Staatskanzlei zugestellt, in dem sich der MP bitterlich über die scheußliche nächtliche Ruhestörung beschwerte.

Und außerdem bei uns, der Hausverwaltung, sofortige Maßnahmen einforderte.

Am nächsten Abend fand naturgemäß wieder ein Fest statt. Aus steuerlichen Gründen begann dieses wie immer in der China Cat. Im Laufe des Abends zogen wir dann in unsere Wohnung um. Das war in Diplomatenkreisen äußerst beliebt. Es wurde die besondere Intimität bewundert. Und die steuerliche Verwertbarkeit der Rechnungen mit der Umsatzsteuernummer der China Cat.

Der päpstliche Nuntius tauchte auch wieder auf. Er liebte die von Momme Kuckschief gelieferten dithmarscher Räucherfischplatten und schmauste mit großem Appetit. Angeblich wurde selbst beim Papst nicht so lecker gespeist. Was der kleine Kumpel mit dem Sancho Pansa Bart kauend und grinsend bestätigte. Außerdem war der Nuntius ein wirklich geistreicher Mann, den man gerne um sich haben konnte. Er konnte in sechs Sprachen problemlos die schwierigsten Sachverhalte klar machen. Sogar im Zustand kurz vor der völligen trunkenen Besinnungslosigkeit. Denn Mommes „Churchill's Finest Select Whisky" hatte es ihm angetan.

Da wir diesmal allen Ärger mit unserem geliebten Ministerpräsidenten des schönsten Bundeslandes der Welt vermeiden wollten, hatte ich eine besondere versöhnliche Geste eingeplant:

Onkel Wu bekam ein Seil umgebunden und dazu einen opulenten Blumenstrauß in die Hand. Die ganze Korona von Diplomaten war hellauf begeistert über diesen freundlichen Scherz und beteiligte sich eifrig daran, Onkel Wu über die Brüstung herabzulassen. Direkt unter unserer Terrasse befand sich die Terrasse des Ministerpräsidenten. Das Seil war stilvoll um die Füße gebunden, sodass er kopfüber den Ministerpräsidenten mit seiner Freundin beim abendlichen geruhsamen Fernsehen erschreckte.

Die Jungs vom SEK, die den MP eigentlich bewachen sollen, kannten uns und unsere manchmal etwas groben Scherze natürlich. Sonst wäre der Scherz für Wu vielleicht böse ausgegangen, trotz des hübschen Blumenstraußes, den er da so kopfüber bei sich führte.

Nachdem die Jungs vom SEK den schweinewütenden und zutiefst erschrockenen MP davon abgehalten hatten, unseren Wu einfach mit dem stumpfen Küchenmesser vom Seil zu schneiden, um ihn in die Tiefe fallen zu lassen, und die Freundin des MP sich wieder eingekriegt hatte, gelang es einer Abordnung von besonders diplomatischen SEK Beamten, den Ministerpräsidenten in unsere Wohnung zu locken.

Bei diesem Fest waren glücklicherweise einige sehr hochrangige ausländische Diplomaten anwesend, die der MP nicht kannte. Da im Verlaufe des Abends durch Momme Kuckschiefs leckere hochwertige Spirituosenauswahl die diplomatischen Gepflogenheiten etwas, naja, ich sag mal lockerer, wurden, änderten sich auch schlagartig die Gefühle des MP uns gegenüber.

Der amerikanische Botschafter, der unseren MP sonst auf diplomatischer Ebene nicht sonderlich wahrgenommen hätte, brachte einen besonderen Höhepunkt in unser Fest: Im Überschwang seiner beginnenden Alkoholvergiftung erzählte er sehr anschaulich von einer Kanutour in jugendlichen Jahren über die großen Seen in Nordamerika. Kurzerhand wurde der große lange Blumenkasten auf unserer Terrasse umgekippt, und da hinein setzten sich hinten der Botschafter, in die Mitte der päpstliche Nuntius und ganz vorne unser immer feister grinsender MP, um das Geschehen zu veranschaulichen. Auf dem Höhepunkt seiner Geschichte erzählte der Botschafter, wie er eine angriffslustige Bärin mit einem Paddel abgewehrt hatte. Mit der Plastikschaufel, die Wu zur Pflege des Blumenkastens nutzte, schlug er dem zunächst stehenden neugierigen Oppositionsführer zur Demonstration links und rechts an den Schädel, was dieser mit einem Seufzen und einer kleinen, erfrischenden Bewusstlosigkeit quittierte. Sehr zur besonderen Freude des Ministerpräsidenten, der seinen politischen Opponenten wegen dessen amtlich erwiesener Blödheit nüchtern nicht ausstehen konnte.

Seitdem waren wir „Persona Grata“ und konnten uns partymäßig fast alles erlauben.

Selbst der politische Opponent nahm uns die Verletzung nicht krumm, da ihm der Botschafter zum Trost und für die Heilung der Platzwunden einen original amerikanischen Henkelbecher mit dem Schriftzug „MAGA“ schenkte. Seitdem zeigte er diesen besonderen Kaffeebecher allen möglichen Leuten seiner Partei, den er wie ein Heiligtum in einer Vitrine aufbewahrt. Und für den er gemeinsam mit seinem guten Freund, dem amerikanischen Botschafter, mit einem angriffslustigen Grizzly gerungen hatte.

Danach schwadronierte er gewöhnlich über die Dummheit der amerikanischen Präsidenten.

Inzwischen war es so, dass wir von Zeit zu Zeit Anrufe von geheimnisvollen anonymen Telefonanschlüssen bekamen. Wispernde Stimmen, die in jedem Fall unerkannt bleiben wollten, baten uns inständig, doch die und die Person zu den nächsten Festen einzuladen.

Aber unter größter Geheimhaltung! Messerscharf schlossen wir aus dem heimlichen Getue, das die Anrufenden selbst inständig hofften, auf unsere Einladungsliste zu kommen.

Na, den Gefallen taten wir gerne.

Diese Feste gerieten immer mehr zum politischen Hauptbrunftplatz, sodass mehrere Steuerreformen und etliche internationale Staatsverträge in unserer bescheidenen Penthousewohnung besprochen und beschlossen wurden. Im Laufe der Jahre gewöhnten sich die Politiker so sehr an unseren „Salon", dass jemand, der nicht in unsere Wohnung kam, niemals größeren Einfluss in der Politik der Bundesrepublik bekam. Denn unser guter Ruf und unsere lustigen Einfälle kamen natürlich irgendwann den Berlinern zu Ohren. Daraufhin setzte die Bundesbahn Sonderzüge erster Klasse von Berlin nach Kiel ein - und der Bahnhof ist nur eine Steinwurfweite von unserem Hochhaus entfernt.

Wenn man die Steine aus dem obersten Stock unseres Hochhauses wirft.

Mit einem Katapult.

Trotz oder eben wegen der Ferne des Berliner Protokolls konnten sich hier, quasi auf dem extraterrestrischen Gebiet der Dithmarscher, Diplomaten zwanglos einem Gespräch hingeben. Andernorts wäre diese Zwanglosigkeit nicht möglich gewesen, ja, sie hätte sogar unter Umständen hochnotpeinliche Fragen anderer oder der eigenen Regierung nach sich gezogen.

Wie sehr Kool und ich diese Hunderte von Bekanntschaften

später noch dringend brauchen würden, ahnten wir nicht ansatzweise.

Unsere Strategie war vorderhand, dass wir ein möglichst großes Netz von zahlungskräftigen Kunden erst einmal zu Freunden machen, um dann die Budgets ihrer Bewirtungsetats mit der China Cat gründlich zu plündern.

Das Onkel Wu ganz offensichtlich Verbindungen in die höchsten Regierungskreise der Volksrepublik China hatte, war auch nicht schädlich. Von Zeit zu Zeit erschienen getarnte Chinesen aus der Volksrepublik mit lustigen falschen Bärten und Sonnenbrillen. Manchmal auch ungetarnte aus Taiwan, die sich Onkel Wu mit einer ebenso tiefen Ehrfurcht näherten.

Dies war überaus bemerkenswert.

Es ging weit über die Verehrung, die man dem Wissenschaftler Wu zollen konnte, hinaus. Ich ahnte, dass unser Onkelchen nicht nur einen Nobelpreis, sondern noch ein anderes Geheimnis mit sich herumtrug. Aber das behielt ich für mich, sagte artig dieses putzige „Niehau" zu den Chinesen und verhielt mich unter meiner chinesischen Zopfperücke lächelnd und zurückhaltend.

„Niehau", das sich so wie das Plattdeutsche „Nie haun!" (nicht schlagen) anhört, heißt auf Chinesisch „Guten Tag".

Außer dem „Niehau" sprach ich nur rudimentär Mandarin, und musste meine vorlaute Fresse in Gegenwart der Chinesen besser dichthalten.

Verzeiht mir diese kleine Geschichte am Rande - jetzt aber hatten wir einen Plastiksack voller Blaulichttrümmer.

Außerdem ein mannsgroßes Paket, aus dem Fleischsaft tropfte, im gestohlenen Polizeiwagen. Dazu in den nächsten Tagen ein gewaltiges Fest für die namibische Diplomatische Vertretung zu organisieren.

Und wir mussten aufpassen, dass Hansen und Schulze uns nicht erwischten. Denn dass Hausmeister uns verraten würde, war lediglich eine Frage des Zeitpunktes.

Hausmeister war so übel drauf, dass er uns ohne weiteres bei Hansen und Schulze anschwärzen würde.

Auch wenn er zur Belohnung nur einen halbaufgeleckten Lolli bekam.

Vielleicht auch nur für einen abgekauten Lollistiel.

Immerhin hatten wir uns diesen Hass des Hausmeisters zum Teil selbst zuzuschreiben, denn Kool hatte vor Jahren die Tiefgarage teilweise in Trümmer gelegt. Und Hausmeister mit der Beseitigung derselben im Stich gelassen. Kool hatte die absurde Idee, aus einem Rohr im Autoboden kleine Bomben abzuwerfen, falls Hansen und Schulze uns mit einem schnellen Auto verfolgten. An diesen Bomben war eine Antenne als Auslöser angebracht, und sah ansonsten wie ein großer Eishockeypuck aus. Um die Dinger zu testen, schoss Kool sie mit einem Eishockeyschläger in der Tiefgarage unter die Nobelkarossen unserer Mitbewohner. Die Bomben funktionierten.

Leider.

Hausmeister musste tagelang fegen und putzen. Was er uns nie richtig verziehen hat.

◆ ◆ ◆

Kool und ich entsorgten erstmal unsere stinkenden Damenklamotten im Plastiksack bei den Blaulichttrümmern und duschten anschließend.

Jaa, werden eingefleischte Fans jetzt fragen, Kool duscht? Jawohl, so ist es. Wie das kam, ist noch eine andere Geschichte, die ich anderswo erzählen werde. Aber er duschte und benutze Seife und Rasierzeug halbwegs verletzungsfrei. Auf jeden Fall roch er angenehm, wenn er aus seinem Bad kam und hatte nasse Haare.

Ich hütete mich, diesen neuen Aggregatzustand Kools zu kommentieren.

Der neutrale Beobachter:

Neben fest, flüssig, gasförmig und Plasma, gilt ein geduschter Kool als neuer, unerwarteter Zustand der Materie. Es gibt doch noch mehr als uns unsere Schulweisheit glauben macht.

„Was denkst du, Kool, wie viel Vorsprung haben wir vor Hansen und Schulze?“

„Die müssen erst mal die Trümmer vom Diplomaten wegräumen und erkennungsdienstlich behandeln. Dann müssen die beiden bestimmt noch irgendwelche Protokolle unterschreiben. Wir haben einen Tag länger von Frankfurt hierher gebraucht als eingeplant. Ich schätze mal, die Frankfurter Kollegen von Hansen und Schulze sind ein bisschen schlauer. Spätestens morgen Abend sind die Beiden mit der Eisenbahn zurück. Morgen früh mit dem Nachtzug, wenn wir Pech haben.“

„Also genau dann, wenn wir das Fest mit der namibischen Botschaft anfangen.“

„Richtig. Aber dann haben die beiden sicherlich erst noch einmal Freizeiten zu nehmen und Verlustmeldungen zu schreiben. Ich glaube nicht, dass sie vor Montag auftauchen, vielleicht auch erst Dienstag. Vorher sind die nicht wieder auf der Straße. Wir müssen also zusehen, dass wir das geklaute Polizeiauto möglichst bald wieder verschwinden lassen. Wenn uns Hansen damit erwischt, hat er uns, und dieses Mal gründlich.“

Kool und ich beschlossen, das Fest in gebührendem Ernst und Eifer über die Bühne zu bringen und dann erst über alles weitere zu beratschlagen. Die behördlichen Notwendigkeiten, genannt Amtsschimmel, würden unsere Erzfeinde vermutlich noch eine Zeit lang in Schach halten. Dann aber würden sie mit neuem Mut und neuer Tatkraft uns wieder auf die Hörner nehmen wollen. Vor deren nächstem Schachzug war ohnehin nichts zu machen.

Da half ja alles Gedankenmachen nix. So machten wir stumpf

weiter. Rein in den Fahrstuhl, runter in den Keller, den Sack mit den Beweismitteln und Laubresten auf den Rücksitz und los gings. Mit herzerweichendem Röcheln sprang der Bulli an, und wir karriolten zur China Cat.

Kool parkte vor dem Restaurant auf dem Parkstreifen, auf dem unser ukrainischer Freund sich manchmal einen kleinen Nebenverdienst verschaffte.

„Warum verstecken wir die Karre nicht, Kool?"

„Wozu?" fragte Kool zurück, „Die Karre ist doch für Hansen und Schulz nicht mehr, als ihre alte Karre zu erkennen."

Jetzt war ich etwas begriffsstutzig.

„HÄ?"

„Die Blaulichter sind ab und die Karre ist umlackiert. Keiner der Kollegen von Hansen und Schulze kennt die Karre überhaupt noch, die ist zu alt. Die hat doch in irgendeiner Behördengarage rumgegammelt, bis sie den Beiden untergejubelt wurde. Und das einzige, an denen Hansen und Schulz ihre Karre erkennen...!"

„Sind die Blaulichter!"

Kool hatte recht. Unsere beiden Lieblingspolizisten hatten vor Jahren mal einem riesigen Skandal ausgelöst, weil sie einen Polizeiwagen nicht erkannten. Sie hatten auf Streife in irgendeinem Stadtbezirk zwei Männer in schwarzen Lederjacken in einem unauffälligen Auto entdeckt. Und messerscharf geschlussfolgert, dass es sich um Kollegen der Zivilfahndung handeln musste, die eine verdeckte Observierung durchführten.

Hilfsbereit brachten sie den beiden „Kollegen" Kaffee und Brötchen. Schulz, dieser Oberdepp, überreichte den Kollegen noch dienstliche Visitenkarten. Damit das spätere Dankeschön auch an der richtigen Stelle ankam.

Zwei Stunden später wurden Hansen und Schulz von anderen Kollegen verhaftet. Unter dem Verdacht der Beteiligung an

Geldwäsche und des Drogenhandels. Diese Kollegen waren erstaunt, dass zwei Streifenpolizisten trotz der Anweisung, sich weit entfernt von dem Ort zu halten, dort herumstrolchten, und das echte zivile Polizeiauto nicht erkannt hatten, das zehn geparkte Autos weiter entfernt stand.

Die Beiden mit den Lederjacken im unauffälligen Auto wurden bei Ihrer Verhaftung natürlich durchsucht und die Visitenkarten gefunden. Bevor die Polizei den Fall still und heimlich beerdigen konnte, kriegte einer der findigen Gerichtsjournalisten der Kieler Nachrichten das mit.

Es gab einen bundesweiten Aufschrei im Blätterwald.

„Polizisten bringen Gangstern Kaffee und Brötchen beim Dealen!" und was der Behauptungen noch mehr waren. Seitdem erkannten die Beiden Polizeifahrzeuge nur noch am Blaulicht. Schon aus Selbstschutz.

◆ ◆ ◆

2. DAS FEST UND SEIN ENDE

Das Restaurant in Trümmern - Im Flaschenkeller - Hansen hat Kool gefangen - Eine Überraschung für den Ministerpräsidenten.

Kaum dass Kool und ich Wu im groben Rahmen unsere Abenteuer berichteten, stand auch schon der namibische Botschafter mit samt seiner Korona aus Sekretären und Leibwächtern mitten in unserem Restaurant.
„Ah, Kool-ming und Voss-ling“, sagte er vergnügt und mit ausgebreiteten Armen.

„Meine beiden Lieblingsverbrecher. Habt ihr geschafft, was Kool-Ming mir versprochen hat?“

„Gewiss, Herr Botschafter. Komm mal mit, Exzellenz.“ Botschafter Mkele ging bei uns auch privat ein und aus. Ich glaube, er hatte sogar einen Haustürschlüssel für unsere Privatwohnung. Trotzdem sprachen wir uns mit „Herr“ und Titeln an - und dutzten uns ansonsten.

In der Küche wies ich auf den verpackten Karton, in dem sich unser Schatz befand. „Wir haben keine Mühe und auch keine Gefahr gescheut, um dir, Exzellenz, diese Freude zu machen.“

„Hihi“, machte der Botschafter. „Das will ich mir wohl denken. Denn zumindest Kool weiß ganz genau, was sonst passiert wäre.“ Kool zuckte zusammen und schob sich etwas in den Hintergrund nahe dem Ausgang, um eine Fluchtmöglichkeit zu haben.

„Nun“, sagte ich, „ich weiß es zumindest nicht. Jedenfalls nicht genau.“

„Oho“, sagte der Botschafter, „er hat euren Arsch verwettet, und zwar nicht nur seinen, sondern auch deinen, Voss. Aber diesen Teil der Wette habt ihr zumindest schon mal erfüllt. Ich bin auch gekommen, um die neue Gästeliste mit euch durchzusprechen.“

Bei diesen Worten sah ich Kool immer weiter schrumpfen. Der Knallkopf hatte mit Sicherheit im Suff wieder mal irgendeine Sondervereinbarung getroffen, von der ich noch nichts wusste.

Wir zogen uns in eines der Separees des Gastraums zurück, in dem wir ungestört alle letzten Einzelheiten besprechen konnten, die alle am Vorabend der Party zu klären waren. Irgendwann fragte ich Mkele:

"Sag Mal, diese Sache mit dem besonderen Fleisch."

Mkele grinste mich breit an. "Tja, du weißt ja, dass auch in unserem Land viel Streit ist zwischen uns, den armen Ur-Afrikanern und den später gekommenen Weissen. Da haben wir uns in den letzten Jahren hier in der China Cat gereinigt und feiern das hier bei euch. Eingefädelt haben das Kool und Wu."

Mir blieb die Luft weg. Dass Kool dahinter stecken würde war ja klar. Aber Wu?

"Die Idee mit dem Elefantenrüssel kommt von Kool. In so einer Art Pendeldiplomatie hat er das zwischen uns ausgehandelt. Wir Altafrikaner essen so was schon lange nicht mehr. Wenn wir das überhaupt jemals gegessen haben. Es war ganz schön aufwendig, das Ding zu besorgen. Weil es so eine Mühe war, sollte Kool auch schön schwitzen."

"Also Entwarnung für die Ärsche, die unsrigen?"

Mkele grinste mich an und tätschelte meine Hand: "Da müsst ihr aber noch sehr artig sein."

Dabei grinste er mit seinem beneidenswert weißen Gebiss lüstern wie ein Löwe vor der Mahlzeit.

Etliche Stunden später und, wie sich natürlich nicht vermeiden ließ, auch etliche Drinks weiter hatten wir mit sämtlichen Mitgliedern der Delegation und den Leibwächtern Brüderschaft getrunken. Außerdem ewige Freundschaft geschworen und waren quasi als Häuptlingssöhne vom Botschafter adoptiert und in den Stamm der Ovambo als Prinzen aufgenommen.

Eine Ehre, die man uns an der Wiege nicht gesungen hatte. Die wir aber trotzdem mit der Gelassenheit von weltoffenen Menschen, wie wir Dithmarscher es nun mal sind, annahmen.

„Damit“, so erklärte uns seine Exzellenz Mkele,

„seid ihr auch in die Erbfolge meines Hauses aufgenommen und könntet, sollten meine älteren Söhne vor euch sterben, Könige des Ovambo-Stammes werden. Oder, was auch möglich ist, da der deutsche Kaiser Wilhelm der Zweite und mein Urgroßvater ebenfalls Blutsbrüder waren und sollte das weit verzweigte Geschlecht der Hohenzollern ohne Erben aussterben, könntet ihr auch Kaiser von Deutschland werden."

Als die ganze afrikanische Korona schön betrunken abgezogen war, ließen Kool und ich uns nach Hause bringe. Was Helga, unsere erste Kraft im Restaurant, aus unserem Gelalle richtig erraten hatte. Unsere ganze neu gewonnene Prinzenwürde ging dabei gründlich zum Teufel.

Morgen sollte das große Fest steigen.

◆ ◆ ◆

Wahrscheinlich wäre die Geschichte ein wenig anders verlaufen, wenn uns das unergründliche Schicksal nicht innerhalb dieses Tages einen neuen Helfer in unser Nobelrestaurant hineingespült hätte.

Es begann wie einer der üblichen Tage in der Chinacat. Lediglich mit dem kleinen Unterschied, dass wir heute unser Versprechen an die Namibianer einlösen mussten. Kool hatte unseren Arsch verwettet, dass das Fest ein besonderes Erlebnis werden würde.

Solche Dinge nahmen Kool und ich sehr ernst.

Die menschliche Gestalt ohne einen ansehnlichen Hintern wäre auch sehr dürftig.

An allen Ecken und Enden der China Cat waren die Vorbereitungen in Gange. Vieles war auch schon gediehen, während wir noch in Frankfurt waren. Proben und Aufführungen von erhebenden Ansprachen und Ehrungen ausgesuchter Anwesender, der ganze Dekorationsgebamselkram, alles war schon durch die Generalprobe. Ich brauchte nur noch da zu sein.

Es würden trotzdem noch anstrengende Stunden bis zum Fest werden, und dann das Fest selbst - wie würde das enden?

Vor allem: Würde unser ständiger Widersacher Hansen mit Handschellen kommen? Das konnten wir heute und morgen schon gar nicht gebrauchen. Kool und ich kratzten unsere Perücken, kamen dann aber zu dem stoischen Schluss, dass wir auch dieser Gefahr mit Mut und mannhaft entgegentreten würden.

Onkelchen Wu und Kool stritten sich wieder einmal in der Küche unseres Nobelrestaurants über die Zubereitung von Was-weiß-ich, während ich vorne im Gastraum die Dekoration überwachte und unser Servicepersonal scheuchte. Immer wenn ich zur Küchentür kam, hörte ich Wortfetzen und die lautstarke Auseinandersetzung zwischen den beiden.

Ab und zu warf ich einen vorsichtigen Blick durch das große Bullauge, durch das man in die Küche hineinsehen kann - eine Vorschrift in Deutschland, damit man sich nicht gegenseitig die Pendeltür vor den Breegen haut.

So wie ich es aus dem Geschrei heraushören konnte, waren sie sich über die Zubereitung von Schweinehoden uneins. Ob diese nun paniert und gegrillt oder süßsauer eingelegt leckerer waren. Da das Ganze nach einem abendfüllenden Thema aussah - und ansonsten alles lief - ließ ich die beiden in ihrem Streit und kümmerte mich um meine eigenen Angelegenheiten. Immerhin bewegten sie fleißig ihre Hände.

Ab und zu glitten sie dabei ins Mandarinchinesische ab, was mir bei der streng plattdeutschen Herkunft meines Freundes ein besonderes Vergnügen bereitete. Kools Fortschritte in dieser Sprache waren dank Onkel Wu enorm. Onkelchen Wu hingegen sprach mittlerweile, und nicht nur wenn er sturztrunken war, das breiteste Plattdeutsch mit uns. Anfänglich hatte Wu ja noch ein wenig gelispelt. Aber nach einer von Kools Roßkuren, bei der eine große Portion Kautabak von Momme Kuchschief eine ausschlaggebende Rolle spielte, war Wu auf diese höhere Sphäre des sprachlichen Daseins aufgestiegen.

Oder um es weniger hochtrabend zu formulieren: Momme schnitt sich ein Stück Priem ab.

Wu machte neugierige Blicke.

„Willst du auch watt? Ist lecker!“ fragte Momme freundlich. Momme hat an der letzten Priemfabrik der Welt große Geschäftsanteile. Jeder neue Konsument brachte in der Bilanz merkbaren Umsatz mit sich.

Wu, der in jeder Hinsicht ein neugieriger Bursche war, nickte eifrig. Immer auf der Suche nach Dingen, die man vielleicht für etwas gebrauchen konnte. Schließlich hatte er auf diese Weise auch den Dithmarscher Sushi erfunden, jene in allen Gourmettempeln der Welt mittlerweile nachgeahmte Vorspeise, die schlaffe Kerle ohne Viagra wieder auf Trab brachte.

Momme schnitt ein zweites Stück ab und steckte es Wu in den Mundwinkel. Just, als Momme die Backen aufblies, um das furchtbare Zeug auszuspucken, kam Kool aus der Küche und rammte Wu die Pendeltür in den Rücken. Statt das Zeug auszuspucken, schluckte er es runter. Fortan sprach er völlig akzentfrei plattdeutsch.

Nachdem er mit Mommes Whisky den Mund gründlich gespült hatte.

Immer wenn ich an diese schöne Episode meines Lebens dachte, riss sich ein fettes Grinsen auf meine Vorderfront, und wie immer kommen mir dann ganz komische und dankbare Gedanken.

Welch einen wundersamen Weg waren Kool und ich in den letzten Jahren gegangen. Nach den ganzen Jahren, in denen wir unser Auskommen auf der Straße verdienen mussten. Was uns das Schicksal alles zumutete: als Wegelagerer, Strandräuber, Verbannte, Tierbestatter und Testesser für ein weltweites Fastfood-Unternehmen, immer stand unser Leben auf der Kippe. Jetzt lief es endlich einmal glatt. Sogar viel zu glatt für Kools und meinen Geschmack, wenn wir mal dieses Thema diskutierten. Trotz aller Versuche von Wachtmeister Hansen.

Konnte es so weitergehen, fragte ich mich in einsamen Stunden. Seit etlichen Jahren besaßen wir nun unser chinesisches Nobelrestaurant und scheffelten das Geld an allen Enden der Wertschöpfungskette.

Wir schenkten von Momme Kuckschief selbstgebrannten Schnaps in allen möglichen Geschmacksversionen aus. 90-jährigen Whisky, edelsten Brandy aus Spanien, Fidel Castros persönliche Rumreserve (mit echter handgeschriebener Widmung „für Kool-Ming und Voss-Ling“ auf den Flaschen), Italiens besten Grappa, alles kein Problem für den ehemaligen Kuh- und Schweinebauern Momme.

Was der mit unbeschreiblichen Ingredienzien und seltsamen Zaubersprüchen aus billigstem Industriealkohol brauen konnte - wundersam.

Dass wir das Zeug zum Vorzugspreis bekamen - Ehrensache.

In der Küche sorgte unser heimlicher Teilhaber Professor Wu mit zutiefster Hingabe für das leibliche Wohl der Kunden.

Man merkte ihm an, dass die sechziger und siebziger Jahre der chinesischen Kulturrevolution nicht spurlos an ihm vorbeigegangen waren. Schließlich herrschte zu der Zeit in China noch echte Mangelwirtschaft. Da ist es für einen klugen Verstand kein Problem, aus billigstem Zeug schmackhafte Speisen herzustellen.

In der kulinarischen Fachpresse waren dies hochgepriesene Speisen, für uns die Hauptsache: im Einkauf billig.

Sehr billig.

Nur bei der Dekoration des Lokals hatten wir Konzessionen gemacht. Als Onkel Wu zu uns stieß, servierten wir unser Essen auf Papptellern und die Gäste mussten aus manchmal nicht ganz sauberen Gurkengläsern mit dem bekannten Schraubdeckelrand trinken. Das war in den ersten Monaten nach der Geschäftseröffnung total hip und angesagt.

Die gesamte Landesregierung samt ihren Spitzenbeamten kam quasi gar nicht an uns vorbei. Schließlich war unser Restaurant nur einen Steinwurf vom Hindenburgufer in Kiel entfernt.

Was wiederum ein bezeichnendes Schlaglicht auf die Kochkünste des verbeamteten vielköpfigen Kochkommitees in den Ministerien und in der Staatskanzlei wirft. Denn in den Kantinen der Ministerien herrschte seit unserer Geschäftseröffnung gähnende Leere. Was aber nicht zu einer Verringerung des Einkaufs für die Ministeriumskantinen führte. Es wurde vorne angeliefert, und wir kauften dann an der Hintertür billig mit Schwarzgeld ein. So brauchte sich niemand in den Kantinen mit Arbeit belasten.

Zudem hatten wir einen weiteren Joker im Ärmel. Die oberen Stockwerke unseres Gebäudes hatten wir an freischaffende Damen und Herren weiter vermietet. Diesen Service gab es schon vor unserer Zeit. Samt Besprechungszimmer mit breitem Bett und Nachttischchen. In diese Konferenzräume kam man nur durch unser Lokal. Den vormals existierenden verschämten Seiteneingang hatten wir nach dem Kauf des Hauses kurzerhand zugemauert. So war das Publikum der oberen Stockwerke sogar mit einem vernünftigen Alibi ausgestattet.

Samt steuerlich absetzbarem Bewirtungsbeleg.

Von Zeit zu Zeit stellten wir vor und hinter einem besonders wertvollen Automobil, das vor unserem Laden parkte, ein paar geklaute Halteverbotsschilder auf, sodass dieses Auto dann plötzlich und ganz unschuldig im Halteverbot stand. Ein uns bekannter besonders vertrauenswürdiger ukrainischer Abschleppdienst sorgte dann für den sorgfältigen Abtransport. Nach Osteuropa.

Vertrauenswürdig hieß in diesem Fall, dass unsere Provision uns vom Verkaufserlös in bar und ohne Beleg ausgehändigt wurde.

Dieses komplette Geschäftsmodell der China Cat wurde in eingeweihten Kreisen als betriebswirtschaftlich beispielhaft gelobt, und wir waren sogar in der Campuszeitung der Harvard Business School (ja, DIE Business-Schule in Amerika) mit einem halbseitigen Artikel lobend erwähnt worden.

Doch hatte ich meine Bedenken. Wegen unserer früheren Verbrechen in Dithmarschen und anderswo war uns immer noch Wachtmeister Hansen mit seinem Adlatus Schulz ziemlich dicht auf den Fersen. Wenige Tage nach dem Kauf der „China Cat“ hatte uns ein Journalist der Kieler Nachrichten enttarnt. Kurzentschlossen verkauften wir damals das Lokal an zwei vertrauenswürdige Chinesen namens Kool-Ming und Voss-Ling.

In dieser Nacht stürzten Kool und ich von der Kieler Hochbrücke. Mit einem neu gekauften Auto.

In den Nord- Ostsee-Kanal.

Unsere Leichen wurden nie gefunden. Wie auch, wir trugen ja seitdem Perücken mit Chinesenzopf und Decknamen. Und guckten schlitzäugig, wenn man uns rief.

Wachtmeister Hansen hatte nach Jahren des intensiven Nachdenkens herausgefunden, dass wir gar nicht tot waren. Die Sache mit dem neu gekauften Auto hatte ihn auf die Spur gebracht.

„Das passt nicht zu Kool und Voss. Die würden ein Auto klauen, aber niemals kaufen, um noch in derselben Nacht zu ersaufen. Jeder andere ja. Die zwei Lumpen nicht!"

Womit Hansen schlichtweg recht hatte. Er war nur noch nicht ganz hinter unsere Tarnung gestiegen - zumal uns Onkel Wu als echter Chinese hilfreich zur Seite stand.

Hansen war uns sogar, als wir in diplomatisch/kulinarischer Mission nach Frankfurt unterwegs waren, gefolgt.

Beinahe hätten wir mit einem Harley Davidson Satelliten * den dritten Weltkrieg ausgelöst, kamen aber trotzdem heil wieder in Kiel an.

Mir schwante, dass Hansen, nachdem er die Schweinerei in Frankfurt beseitigt hatte, wieder mit dem Denken anfangen würde.

Aber bis der die Dutzenden von Beteiligten der Massenschlägerei vernommen und die Trümmer des Opel Diplomaten weggefegt hatte...

Doch früher oder später würde der Gedankenblitz bei Hansen einschlagen. Dann würde er bei uns herumschnüffeln! Es war nur noch eine Frage der Zeit.

Und wehe dem Manne, der diesem Racheengel des HERRN lebendig in die Hände gerät.

Irgendwann bemerkte ich, dass der Mülleimer überquoll. Anstatt eine der schwerbeschäftigten Mitarbeiterinnen im Restaurant damit zu beauftragen, den Mülleimer hinten in den Containern zu entleeren, machte ich mich selbst daran. Als ich den Container öffnete, um den Mülleimerinhalt dort hineinzuwuchten, hörte ich merkwürdige Geräusche von der anderen Seite des Containers. Ich erledigte meine Tätigkeit, stellte den Mülleimer wieder hin und schaute nach, was da so merkwürdige Geräusche machte. Im schmalen Spalt zwischen Müllcontainer und Wand lag ein sturztrunkener Hüne von einem Mann mit rotbrauner Körperfarbe, der roch, als ob er in Momme Kuckschiefs Fusel tagelang geschwommen hätte.

* die Story steht in alten Bänden, die ich demnächst neu auflegen werde

Vermutlich im Vollrausch statt des breiten Weges in die schmale Enge geraten - so mancher besoffener Autofahrer kann davon ein Lied singen.

Obwohl ich mittlerweile mit der China Cat ein schweinisches Geld verdiente, war ich mir nicht zu schade, erst einmal seine Taschen gründlich zu filzen.

Als ich dabei war, merkte ich mit schnüffender Nase, dass er tatsächlich nach dem Fusel von Momme Kuckschief stank. Bester 90-jähriger Whisky.

Aber dass die amerikanischen Ureinwohner so verrückt nach dem Zeug waren, dass sie jetzt schon über den großen Teich gerudert kamen, um das Zeug bei uns zu saufen, war mir noch nicht bekannt. Abgesehen davon hatte dieses arme Riesen-Kerlchen keinen einzigen Cent auf der Naht, sodass meine gesamte Suchaktion völlig sinnlos war. Er hatte nicht einmal einen Ausweis, ein Feuerzeug oder Zigaretten bei sich. Alles Dinge, die ich zwar im Überfluss besaß, die ich trotzdem meiner Sammlung gerne hinzugefügt hätte. Als ich nun gerade munter in seiner hinteren Hosentasche am Wühlen war, klappte er mit einem mal ein Auge auf und stieß ein unverständliches Gebrabbel vor.

„Ja, ja, bleib locker“, sagte ich. Andererseits überlegte ich, dass ich den Mann schlecht hier liegen lassen konnte. Um mir Rat und Hilfe bei Wu und Kool zu holen, latschte ich erstmal wieder rüber in die Küche. Gemeinsam umstanden wir den Indianer und überlegten, was mit diesem Alkoholkadaver zu tun sei.

„So wie er stinkt, ist Momme schuld an seinem Zustand. Wahrscheinlich hat er sich auf seinem Herweg mit dem Indianer getroffen und ist aus Freude über diese Begegnung in Durst ausgebrochen. Wer weiß schon, was Momme dem wieder aufgeschwatzt hat. Der schafft es doch, einem Eskimo einen Kühlschrank zu verkaufen."

„Sogar noch einen Zweiten!" seufzte Onkel Wu, der schon mehrfach eine monetär schmerzhafte Erfahrung mit Mommes Redekunst gemacht hatte. Einmal hatte Momme ihm sogar eine Lastwagenladung Schimpansen verkauft.

Kool bückte sich nach dem Indianer und fasste ebenfalls in die Taschen.

„Ist nix drin, hab ich schon gemacht."

„Hätt' ich mir denken können. Dann mal ins Warme mit dem Burschen."

Mit ein paar Haurucks zerrten wir den Wehrlosen an den Füßen die vierstufige Treppe hoch. Jede einzelne Stufe zählte der arme Kerl mit dem Hinterkopf mit. Was konnte der froh sein, dass wir unseren Laden nicht im Fernsehturm hatten. Das gäbe ja Kopfbrummen deluxe.

Wir schleiften ihn zu dem Gitterrost im Fussboden vor der Abwäsche. Unsere Abwäscherin, eine alte zahnlose Chinesin, die angeblich schon seit Kaisers Zeiten hier arbeitete, ergriff meckernd und schimpfend die Flucht.

Kool griff nach dem Sprühkopf, mit dem wir sonst das dreckige Geschirr vorspülen.

„Soll ich?" fragte er rücksichtsvoll.

„Na los, du schreckst doch auch sonst vor nichts zurück!"

Kool ließ einen schönen 10-Sekundenstrahl handwarmen Wassers über den Indianer laufen. Der Leblose zuckte leicht zusammen und nuschelte irgendwas. Ich kniete mich neben ihn und hielt die Hand hinter mein Ohr:

„Was hast du gesagt?"

„Onkel Momme soll mit dem Regentanz aufhören."

Dann wälzte sich der Hüne auf die Seite und schnarchte mit hoher Dezibelzahl los.

„Angeblich können die ja nicht so viel ab", meinte Wu fachmännisch.

„Deswegen hat Momme ihn draußen in seinem Suff liegengelassen. Wahrscheinlich spaziert er gerade munter zur Vordertür hinein."

„Oder Momme liegt irgendwo oben im Puff auf'm Rücken und verjubelt einen von den Gutscheinen, mit denen wir ihn das letzte Mal bezahlt haben."

„Stimmt, da kam vorhin ein Anru von oben, ob wir für einen unserer Gutscheine geradestehen würden", erinnerte ich mich. Helga hatte mich das gefragt. Obwohl man den Puff in den oberen Etagen nur durch unser Restaurant betreten konnte, hatten wir weder moralisch noch monetär daran Anteile. Das hatte ich trotz Kools energischem Protest so durchgesetzt.

„Auf jeden Fall", sagte Kool, „sieht er kräftig genug aus und er ist ja sogar noch größer als ich." Kool presste prüfend den Bizeps des Indianers zusammen.

„Jo, und Muskeln hat er auch."

„Wenn du ihm jetzt ins Maul gucken willst, ob seine Zähne auch in Ordnung sind, dann gibt's was aufs Maul. Auf das deinige, Kool", knurrte ich. „Die Zeiten, wo wir Sklaven genommen haben, sind doch wohl vorbei."

Irritiert guckte mich Kool an.

„Aber sooo viele Jahre sind das noch nicht." Er zeigte auf Wu.

„Ja, ok. Trotzdem, wir sollten doch etwas zivilisierter sein. Außerdem war Wu nach höchstens fünfzehn Minuten schon Dritteilhaber. Wenn das in dem Tempo weitergeht..."

„Brumpff" machte Kool, und ließ die Hand, die schon zur Kinnlade gefahren war, wieder sinken.

„Auf jeden Fall kann er uns prima in der Küche helfen, Geld hat er ja keins“, sagte Kool mit einem Blick auf mich.

„Ich hab ihm nichts weggenommen“, sagte ich.

„Wer's glaubt, wird selig.“

„Wie beleben wir ihn? So wie der schnarcht, wird der nicht vor morgen Mittag wach.“

„Ich kenne einen alten Trick,“ dozierte Kool: „fass ihn an die Geschlechtsteile, dann zuckt er nach `ner Weile!“ reimte er.

In diesem Moment richtete sich der hünenhafte Indianer auf. Sein Flanellhemd knarrte verdächtig, als sich die Brustmuskeln spannten. Wir wichen sicherheitshalber drei Schritte zurück.

„Mein Name ist Ochon tech Na Od Tieschi Tepuan Dakanahatte Towa Och Ja.“

Er maß uns mit leicht benebeltem, aber doch aufmerksamen Blicken.

Kool, Wu und ich schauten uns verblüfft an.

„Also Och Ja kann ich mir noch merken“, bemerkte ich vorlaut.

„Aber was soll der Rest heißen?“

„Der Krieger, der seinen haarigen Arsch aus dem Gebüsch hält und einen Furz in Richtung Feinde lässt“, sagte Wu mit tragender Stimme und verbeugte sich würdevoll in Richtung Och Jas.

Och Ja legte auch die Hände zusammen und verneigte sich in Richtung unseres Professorchens. Seine Bewegungen wirkten immer noch etwas unsicher.

„Woher sprichst du unsere Sprache?“

Wu schaute Och Ja erstaunt an.

„Wieso eure? Unsere! Das war chinesisch. Zwar ein sehr, sehr, sehr, sehr alter und seltener Dialekt, aber immerhin chinesisch.

Jahrtausendealt.“

„Unsere Hopisprache ist kein bisschen chinesisch."

„Oh doch!", sagte Wu, „denn du hast eben meine Sprache gesprochen."

„Jungs," griff ich ein: „ ich würde vorschlagen, ihr klärt das später. Mein Lösungsvorschlag: Es liegt an der Wanderung über die Beringstraße. Vermutlich sind die Vorfahren Och Jas die letzten Zuwanderer aus Asien gewesen. Oder whatever. Also, Och Ja, du bist also ein echter Sohn der Hopi-Nation."

„Ja, und ein echter Häuptlingssohn", sagte Och Ja würdevoll. Er sah mich etwas verwirrt an. Ich mit meinem breiten Allgemeinwissen wusste natürlich, dass sich die Hopi als Nation bezeichneten. Und nicht Indianer genannt werden mochten.

„Wie kommt das, dass du mit Momme Kuckschief seinen schlechten Fusel um die Wette säufst?"

„Weil mein Vater", und an dieser Stelle holte Och Ja tief Luft, um wieder einen dieser ellenlangen Bandwurmnamen auszusprechen, was ich aber mit einer Handbewegung unterbrach.

„Nennen wir ihn einfach Papa Och Ja."

Verdutzt nickte Och Ja und sagte:

„Na gut. Also mein Papa ist dicker Brieffreund von eurem Freund Momme."

Ich nickte, mir war bekannt, dass Momme in frühen Jahren als quasi inoffizieller Botschafter des diplomatischen, dickköpfigen Dithmarscher Korps gegolten hatte und als solcher weit in der Gegend herumgekommen war. Dass er aber selbst zu den Hopi-Indianern, die ja in strenger Zurückgezogenheit in der Nähe des Grand Canyons im Süden Nordamerikas leben, vorgedrungen war:

Das war mir neu!

Die Hopi-Indianer leben in einer dermaßen großen Zurückgezogenheit, dass sie mit anderen Amerikanern eigentlich gar nicht reden. Und solche Dinge wie Rauchen und Alkohol sind in dem Hopi-Reservat strengstens verboten. Die Hopi hatten

auch in einer Erklärung an den großen weißen Vater sich selbst für nicht zuständig im 2. Weltkrieg erklärt. Nach dem Motto „Das geht uns nichts an“ und „Da wir Teil der Hopi-Nation sind und nicht Teil der amerikanischen Nation, kann uns der weiße Vater auch mal, gelinde gesagt, kreuzweise. Mit Stippen.“

In großer Klugheit hatte der große weiße Vater Roosevelt dann von der Einzeljagd auf unwillige Wehrpflichtige abgelassen.

Also war das Volk der Hopi ein ganz besonderes Völkchen, wie wir Dithmarscher auch. Vielleicht rührte Mommes besondere Freundschaft daher. Nur dass die Hopi-Sprache so sehr dem Chinesischen ähneln sollte, wollte mir nicht in den Kopf. Vermutlich würde mich Wu eines Tages darüber aufklären, besonders, wenn er mir verraten würde, warum er so uralte Sprachgeheimnisse wusste. Solche Geheimnisse wurden in China nur im Palast des himmlischen Friedens, dem riesigen Palastbezirk des Kaisers von China, über die Jahrtausende aufbewahrt.

„Sag mal, Och ja, wie kommst du denn zu so einem kriegerischen Namen? Ich dachte immer, die Hopi wären friedliebend und würden mit allen Nachbarn in Ruhe leben.“

„Oh ja, Voss, das stimmt schon. Unsere Vorfahren haben vor zwei, drei Generationen schon erkannt, dass wir, wenn wir nicht für Blutauffrischung sorgen, durch die ständigen Heiraten zwischen Cousins und Cousine irgendwann einmal hoffnungslos verlottern. Und genetisch debil werden.

„So wie die politische Kaste im Kommunismus?“, fragte Wu.

„Genau so“, grinste Och Ja.

„Deswegen gehen junge Hopi-Männer bei den umliegenden Indianerstämmen auf Brautschau und wenn sie sich mit einer einig werden, wird so getan, als ob die Braut gestohlen wird. Das ist dann selbstverständlich ein großer Spaß für alle, man rennt mit Speeren und Äxten herum, es wird viel Lärm und Getöse veranstaltet, und da wir nicht im Hopi-Reservat sind,

wird selbstverständlich ein großes Fass aufgemacht. Denn im Reservat dürfen wir ja nicht trinken, noch nicht mal Alkohol zu medizinischen Zwecken besitzen."

„Ja, die Ausrede wird auf der ganzen Welt auch viel zu sehr ausgereizt."

„Eben. Und bei der Gelegenheit..."

„Na, mach's kurz, Och ja, ich kann mir schon vorstellen, wie das passiert ist."

„Genau", sagte Och ja.

„Onkel Momme hatte..."

„Wieso eigentlich Onkel Momme", unterbrach ich.

„So wird er bei uns genannt. Onkel Momme hatte auf jeden Fall drei Fässer Whisky für diese Hochzeit gespendet und postlagernd an meine Adresse außerhalb des Reservats geschickt und da hab ich dann schon einmal von dem Zeug probiert. Nur so zur Vorsicht.

Nun, das bekam mir nicht so gut und so hab ich dann ins Gebüsch gegöbelt. Als ich so schwer mit diesem Geschäft beschäftigt war, kam ein Windstoß und wehte meinen Lendenschurz hoch, sodass man durchaus der Meinung sein konnte...., und die Geräusche passten in etwa auch."

„Das ist natürlich auch ein feiner, kriegerischer Name."

„Besser als Furzender Büffel, so heißt ein anderer Onkel von mir. Er verträgt keine Bohnen..."

„Macht sich auch nicht so gut beim Hochzeitsessen - He, furzender Büffel, gib mir mal das Salz rüber. Woher weißt du eigentlich meinen Namen?"

„Momme hat euch so gut beschrieben. Der Kurze heißt Wu, der Lange Kool, und der mit dem großen Maul heißt Voss."

„Ich danke. Das werde ich mit Momme noch mal klären."

„Hey, ihr Arschlöcher!" Helga raunzte uns in ihrer unnachahmlichen Walkürenmanier an. Sie schmetterte eins unserer versilberten Tabletts mit vier Kaffeetassen auf den großen Küchentisch.

„Sauft den Kaffee aus, den Momme für euch faulen Säcke eben von oben bestellt hat, und dann wieder an die Arbeit. Wenn Och Ja ein Tablett halten kann, soll er mir beim Aufbauen helfen. Und jetzt Zack Zack, die Diplomaten kommen gleich. Hier schleichen schon überall Bodygards rum und stecken ihre Nasen in jeden Topf."

Wu, Kool und ich zuckten zusammen. Helga war tatsächlich früher in Bayreuth bei den Wagnerfestspielen aufgetreten. Als dann die Zeit der weichgespülten, kraftlosen Helden kam, passte sie nicht mehr ins Ensemble. Vielleicht war der Standpunkt des Intendanten ja nachvollziehbar. Wenn der Held der Oper, ein mageres Bürschchen von vielleicht 50 Kilo, eine 195cm große Frau mit Preisringerschulterbreite als seine Holde stemmen sollte, nein, mit Schick passte das nicht.

Helga musste nach vielen kurzen Gastspielen dann ins Restaurantfach umsatteln.

Mittlerweile hatten wir sie sehr gut domestiziert. Sie fraß ihr morgendliches Beefhack mittlerweile nicht mehr ungewürzt. Und die sechs Eier schlürfte sie nicht mehr aus der Schale, sondern aus dem Glas. Unverrührt.

Seufzend tranken wir den extraheißen und extrastarken Kaffee aus und widmeten uns unseren Pflichten. Och Ja wurde unter unseren Augen minütlich gesünder. Dann schlich Och Ja mit einem leichten Taumeln, das dem Butler James vom Dinner for One alle Ehre gemacht hätte, in den Gastraum und machte sich nützlich, als ob er seit Jahren zum Team gehören würde.

In dem Moment rief mich Kool-Ming, der sich für heute Abend in besonders festliche Kleidung geschmissen hatte:

"Hier sind vier komische Typen, die angeblich hier auftreten sollen."

"Ich weiß von nichts."

Kurzes Tuscheln, dann: "Es sind Schuhplattler!"

"Schuhplattler? Verscheißer mich nicht."

Schuhplattler als Lockerungsübung bei einem Versöhnungsfest der Namibianer zwischen den Ureinwohnern und den Europäern?

"Doooch. Original. Komm jetzt endlich und guck sie dir an!"

Seufzend ließ ich meine Arbeit liegen und wandte mich um.

Grinsend standen vier Kerle in bayrisch-landsmännischer Tracht vor mir. Zwei schwarze Männer und zwei Weiße. In den Händen hatten sie Instrumente.

“Wir sind eine Last Minute Order. Die Namibianer fanden die Idee schön - zumal wir ja Black & White sind.”

“Aber Schuhplattler? Seid mir nicht böse, gab es denn nichts anderes? Gibt es überhaupt irgendeinen Zusammenhang dafür?”

“Wir hatten schon längere Zeit keinen Auftritt mehr, und Willi kannte um zehn Ecken Mkele. Sind Schwippscousins.”

“Wieso hattet ihr keine Auftritte?”

“Wir stehen auf so einer, hrmpf, schwarzen Liste!”

Ich konnte es mir nicht verkneifen: Ich musste die Bande noch mal von oben bis unten ansehen.

“Schwarze Liste stimmt ja nur zur Hälfte. Und, was ist es?”

Die vier drucksten ein bisschen herum und drehten ihre Hüte in den Händen.

“Durst!” kam dann ziemlich zaghaft von Willi, wozu die anderen nickten.

“Ihr habt Durst? Moment, das haben wir gleich.” Och Ja hatte den größten Teil der Unterhaltung schon mitgehört und kam mit sieben frischen Eiergrogs angewetzt. Klar, dass er sich selbst nicht vergessen hatte. Mit unterschiedlicher Übung gossen wir uns das leckere Getränk in den Mund.

Dann beschlossen wir, eine weitere Sicherheitsprüfung des Getränks, diesmal auf Radioaktivität, durchzuführen.

Bei den ganzen Diplomaten und Würdenträgern war schon aus außenpolitischer Sicht der Bundesrepublik besondere Wachsamkeit vonnöten. Und dafür fühlte ich mich natürlich ein bisschen verantwortlich.

Einige Grogs weiter musste ich mich von den durstigen Schuhplattlern lösen, die mit Och Ja munter weitertranken. Mir war das wumpe, der Vorwurf, dass die Schuhplattler besoffen waren, traf ja den Besteller.

Ich kümmerte mich um alles andere, das noch in letzter Sekunde wichtig zu werden drohte. Einen leichten Glimmer hatte ich zu diesem Zeitpunkt schon.

Unsere Schuhplattler waren mittlerweile in einem Zustand der Trunkenheit, in dem ich bald einschreiten musste.

Die Zeit verging wie im Fluge. Wie es sich für ein gelungenes Fest gehört, wurden die allerletzten Handgriffe, um alles hübsch zu machen, in der allerletzten Sekunde ausgeführt. Dann verlangte Mkele, der mit seinem herausgeputzten Gefolge zur Tür hereinkam, meine Aufmerksamkeit.

Glücklicherweise hatte ich meine Kleidung dem Anlass angepasst, und stand mit einem Cut, einer hübschen Schärpe in namibischen Landesfarben und mit Perlen statt Knöpfen im Oberhemd parat. An den Füßen trug ich herrliche Lackslipper, die mich normalerweise etwa 2000 Euro gekostet hätten. An den Fingern hatte ich wertvolle Ringe, mit großen Diamanten. All diese Pretiosen waren ehrlich – hrmpf - erworben.

Insoweit, dass der Vorbesitzer in Zahlungsschwierigkeiten geriet und wir seine Klamotten als Pfand akzeptiert hatten.

Uns allen stand eine denkwürdige Nacht bevor.

Es sei denn, dass sich das Fest eventuel über den morgigen Tag hinzog.

◆ ◆ ◆

Dann begannen die Feierlichkeiten, so wie es sich auf dem diplomatischen Parkett normalerweise abspielt. Man nahm Aufstellung, es kamen die Gäste, es wurden Reden gehalten und mit Antwortreden artig erwidert. Dann kam die große Versöhnung, die mich wirklich berührte. Schwarze Ureinwohner, die unter den weißen Spätsiedlern einiges aushalten mussten, versöhnten sich mit den Weißen. Immerhin wollten sie ja in ein und demselben Land auch noch die nächsten Generationen in Frieden untereinander leben.

“Und hier habe ich, um unsere Gäste besonders zu ehren, die Lieblingsspeise der Siedler kommen lassen. Kool-Ming und Voss-ling haben sie unter Einsatz ihres Lebens aus Frankfurt geholt und nach traditionellem Rezept zubereitet.

Der traditionelle Elefantenrüssel! Hier, nehmen sie eine Kostprobe!”

Der Chef der weißen Delegation zog den Kopf ruckartig ein und wich unwillkürlich ein bisschen vom Tisch ab. Mkele ließ nicht locker:

“Nur keine Zurückhaltung, hier nehmen Sie!”

Dem widerstrebenden Siedler wurde ein winziges Stück vom Ansatz des Rüssels aufgefüllt. Er starrte entsetzt auf den Teller. Man konnte die tiefe Ergriffenheit buchstäblich fühlen, würden spätere Historiker über diesen Moment schreiben.

Ich, der dabei war, konnte das Hüpfen des Adamsapfels sehen. Plötzlich ging ein Ruck durch den Siedler. So konnte er natürlich nicht in den Rüssel beißen.

“Ja, aber Exzellenz Mkele, warum halten sie sich zurück?” Flugs wurde ein zweites winziges Stück vom Rüssel gesäbelt und auf den Teller von Mkele gefüllt. Jetzt standen dem die Haare zu Berge.

Die beiden Diplomaten grinsten sich verlegen und ertappt an, probierten ein bisschen von den Beilagen, tuschelten im Stehen ein zwei sehr, sehr leise Sätze miteinander und stellten dann die Teller entschlossen und fast unberührt zurück auf das Buffet.

“Soso, wir haben gerade festgestellt, dass weder die Ureinwohner noch wir Siedler sonderlich scharf auf Elefantenrüssel sind. Ohnehin stammt er von einem alten Bullen - vermutlich siebzig Jahre alt.”

“Stimmt,” sagte Mkele, „der ist aus Spanien.”

In meinem Kopf begann ein furchtbares Geräusch zu rattern und klingeln. Kool und ich, wir beiden Döösköppe, hatten das Teil aus dem Zollverschluss besorgt. Garantiert gab es dort Kameras. Wenn die ganze Geschichte mit dem Rüssel ans Licht kommen würde - na, wem würde man die Schuld in die Schuhe schieben? Uns natürlich.

“Aus Spanien? Nicht aus Namibia?” fragte der Siedler

“Ja. Es ist völlig unmöglich, einen Elefantenrüssel nach Europa reinzubekommen. Das geht nur auf einem Schiff - am besten auf einer Yacht. Zufällig hat der spanische König ja letztes Jahr einen uralten Bullen gejagt.”

“Au weia, das ging doch durch sämtliche Zeitungen!”

“Naja, der König wollte der Kopf präparieren lassen. Für das Foyer im Palast. Den Kopf hat man dann zum Transport aus Afrika im Kühlraum der königlichen Yacht untergebracht. Die spanischen Zöllner haben Arbeitseifer markiert und sind nach etlichen Verbeugungen abgezogen. Der Präparator bekam den Kopf zum Ausstopfen. Dafür musste man ihn wieder auftauen lassen.”

“Und dabei habt ihr den dann gekl..., äh, ausgeliehen, den Rüssel.”

“Wie meinen?” Diplomaten haben, ganz egal aus welchem Land sie stammen, ein unnachahmliches Talent, unangenehme Tatsachen so zu ignorieren, dass man eine Mitwisserschaft komfortabel leugnen konnte.

In diesem Moment erklang Beifall, und Alois, Willy und die anderen beiden Schuhplattler begannen ihre Aufführung.

Angetrieben mit Oma Voss Eiergrog klatschten, juchheiten und jodelten sie ihre Vorstellung ab. Mehr oder weniger unfallfrei, weil Ochja und Wu teure Einrichtungsgegenstände rechtzeitig aus dem Weg brachten. Einer blies die Trompete, einer schlug mächtig die Pauke, einer schrammerlte auf so einem komischen Instrument herum, dass Geräusche wie eine Katze in der Waschmaschine machte, der vierte klatschte sich auf Waden, Arme und Beine. Wenn er vor Anstrengung Schaum vor dem Mund bekam, dann übernahm einer der Instrumentenspieler das Schuhplatteln und der müde Krieger nahm einen bereitstehenden Eiergrog und spielte das frei gewordene Instrument weiter.

Nach einer guten halben Stunde verließ die Jungs aber die Kraft. Sie packten die Instrumente ein und fielen über das Buffet her.

Den Rüssel, der bis auf zwei winzige Verletzungen am Ansatz noch unberührt war, beäugten sie mit großem Misstrauen. So wie alle anderen Anwesenden ließen sie die Finger davon und mampften alles andere.

Ich genoss den Reigen, wusste, dass ich heute noch ein paar Mal den Boten zwischen blutigen Feinden spielen würde. Der Vertreter der weißen Minderheit in Namibia winkte mich mit dem Finger heran.

"Toll, dass ihr den Rüssel vor dem Zoll gerettet habt. Wir wollen den Ur-Afrikanern die Freude lassen. Bei uns isst man sowas seit Generationen nicht mehr."

"Alles klar, es war ganz schön aufregend. Aber ihr esst gar keinen Rüssel mehr?"

"Haben wir noch nie. Machen wir nur heute, nur symbolisch

und aus politischen Gründen, wenn du verstehst."

"Ach so, verstanden."

◆ ◆ ◆

Später, als der erste Stress des Abends langsam ausklang und ich endlich Zeit zum Luftholen bekam, stellte ich mich in meine Lieblingsecke am Tresen im Gastraum, von der ich gleichzeitig vorne und das Geschehen hinten in der Küche überwachen konnte. Die vier Schuhplattler wankten vom Buffet zum Tresen, kippten einen und wankten zurück.

Ich traute mich nicht einzugreifen. Normalerweise haben bezahlte Künstler nach dem Auftritt starken Heimatdrang. Diese fraßen und soffen, als ob es morgen nichts mehr gäbe. Und das Funkeln in ihren Augen wurde immer diamantener. Die heckten doch was aus!

Meine kurz geschnittenen Haare juckten unter der schwarzbezopften Perücke, was mich als hochgewachsenen Chinesen tarnte. Kool besaß dasselbe Exemplar. Angesichts seiner ehemaligen andauernden Waschunlust hatte ich seine Perücke von innen mit einem großen „K“ ausgemalt, so dass es mir am Morgen nicht passierte, dass ich seine schmantige Perücke auf meinen frisch geduschten Kopf setzte. Kool hingegen setzte sich seinen Speckdeckel, seinen „Fiffi á la Chinese“, völlig ungerührt und manchmal sogar etwas schief auf sein Haupt.

Ich kratzte mich verstohlen am Kopf, was bei meinen Freunden entweder eine Panikattacke oder einen Lachanfall auslösen kann. Diese eingeweihten Kreise behaupten doch, dass man mir dabei meine schändlichen Ideen am Gesicht ansehen kann, wenn ich meinen Kopf kratze. Ob es nun zum einen oder anderen kommt, hängt von der produzierten Idee ab.

Aber mir wollte buchstäblich keine neue Einkommensquelle in den Sinn kommen. So stand ich da in meiner dunklen Ecke am Tresen und beobachtete versonnen das geschäftige Treiben im Gastraum.

Überall hatten sich nach dem Bankett, bei dem unser „Fleisch" eine besondere Attraktion bot, kleine informelle Diskussionsgruppen gebildet. Man schwatzte oberflächlich und charmant. Diplomaten konnten durch ihre jahrelange Schulung und Veranlagung stundenlang die freundlichsten Nichtigkeiten austauschen. Am Ende wurde dann ein neuer Vertrag geschlossen, in dem genau drinstand, was vorher Streitpunkt der Staaten war. Und jetzt, wie durch Zauberhand, mit ein wenig hier und da, angedeutetem Augenbrauenheben und leichtem Lippenspitzen, zu einem beiderseitigen Einverständnis führte.

◆ ◆ ◆

Draußen auf der Straße konnte man durch die großen Scheiben die Köpfe der Passanten im Licht der Straßenlaternen vorbeischweben sehen. Unser Lokal lag ja etwas Hochparterre. Es kam ein zutiefst merkwürdiger Anblick in Sicht: Ein nicht ganz so hochgewachsener Passant trug etwas auf dem Kopf, das wie ein zerplatzter Kohlkopf aussah. Als er den Kopf drehte, konnte ich das Emblem der Polizei an dem Kohlkopf erkennen - und einen schwarzen Mützenschirm. Mir fiel nur einer ein, der mit so einer missratenen Uniform auf die Straße gelassen wurde: Die Schande der Schleswig Holsteiner Polizei, Wachtmeister Hansen. Jetzt bog der Kohlkopf unter dem Baldachin vor unserer Tür ein und betrat den Gastraum. Die Security staunte diesen Burschen wie eine Geistererscheinung an und ließ ihn passieren.

Das Grinsen, das mich beim Auftauchen dieser über-, nein, unterirdischen Erscheinung angesprungen hatte, wich dem eingeübten ausdruckslosen Gesicht der Asiaten.

Dies hatte Onkel Wu wochenlang vor dem Spiegel mit uns geübt: „Sonst weldet ihl keine chinesischen Köche. Wenn das Essen velblannt ist und der Kunde pöbelt, immel so gucken, und Lechnung kassielen. In der allerglößten Not, oder Zahlungsunwilligkeit, dann dies machen:"

Wu griff mit unbewegtem Gesichtsausdruck nach dem längsten Küchenmesser und schärfte es am Wetzstahl mit unbewegtem Gesicht. Wir taten es ihm nach - mit ebenso unbewegtem Gesicht. Und starrten uns gegenseitig mit höchstem Gleichmut an.

Das Metall knirschte.

Ausdruckslose, völlig leidenschaftslose und fast psychopathische Blicke glitten zwischen uns hin und her. Man hätte einen Standup- Comedian auf dem Hackklotz zwischen uns zerteilen können - wir hätten nicht mal mit der Wimper gezuckt.

„Nach zweimal Schälfen, sagen: Das Tlinkgeld nicht vergessen. Ist bessel fül Gesundheit und fül die Veldauung."

Seit diesem Tag hatten wir weder Zahlungsausfälle bei Kunden, noch wurden uns von Lieferanten Preisnachlässe vorenthalten.

Mir dagegen fiel es jetzt wahnsinnig schwer, beim Einmarsch von Hansen ernst zu bleiben. Jedoch, das Training mit Wu war noch in bester Erinnerung. Es hatte gefruchtet.

Ich brach nicht bei der restlichen Verkleidung von Hansen in haltloses Gelächter aus, sondern blieb chinesisch ausdruckslos.

Und gleichmütig.

Komme, was wolle.

Eiskaltes Pokerface.

Allerdings mit schrecklichem Stuhldrang.

Wachtmeister Hansen hatte einen puterroten Hals, wutgeschwollen, und seine Augen hätten Blitze gesprüht, wie damals einer meiner entfernteren Vorfahren, den man in Griechenland Zeus nannte.

(Aber die Geschichte, wie mein Vorfahr mit einer Kommune von Frühhippies auf dem Olymp eine jahrzehntelange Party feierte, in deren Verlauf er allen seinen Kumpels die Freundinnen nicht nur ausspannte, sondern auch alle noch schwängerte, gehört jetzt nicht hierher.)

Hansen hatte außerdem in seiner Aufregung seine Dienstjacke schief zugeknöpft. Der Hosenstall stand offen und ein Schuhband war nicht geschnürt.

Vermutlich war es in der Polizeiwache, die Hansen als Maskottchen zurzeit an der Backe hatte, zu einer Feuersbrunst gekommen. Oder er hatte sich am Wachhabenden vorbeigeschlichen. Ich konnte mir nicht vorstellen, dass ein halbwegs vernünftiger Polizist Hansen auch nur einen Meter aus seinem Büro ließ. Das sich wahrscheinlich in irgendeiner Tiefgarage am laut klöternden Ventilator der Klimaanlage befand.

Mit nur einem Türgriff - an der Außenseite.

Diese erschütternde Karikatur eines Polizisten steuerte direkt auf mich zu und baute sich vor mir zu seiner vollen Größe auf.

Und das, während die Botschaft des Staates Namibia, deren hochrangige diplomatischen Gäste, Vertreter der Bundesregierung, der Landesparlamente und Größen aus Wirtschaft und Prominenz anwesend waren.

Selbstverständlich guckten diese nur kurz, und wandten dann ihre Blicke ab, wie man es auf den entsprechenden Eliteschulen, wenn man aus dem Ausland kommt, oder im Diplomatischen Dienst, wenn man aus Deutschland kommt, lernt. Oder einfach, wenn man eine respektvolle Kinderstube hat.

Ich glotzte auf seine Mütze. Fast tat mir Hansen ein wenig leid. Immerhin hatte er ja sein Schicksal zwar selbstbestimmt. Dass er ausgerechnet Kool und mir in die Quere kam… Das fand ich dann doch ein bisschen doll, vom Schicksal. Eigentlich tat mir Hansen sogar ein bisschen leid.

„Wo verstecken sich die Zwei?“ schnauzte Hansen donnernd, und ohne sich um das erlesene Publikum, plus der vier Schuhplattler, zu kümmern.

„Welche Zwei?“ fragte ich zurück, zeigte auf zwei der Bedienungen und dann auf zwei pausierende Damen aus den oberen Gemächern, die sich unter die geladenen Gäste geschmuggelt hatten.

„Gleich Zwei?“ fragte ich danach, „Wildes Mann nix gut Liebe machen, erst eine, dann Pause, essen, dann noch mal, bessel.“

Ich klopfte Hansen auf die Schulter. Der wischte meine Hand aggressiv beiseite und funkelte mich hinter seiner geballten Faust an.

„Voss-ling, du weißt genau, wen ich meine! Kool und Voss, die beiden Sauhunde!“

„Ohoh - Wachtmeistel wollen jetzt Männel plobilen? Ah, abel Ploblem. Kool und Voss tot, viele Jahle schon, sehl tlaulig.“

Hansen lauschte meinem chinesischen Akzent nach. Würde er mich einmal, nur ein einziges Mal, mit dem Personal Plattdeutsch reden hören, würde in der gleichen Sekunde unsere Tarnung auffliegen – auch wenn Hansen zeitweise wirklich sehr deppert war.

„Ja, und man hat nie die Leichen gefunden. Aber ihr seid gleichzeitig aufgetaucht. Also rede: Habt ihr damals die Beiden verschwinden lassen? So als Kool chop suey?“

Man merkte allen in Hörweite an, dass sie betont nicht zuhörten, aber die Ohren dermaßen gespitzt hatten, um auch ja kein Wort zu überhören. Natürlich auch um alles Unverständliche, ob akustisch oder intellektuell, gehörig auszuschmücken.

„Nein, und auch nicht als Voss süß sauel. Wil machten Veltlag, dann Bezahlen, und die beiden gehen. Die beiden zu alt fül essen.“

„Wieso zu alt?“

„Unsele Spezialität hundeltjählige Eiel. Eiel sein ganz jung von Huhn, dann einlegen. Wenn einlegen so alte Bengels, müssen liegen viele tausend Jahle in Soße, vor Essen. Wenn du, Wachtmeistel, wollen, wil haben Schnitzel von China Kaisel, liegen dleitausend Jahle in Soße, jetzt gut. Essen?“

Ich zeigte auf die Karte. Als Gag hatten wir das Menu „kleiner chinesischer Kaiser“ eingeführt „für unsere kleinen Gäste“, ein kleines Schnitzel mit Jägersauce und Pommes, aber das schnallte Hansen natürlich nicht. Der merkte nur, dass ich ihn verarschte, und trat den Rückzug an.

„War auch nur ein Versuch“, lächelte er maliziös, und wechselte ruckartig den Gesichtsausdruck.

Das erschrak mich zutiefst.

Hansen schnallte eine Verarsche, und grinste noch dabei? Da ging doch etwas nicht mit rechten Dingen zu. Waren wir entdeckt? War Hansens lächerliche Aufmachung nur eine neue Form der psychologischen Kriegsführung?

„Ich bin auf dem Weg zum Polizeipräsidenten. Dort schiebt man wegen dieser Party hier Sonderschichten. Kool und Voss sind nach unseren Erkenntnissen noch am Leben. Zumindest haben sie vor zwei, drei Tagen noch gelebt, als sie in Frankfurt Mittelpunkt einer Ringfahndung von Polizei, Zoll und aufmerksamen Bürgern durch die Lappen gingen.“

„Oh oh oh“, machte ich, um Hansen zum Erzählen zu bringen. „Gab es Tote, oder Verletzte?“

„Nein, die Zwei sind zuletzt beim Zoll auf dem Flughafen gesehen worden. Danach...“ Hansen zuckte die Schultern.

Mich juckte es, gegen den Stachel zu löcken.

„Bestimmt mit Flugzeug geflohen!“

„Nö, da hab ich einen anderen Verdacht. Die stecken hier noch irgendwo in Kiel.“

„Soso. Die beiden hatten doch so ein besondeles Auto?“

„Ja, den Diplomaten. Der stammte aus einem Diebstahl vor dem Landeshaus, vor fast einem Vierteljahrhundert. Die Karre hatte Kennzeichen vom Diplomatischen Corps deswegen war sie für die beiden so wertvoll. Ein echtes Diplomatenkennzeichen, damit kann man sich alles erlauben. Es gibt für akkreditierte Diplomaten keine Strafverfolgung. Deswegen haben

sie auch den Unfall, bei dem sie angeblich gestorben sind, mit einem anderen Auto vorgetäuscht."

Sieh an, sieh an, der Kerl wurde gesprächig. Mal sehen, was der so alles ausplauderte:

„Wieso wal das Auto so weltvoll?" Mir fiel das Reden im slapstickchinesich immer schwerer. Dazu kam, dass ich schon mit der Hälfte der Gäste auf „Du" angestoßen hatte. Mit entsprechenden Folgen für meinen Alkoholpegel.

Hansen rückte verschwörerisch näher. „Das liegt daran, dass die Verkehrsbehörde es in 25 Jahren nicht geschafft hat, die Information weiterzugeben. Der Sachbearbeiter für die diplomatischen Kennzeichen hatte die Diebstahlmeldung auf dem Schreibtisch. Dann ist er kurz mal weggegangen. Besorgungen erledigt, was weiß ich. Nach zwei Jahren, auf dem Weg zur Kantine..."

„Zwei Jahle Besolgungen? Gibt's das?"

„Dort schon."

„Ist er gestorben, in der Kantine?" fragte ich wirklich interessiert.

„Nein, er wurde in den Landtag gewählt. Kam zu spät in eine Gewerkschaftsversammlung, winkte einem Bekannten zu und wurde daraufhin als Kandidat mit überwältigender Mehrheit der vier Anwesenden nominiert. Bekam als Gewerkschaftsvertreter einen hohen Listenplatz und hat seinen alten Arbeitsplatz nie wieder betreten. Das Büro wurde dann versiegelt."

„Ach so, und nun wurde es geöffnet!"

„I wo, das bleibt noch 25 Jahre zu. Geheimsache. Darf erst nach 50 Jahren geöffnet werden."

„Und das haben sie aufgedeckt?"

„Ja, in gewisser Weise. Der Abgeordnete ist mittlerweile tot, aber das Auto hatte einen inzwischen neuartigen, besonderen Düsenantrieb, als Kool und Voss damit geflohen sind. Und die Reste strahlten radioaktiv."

„Die Auspuffgase?“ Mir fiel ums Verrecken nicht ein, wie man die Abgase einer Düsenturbine nennt, denn einen Auspuff mit Schalldämpfer und Krümmer hat so ein Ding ja nicht.

„Nein, die Überreste, als das Auto explodierte.“ Mir wurde klar, dass ich jetzt nicht weiter fragen durfte, sonst würde Hansen kein Ende finden, und mir am Ende enthüllen, wer damals Uwe Barschel geselbstmordet hatte.

Kurz entschlossen griff ich Hansen ans Jackett, knöpfte ihm die Knopfleiste richtig und zog es ihm grade.

„Hose zumachen und Schuh zubinden!“ ordnete ich im Befehlston an. Dann drehte ich mich zu unserer Garderobe und fand, was Hansen im Moment am meisten fehlte: Eine prächtige Polizeimütze, die seit dem Weihnachtsfest mit der damals völlig besoff... äh, indisponierten Landesregierung dort hängen geblieben war. Ich zog Hansen seinen hässlichen Kohlkopfdeckel vom Kopf und tauschte die Mützen aus. Die etwas anrüchig riechende alte Mütze kam in eine unserer flötigen Hemdchen - Plastiktüten, in denen wir unseren „Außer Haus Verkauf“ verpackten.

„So, Hansen, jetzt biste wieder menschlich anzusehen. Ab zum Polizeipräsidenten, und dann nachher hierher, zum Rapport.“

Hansen klappte die Hacken zusammen und grinste.

„Du bist ein feiner Kerl, Voss-Ling!“

„Wir Dithmarscher müssen zusammenhalten, Hansen.“

Hansens Brauen zogen sich zusammen. Argwöhnisch glitten seine Blicke über mein Gesicht.

„Du bist auch Dithmarscher?“ fragte er langgezogen und lauernd.

Au weia. Jetzt begann das Ding einen „Schiefen“ zu ziehen.

Die völlig desinteressierten Umstehenden schoben sich unauffällig näher, um ja nichts zu versäumen.

„Ja, äh, öh, also genau gesagt bin ich Major der chinesischen

Volksarmee. Weil ich ja auf Professor Wu aufpasse, der ja anerkannter Dithmarscher ist...“

„Bist du gewissermaßen Beutedithmarscher. Soso. Wo ist übrigens dein „L“ geblieben?“

„Äh...ähl, velolen!“

Scheiße, Hansen hatte mich.

„Das gehört zu meiner Tarnung als Bodyguard!“ versuchte ich lahm die Situation zu retten.

Hansen tippte mir mit dem Finger auf die Brust.

„Also, Voss-Ling. Ich gehe jetzt zum Polizeipräsidenten. Dann komme ich wieder. Und dann will ich dich, Kool-Ming und den ehrenwerten Wu Pi sprechen. Verstanden?“

Er grinste wie Columbo und machte auf dem Hacken kehrt. Sogar den Finger bohrte er in die Luft - nur das Glasauge fehlte. Dann verschwand er unter dem Beifall der völlig desinteressierten Diplomaten, die mich auch gleich mit Fragen bestürmten. Hatte dieser Lump sich etwa extra kostümiert um als vermeintlich depperter Polizist auf die Mitleidstour etwas herauszukriegen? So von hintenrum, und dann durch die Brust ins Auge?

Es ging mir auf, dass ich vielleicht meinen Meister gefunden hatte. Oder blieb noch eine Chance? Vor meinem geistigen Auge sah ich schon die sich schließenden Handschellen und dann ging es ab in die Zelle. Zwar waren einige unserer Verbrechen verjährt. Aber mit Sicherheit nicht alles. Wenn die Geschichte mit den drei Bankräubern, von denen zwei nach dem Bankraub tot waren, herauskam... Das Kool und ich nur den überlebenden Bankräuber beraubt hatten würde uns keiner glauben.

Mord verjährt nie. Auch wenn wir daran ja nun wirklich unschuldig waren. Das würde uns Hansen schon aus reiner Boshaftigkeit in die Schuhe schieben.

In diesem Moment gab es ein pupsendes Geräusch. Es war so laut, wie wenn man es mit dem Mund nachmacht.

Dann flog eine Cocktailtomate quer durch den Raum und platzte auf dem Rücken des politischen Minderheitsführers. Das kam zweifelsohne aus der Richtung des Buffets, aber die Schuhplattler umstanden anscheinend unschlüssig den Rüssel.

Ich sah Kool und mich schon an eine Kugel gekettet in einem Steinbruch Hammer schwingen. Unser Freund Hansen würde dem Mangel an Steinen in Schleswig-Holstein mit Freuden abhelfen. Und wenn er die Steine selbst heranrollen müsste. In meiner Vorstellung waren alle Steine mit denRangabzeichen eines chinesischen Majors bemalt.

Plötzlich flog ein gepupster Eiswürfel vom Buffet kommend gegen den rotierenden Deckenventilator, wurde nach unten abgelenkt und verschwand im durchaus ansehnlichen Dekollete einer prominenten Schauspielerin und Moderatorin. Die reagierte mit einem 'huch' und versuchte mit hektischen Bewegungen, den Lauf des Eiswürfels in südlichere Regionen durch die Kleidung zu verhindern. Lautes Gelächter bei den Schuhplattlern. Voss-Ling beobachtete das Geschehen, ohne die Verursacher zu erkennen.

Was ging hier vor?

Dann riss mich Kools Stimme aus der Erstarrung: „Was wollte Hansen denn von dir?"

„Der holt nur noch ein zweites Paar Handschellen - für dich!"

Kool blickte mich nicht an und wischte mit dem Lappen über die verchromte Oberfläche des Tresens. Dann sah er mir prüfend in die Augen.

„Nö, ist gelogen. Wenn Hansen dich erkannt hätte, läge hier ne leere Dose Pfefferspray herum und du würdest Rotz und Wasser heulen.

Außerdem wäre die Stelle am Tresen blutig und eingedellt, wo Hansen deinen Kopf draufgeschmettert hätte."

Kool lächelte bei diesem Gedanken. Er wusste, dass wir schon mehr als das überlebt hatten: „Nö, der weiß nix."

Ich berichtete Kool vom Verlauf des Gesprächs:

„Ich schwöre dir, der weiß was. Vielleicht haben wir noch ein oder zwei Tage, bevor Hansen meine vorgebliche Deckidentität beim Bundesnachrichtendienst abgeklopft hat. Die werden sich schön auf die Schenkel klopfen und anschließend Hansen einen Arschtritt verpassen. Danach wird es ihn noch wütender machen, dass er auf einen angeblichen Major der roten chinesischen Armee reingefallen ist. Wenn er uns dann erwischt - gute Nacht."

„Wir müssen also wieder einmal fliehen?"

„Ja, Kool, so leid es mir tut. Unsere tarnung ist durch meine Blödheit verbrannt. Aber wir haben auf allen möglichen Bankkonten Geld, das wir mit Karten und Geheimzahlen abheben können, oder per Computer überweisen - und außerdem haben wir ein paar super Stellvertreter."

„Stimmt, Ochja im Service, macht sich jetzt schon gut, und Wu in der Küche. Wir könnten allein von den Zinsen in Saus und Braus leben."

„Aber erstmal holen wir uns von Momme Tipps, welche Gegenden der Welt wir uns ansehen."

Kool schlug mir schmerzhaft auf die Schulter. Freudig grinsten wir uns an - ein neues Abenteuer, eine neue Reise stand an.

Vorher aber musste ich die vier Schuhplattler rausschmeißen. Bevor die auf die Idee kamen, auch mit Gabeln aus dem Elefantenrüssel zu schießen. Einer hielt das hintere Ende zu. Alois lud vorn grinsend abwechselnd mit Eiswürfeln oder Cocktailtomaten. Während er Ziel nahm, drückten die anderen beiden auf den Rüssel und ein weiteres Geschoss flog mit einem Pups unkontrolliert durch den Raum.

Aber leider ist es ja so mit den Plänen, die man macht: Der Mensch denkt und Gott grinst.

Es sollte alles ganz anders kommen. Die Diplomaten, und nicht nur die aus Namibia, stellten sich als sehr interessierte Zuhörer heraus, deren Ohren wir bis zum Abwinken mit unseren Abenteuern und Geschichten füllen mussten.

◆ ◆ ◆

Stunden und etliche Getränke später:

Ich erwachte schrecklich.

Mein Schädel schmerzte.

Die Zunge lechzte nach Wasser.

Mir war schlecht.

Ich saß vornüber gesunken an einem der letzten Tische vor der Eingangstür. Hier hatte ich die letzten Gäste verabschiedet.

Die Eingangstür, die mich geweckt hatte. Ständig öffnete und schloss sie sich wieder.

Aber nicht ganz, sondern nur fast. Kurz vor Ende hielt sie an, knurrte bösartig, und gab dann auf. Sie fuhr ganz normal auf, stoppte, dann schloss sie wieder.

In die mir wohlbekannten Maschinengeräusche mischte sich ein menschlicher Ton: ein Röcheln. Ein Röcheln, das man als Sterbensröcheln bezeichnen musste. Wenn die Tür beim schließen bösartig angriff, war es besonders heftig.

Aber es wurde nicht schlimmer.

Ich überlegte langsam: war es wichtig, einen mir bis jetzt unbekannten Menschen aus einer Lage zu helfen, die sich offensichtlich nicht verschlechterte, oder musste der BON gesichert werden?

Der BON wurde übermächtig in meiner Phantasie. Der BON.

Der superlative BON.

Der DOPPELBON-tong-tong.

Man merkt, ich war noch immer so besoffen, daß ich Echos im Kopf hatte..

Wo war der? Irgendeiner meiner Kumpane musste diesen BON doch verwahren?

Kool? Momme? Wu Pi? Och Ja?

Ich selbst, in meiner Brusttasche des Oberhemdes?

Aber nein, lieber Voss, dein Hemd hat gar keine Taschen, wie es sich für ein Oberhemd gehört, zumindest, wenn es im diplomatischen Verkehr mit Perlen statt Knöpfen getragen wird, du Depp....Denn welcher Diplomat hat eine Sammlung von Kugelschreibern wie ein Hausmeister in der Brusttasche, wenn nur drei Schritt weiter ein Attache lauert. (Liebe Leser dieser Zeilen: Ein Attache ist der niedrigste Rang in diesem Zusammenhang: Die Reihenfolge ist in etwa: Attache – Konsul – Botschafter – Gesandter - Päpstlicher Nuntius - Dithmarsch... aua)

Liebe Leser, an diesem Punkt ereilte ein grässliches Unglück den Neutralen Beobachter. Er wird, nachdem ihn eine original Walfängerharpune aus dem Bestand von Oma Voss ihn hinterrücks dreimal unbeabsichtigt auf den Kopf schlug, morgen aus dem Elisabeth-Krankenhaus entlassen.

Felix, der Glückliche, der von mir verehrte, fast glorifizierte Nuntius, stellte die plötzlich verbogene Harpune an die Wand, winkte mir mit den Fingern zu und stieg durch die ächzende Eingangstür hinaus. Er half seinem steinalten Kumpel artig und äußerst respektvoll über die Trümmer und ins Auto. Dort wartete sein Fahrer mit der Limousine, verneigte sich respektvoll vor den beiden und sie brummten ab. Die heimlichen Eskapaden dieses freundlichen Heimlichtuers würde ich nie verstehen. Sollte ich mich nun um die ächzenden Geräusche

kümmern?

Noch verbarg die letzte Tischreihe vor der Fensterfront alles, was dort am Boden lag. Mit meiner schweren Alkoholvergiftung war richtig koordinierte Handlung noch nicht möglich. Also war das lästige Aufräumen vorerst ausgeschlossen.

Ich machte mich auf die Suche nach meinen Kumpanen. Irgendwie leitete mich dabei ein merkwürdiger Posaunenton.

(Posaunentöne sind für mich immer ein bisschen unheimlich, denn der Untergang von Jericho wurde auch damit begonnen. Wenn man der Bibel Glauben schenken darf, werden auch wir eines Tages einen gewaltigen, noch nie gehörten Posaunenchor erleben.)

Aber mich ergriff der Mut meiner Vorfahren und anderer Dithmarscher Helden, wappnete mein Herz mit einem Panzer aus dreifachen Eisen und ging meinen Weg dem unheimlichen Ton entgegen.

Unbewaffnet.

Und fluchtbereit.

Momme fand ich im Flaschenkeller, wo wir tausende leere und volle Flaschen der teuersten Alkoholika aufbewahrten. Die leeren warteten darauf, von Momme mit entsprechenden selbstgemachten Flüssigkeiten wieder gefüllt zu werden.

Bäuchlings lang auf dem Boden liegend, eine Magnumflasche Champagner – selbstverständlich leer – im Arm. So lag er da, auf eine äußerst kuriose Art und Weise: Seine Unterlippe berührte die Flaschenmündung, und bei jedem dritten oder vierten Atemzug kam es zu diesem trithornähnlichen dumpfen Hornsignal, welches auch große Schiffe im Nebel ausstoßen. Er lag da wie ein guter Soldat mit seinem Gewehr im Arm und rund um ihn herum dutzende und aberdutzende erschlagene ... na ja, nun, das stimmt ja nicht ganz, aber zumindest geköpfte Feinde. Das Taxameter, das in meinem Hirn selbst im tiefsten Besäufnis immer mitlief, machte leise „Kling!“, als wir die 1-Million-Euro-Marke (gerechnet ohne Umsatzsteuer) übersprangen. Ein anderer Teil meines Gehirns, jener, der für die unbewussten Handlungen zuständig ist, zog meine Oberlippe hoch und nach hinten und die Mundwinkel zu den Ohrläppchen, sodass ich ein feistes Grinsen im Gesicht hatte. Und in beiden Augen leuchteten Eurozeichen, wahlweise aufleuchtend in Gold und Silber. Mommes Unterbewusstsein musste mich gespürt haben, oder er hatte mich gerochen. Denn ich konnte meinen eigenen Schnapsgestank riechen.

Auf jeden Fall klappte Momme nur wenige Atemzüge und noch weniger Trithorntuten später langsam seine Augen auf, blinzelte in komisch-langsamer Geschwindigkeit und begann meckernd zu lachen.

„Welch ein Fest!“, stöhnte er. Dann zeigt er das Weiße in den Augen, fing wieder an zu schnarchen und blieb ansonsten regungslos liegen.

Immer mehr Bruchstücke der Feier tauchten wie Sternschnuppen in meinem Gedächtnis auf und verlöschten innerhalb von Sekundenbruchteilen wieder. Mir schien es aber, dass wir mit dem Verlauf der Feier zufrieden sein konnten. Ich schlurfte durch die völlig verunreinigte Küche. Nirgendwo konnte ich Kool finden, weder im Kühlraum noch im Polsterlager, wo er von Zeit zu Zeit mit der einen oder anderen Bedienung, manchmal auch mit weiblichen Gästen ein kleines Schäferstündchen abhielt. Sicherheitshalber schaute ich noch einmal in den Müllcontainer mit Essensresten, aber auch dort war der Kerl nicht aufzufinden. Irgendwas kam mir zwar anders vor im Polsterraum, aber ich war im Grunde genommen viel zu betrunken, um der Sache nachzugehen. Ich wollte mich schon abwenden, als ich ein leises Wispern in weiblichem Alt-Bass und chinesischem Tenor zu hören vermeinte. Woraus ich natürlich geistesgegenwärtig den Rückschluss zog, dass sich unser kleiner Wu mit unserer ersten Tresenkraft dort ins Versteck eingeschoben hatte. Da ich wusste, dass unsere Helga Kools Verführungskünsten völlig souverän und gleichgültig gegenüber war, konnte ich einen flotten Dreier im Polsterlager völlig ausschließen. Ich wollte dieses Glück nicht stören, denn wenn ich mich recht entsinne, glaube ich gehört zu haben: „Ob er uns gesehen hat?“ und antwortete im Stillen bei mir:

„Nee, gesehen nicht, aber gehört.“

Ich schlich weiter mit meinen Kreislaufproblemen, um die Kasse in näheren Augenschein zu nehmen. Erwartungsgemäß war nicht viel Bargeld in der Kasse, dafür aber ein endlos langer Bon mit allen verkauften Speisen und Getränken. Außerdem, und das war das Wichtigste, fünf blanko Din A4-Blätter, auf denen der Botschafter unten rechts unterschrieben hatte, direkt neben seinem dicken Amtssiegel, auf dem groß stand: „The Ambassador of South-West Africa“ Dem Botschafter hatte ich so lange ein Ohr abgekaut, dass ich ein ganz schlechter Rechtschreiber wäre und mich ständig vertun würde. Nur für den Fall, dass - sollte er mir doch bitte gleich noch ein paar Unterschriften mehr geben. Ich hatte natürlich ganz andere spitzbübische Gedanken und trug die fünf Blätter und den Riesenbon sicherheitshalber zu unserem großen Tresor, wo ich alles sorgfältig einschloss.

Die ganze Zeit begleitete mich dieses merkwürdige Geräusch der Eingangstür. Inzwischen war sogar noch ein weiteres Geräusch dazugekommen: Immer, wenn der Elektromotor am bösartigsten knurrte, mischte sich ein erbarmungswürdiges Röcheln dazu. Über kurz oder lang musste ich der Sache einfach einmal nachgehen. Also los!

Wieder wappnete ich mein Herz mit einem Panzer aus dreifachem Eisen.

◆ ◆ ◆

Hatte ich mich doch nicht getäuscht: den ganzen Kopf, die Hände, Hals und Brust schwarz angemalt mit Schuhcreme. Wachtmeister Hansen in Zivil, angetan mit einem schmierigen Lendenschurz, zurechtgemacht, wie sich ein treuer deutscher Provinzpolizist einen unauffälligen Schwarzen auf einem diplomatischen Empfang vorstellen mochte. Hansen im Undercovereinsatz! Und auf dem Weg ins Gefängnis mit der Beute in der Tür hängengeblieben. Mit dem Hals. Vermutlich durch zu viel eingeflösten Alkohol zusammengebrochen. Auftragsgemäß und gehorsam versuchte die Tür Hansen zu ergreifen. Und quetschte Hansens Hals gehörig ein.

Irgendwie hatte ich den Eindruck, dass selbst leblose Materie Hansen nicht sonderlich mochte.

Hansen mit einem enorm stinkenden Lendenschurz.

Ich mochte nicht über die Quelle des Gestankes nachdenken. Immer wenn sich die Eingangstür schloss, versuchte sie Hansen zu ermorden. Und weiter klärte sich das Bild:

In dem Gürtel des Lendenschurzes hing wie ein Skalp zu meinem Entsetzen Kool`s Perücke. Neben Hansen lag der bewusstlose Kool auf dem Bauch, angetan mit der farbenprächtigen Seide, in die wir uns mittlerweile kleideten.

Wenn wir in der China Cat die chinesischen Besitzer mimten. Man konnte auf Kool`s kurz geschorenen, jetzt flammend roten Haaransätzen erkennen, wie Hansen an der Perücke herumgezerrt haben musste, bis sie endlich wie ein Skalp abriss.

Die Hände waren Kool auf den Rücken gefesselt. Um den Hals hatte Hansen ihn mit grober Gewalt ein Halseisen aus dem vor-vorigen Jahrhundert gewürgt. Das rostige Halseisen war mit einer einen Meter langen Kette an Hansen`s linkem Handgelenk befestigt. Ich überlegte kurz, ob ich das Schlachtermesser aus der Küche holen sollte. Das Schlachtermesser, mit dem Wu oder Kool von Zeit zu Zeit die Gäste beim Sushi-essen erschreckte.

Das Schlachtermesser, um Hansen`s Hand damit abzuhacken.

Aber vielleicht gab es ja noch eine unblutige Lösung.

Nach diesem Erinnerungsflashback merkte ich, dass ich mich auch noch um den Schulze kümmern musste. Der war hier sicherlich irgendwo im Raum. Richtig, unter dem riesigen Haufen des zerstörten Mobiliars sah ich ein paar nackte schwarze Füße hervorschauen.

Schwach erinnerte ich mich an eine Begebenheit des letzten Abends. Irgendwas hatte die Leibwächter von Mkele mit Hansen und Schulze vorgehabt. Auf jeden Fall war es klar, dass sie unter diesem riesigen Haufen Müll Schulze wirksam gefesselt hatten. So konnte er sich, auch wenn er nachher langsam nüchtern wurde, nicht befreien.

Die komplette Delegation samt Gästekorona war abgereist und vermutlich über Hansen rübergetrampelt.

Ich saß nun da und konnte mich mit den Folgen des Festes herumärgern. Aber ich wusste ja, bis zu einer Million Euro durfte ich für dieses Fest berechnen. Schlauerweise würde ich genau einen Euro darunter bleiben, naja vielleicht auch nur einen Cent.

In diesem Moment kam Helga. Im Schlepptau hatte sie Wu und wie es sich für solche ordentlichen und disziplinierten Menschen gehörte, waren beide ordentlich frisiert und hatten keine zerwühlten Haare. Wu, der als Wissenschaftler natürlich eine blitzschnelle Auffassungsgabe hatte, maß die Situation in unserem Gastraum mit nur wenigen kurzen Blicken und übernahm das Kommando.

Früher mochte ich das gar nicht haben, wenn andere Leute anderen meine Befehle erteilten. Mittlerweile hatte ich es gelernt etwas mehr General zu sein und die Unterführer auch einmal machen zu lassen, sofern sie denn in meinem Sinne befehlen.

Gemeinschaftlich zerrten wir Schulze unter den zerborstenen Tischen und Bänken hervor und schleppten ihn zu dem immer noch röchelnden Hansen und der quietschenden Eingangstür. Man mag mir das nicht als Unmenschlichkeit auslegen, dass ich Hansen in dieser Tür halb ersticken ließ. Es war doch nur Selbstschutz.

Ochja kam irgendwo von hinten gewankt. Man sah ihm den

schlimmen Kater schon von weitem an.

„So, jetzt ziehen wir den beiden diese stinkenden Lendenschurze herunter. Dann schaffen wir die beiden weg!"

„Wohin?"

„Keine Ahnung - da fällt uns schon was ein. Watt ist mit Kool?"

„Wir könnten ihn im Keller zum Ausnüchtern unterbringen. Dort gibt es auch einen Eisenring, der in der Wand fest einbetoniert ist."

Misstrauisch musterte ich Wu.

„Du willst ihn anketten? Dann bist du nicht besser als Hansen."

Wu hatte dieses glitzern in den Augen, bei dem ich nicht wusste, ob es Schalk oder asiatische Grausamkeit war.

„Quatsch, ich habe nur geblödelt. Schulze kriegt das Halseisen um den Hals und dann ab mit den beiden."

„So tun wir!"

◆ ◆ ◆

Ich entschied mich dann aber doch lieber dafür, Hansen den Lendenschurz runterzuziehen, als ihm den Arm abzuhacken.

Unter dem Lendenschurz zeigte sich eine ehemals blütenweiße aber schon arg durchgescheuerte Doppel-Feinripp-Herrenunterhose im eleganten Stil der ausgehenden 40er Jahre.

Aufmerksame Leser aufgepasst: des 19. Jahrhunderts! Was ja aufgrund unserer kuriosen Zählung der Jahrhunderte im Jahre 1900 endete... In dieser Unterhose war eine durchaus neumodische Errungenschaft mit einigen groben Stichen hinein genäht: eine kleine Tasche aus nicht dazu passendem Stoff.

Meine vorsichtig tastende Finger, vorsichtig, um nicht tiefer in der Unterhose wohnende Löwen zu wecken, fanden dort den rostigen Bartschlüssel für das Halseisen.

Wie Ihr informierten Leser sicher wisst, ist es ja so, dass

heutzutage jeder dämliche Berufsverbrecher stets und ständig irgendwo an einer versteckten Stelle einen Schlüssel für die Handschellen der Polizei bei sich trägt. Natürlich nur in Filmen, um an den passenden Stellen des Drehbuches plötzlich ohne Handstellen dazustehen und weglaufen zu können.

Nur funktioniert dieser Handschellenschlüsseltrick nicht bei diesem mittelalterlichen rostigen Halseisen und daher erklärt sich auch meine Suche. Mit diesem Schlüssel löste ich Kool das Halseisen. Mit meinem eigenen Handschellenschlüssel öffnete ich dann seine neumodischen Handschellen.

Denn selbstverständlich habe ich immer einen dabei!

Ich rollte Kool auf den Rücken und hob sein Augenlid. Woraufhin Kool, ich war vielleicht etwas grob, nur „grmpf“ machte, was ich als „Licht aus“ interpretierte und das Augenlid wieder losließ. Ein Zittern ging durch den bis jetzt angespannten Körper Kool`s, und es löste sich der Muskeltonus. Schnurrend wie eine Katze legte sich Kool auf die Seite.

Aber wie erklärte sich der endbesoffene Zustand von Hansen?

Und da fiel es mir auch schon ein: Ich hatte Mkele selbst darum gebeten. Mkele stieß mich irgendwann im Laufe der Fete, als ich mal kurz neben ihm saß, an und flüsterte in mein Ohr:

„Wer ist denn der Bursche da?“, wobei er auf einen leicht verwirrt guckenden Schwarzen zeigte, der im Lendenschurz von einer zur nächsten Gesprächsgruppe schlich.

„Ich weiß es nicht.“

Er grinste mich aus seinem schokoladenfarben schwarzen Gesicht mit den wunderbaren weißen Zähnen an. Dann griff er mich im Nacken, schüttelte mich: „Für mich ist das ok. Auch wenn ich den Burschen nicht kenne, der sich da schwarzgemalt hat. Der steht nicht auf der Einladungsliste – ebenso wenig wie der da hinten!“

Der erstgenannte Bursche war ein kurz gewachsener, schmerbäuchiger Afrikaner, der linkisch im Lendenschurz zwischen den versammelten Honoratioren hin und her scharwenzelte. Die Honoratioren trugen es mit Fassung.

„Aber im Ernst," sagte er, „wer ist der Mann? Und gehört die lange Vogelscheuche da hinten dazu?"

„Das ist, wenn mich nicht alles täuscht, der getarnte Wachtmeister Hansen."

„Wie, bei der deutschen Polizei gibt es mittlerweile Schwarze im Dienst?"

„Wenn mich nicht alles täuscht. Aber die Farbe ist nur hmm, ich schätze mal Schuhcreme."

Mkele drehte sich zu seinem Leibwächter um und kommandierte: „Mach mal einen Hauttest."

Dieser 2,20 m Hüne erhob sich, ließ erstmal sämtliche Gelenke in den Extremitäten knacken, griff dann in die Tasche und holte das Hauttestset hervor.

Es war eigentlich simpel, das Hauttestset war ein Stück Sandpapier. 180er Korn, vielleicht so groß wie ein halber Handteller. Katzengleich schlich der Leibwächter von hinten an Hansen heran, klopfte ihm mit der linken Hand auf die linke Schulter und ratschte mit der rechten Hand einmal schnell über seine nackte schwarze Haut.

Überrascht drehte sich Hansen um und der Leibwächter sagte: „Oh, verwechselt, tut mir leid!"

und klopfte Hansen jetzt auf die rechte Schulter, um die Hautirritationen etwas zu verbergen. Dann kam er wieder zu uns geschlendert. Er zeigte das Testset vor:

„Eindeutig weiß, mit schwarzer Schuhcreme."

„Gut," sagte Mkele, und, ohne dass es eines weiteren Wortes von mir bedurfte: „Dann bring ihm mal ordentlich was zu trinken."

Unauffällig im Hintergrund drückte sich immer noch der andere merkwürdig aussehende Schwarze herum. Lang und schlaksig, mit einem extrem langen Hals und großem Adamsapfel.

„Lass den da," bat ich Mkele, „gleich mit saufen."

Der freundlichen Aufmerksamkeit von einem halben Dutzend hochmotivierter Leibwächter, die einen umzingeln und zum Trinken auffordern, kann man sich nicht entziehen.

◆ ◆ ◆

Wir sprühten sowohl Hansen als auch Schulze mit dem Komantschen Spray von Ochja ein, um abgeriebene Farbe zu ersetzen. Komantschen Spray gab eine wunderbare haltbare bronzene Farbe, die sich bei mehrfacher Anwendung noch vertiefte. Alle Stämme der Native Nations in Amerika benutzten es bei den rituellen touristischen Veranstaltungen. Auch wenn der Farbton nicht stimmte, jetzt musste es reichen. Sodann luden wir die beiden Schnapsleichen in das alte, geklaute und angemalte Polizeiauto...

In den nächsten Stunden war die Sensation in Schleswig-Holstein perfekt.

◆ ◆ ◆

Vor dem wunderschönen Gebäude der Staatskanzlei in dem unser geliebter Ministerpräsident nun schon seit vielen Jahrzehnten residierte. Von Zeit zu Zeit wurde zwar mal die Person getauscht, aber der Ministerpräsidentenposten blieb der gleiche.

Dieses Gebäude wurde abends von 18 Uhr bis morgens um 6:30 Uhr unter Missachtung sämtlicher gewerkschaftlicher Regeln von einem einzigen Hausmeister bewacht. Dieser musste dafür sorgen, dass niemand die Staatskanzlei oder ihren Inhalt stahl.

Die Wahrscheinlichkeit dieses Falles hatte die versammelte Beamtenschaft dermaßen erschreckt, dass dieser Hausmeister 18 Kollegen hatte, die sich diesen Job tagsüber teilen mussten. Weil die versammelte besorgnistragende Beamtenschaft diesen Fall gleichzeitig für völlig unwahrscheinlich hielt, dass jemand außerhalb der Dienstzeit einen Diebstahl verüben könnte, hatte man dem Hausmeister noch nicht einmal eine beeindruckende Schirmmütze zugebilligt, so eine mit einem Ehrfurcht gebietenden Mützenschild. Er lief mit einer vom Kleiderständer hmm...geliehenen Baseballcap herum.

Auf jeden Fall fand dieser vom Dienst müde Hausmeister morgens um 6:31 Uhr nach seinem Dienstende in dem wunderbaren Springbrunnen vor dem Eingang zwei mit Ketten auf ewig miteinander verbundene bronzefarbene und in Doppel-Feinripp-Unterhosen bekleidete Herren.

Dummerweise war zu diesem Zeitpunkt bereits ein Kamerateam aufgefahren und die Kieler Nachrichten versuchten über den Rand des Springbrunnens hinweg mit den beiden offensichtlich sturztrunkenen Herren ein Gespräch anzufangen.

Als diese Interviewversuche endlich eine Wirkung zeigten, zeigte sich, dass Hansen durch eine grausame Halsverletzung kaum sprechen konnte.

Er hatte nicht nur durch den übermäßigen Alkoholgenuss Schwierigkeiten sich zu artikulieren, sondern auch weil sein Hals links und rechts zwei tiefblaue Würgemale hatte.

Dann kam das SEK anmarschiert. Schulze und Hansen wurden trotz ihres schwachen Protestes von Ihren eigenen Kollegen abgeführt. Noch Vierundzwanzig Stunden später schossen die Spekulationen über den Hintergrund dieser schrecklichen Tat „an einer der Grundfesten unserer heiligsten Institutionen“ wie ein Regierungssprecher verlautbarte, noch nach. Aber dann wurde plötzlich dichtgemacht. Keine Informationen gelangten mehr nach draußen.

Lediglich dem Polizeichef hatte man vergessen zu sagen, was

los war.

Dieser hatte zu seinem großen Bedauern und später zügigem Ausscheiden noch verlautbart: „Wir haben weder Hansen noch Schulze erkannt, denn sie hatten keine Dienstausweise bei sich. Außerdem haben sie ihre übliche Dienstmütze nicht getragen. Deshalb wurden sie auch etwas gröber abgeführt."

So sagte es der Polizeichef auf die Frage eines Reporters hin: „Denn wir als Polizei sind immer neutral und wir dulden solche YMCA Veranstaltungen hier in unserem schönen Schleswig-Holstein und das auch noch vor der Staatskanzlei in Kiel überhaupt nicht!"

Befriedigt nickte der Großteil der Redakteure. Tja. Sekunden später tippte jemand dem Polizeichef auf die Schulter. Jemand, der aus dem hinteren Bereich des Presseraums kam, und ein Handy ans Ohr hielt. Jemand mit verzweifeltem Gesichtsausdruck. Aber diese Information war nun einmal an der Weltöffentlichkeit.

Vermutlich brauchten Hansen und Schulz zwei Tage zum Ausnüchtern, und noch einen weiteren Tag, bis sich der Vorgesetzte bequemte, die beiden aus der Haft zu holen.

Wu, Kool, Ochja, Momme und ich saßen später am Morgen bei uns in unserer privaten Küche im Penthouse und beratschlagten, was zu tun ist.

„Mit Sicherheit," sagte Kool, der nun einigermaßen wieder Herr seiner Sinne war, „mit Sicherheit werden die Beiden in den nächsten Monaten als Verkehrspolizisten auf der Ostküste eingesetzt."

Wir anderen nickten bedächtig, das erschien uns in genauer Kenntnis der beamtischen Verhaltensweisen sehr wahrscheinlich.

„Dass mir Hansen die Perücke runtergerissen hat, ist richtige Scheiße." Da hatte Kool völlig recht. „Kool-Ming und Voss-Ling sind damit verbrannt. Kurze Zeit können wir damit noch auftreten. Es ist aber damit zu rechnen das Hansen und Schulze irgendwann in das richtige Ohr eines richtigen, schlauen Vorgesetzten hineinflüstern und wieder hier am Westufer auftauchen. Hansen und Schulze haben zwar keine Freunde bei der Polizei, nur sogenannte Kollegen," dabei machte er mit Zeige- und Mittelfinger Gänsefüßchen in die Luft, „ ja, aber vielleicht finden sie irgendwann einmal das richtige Ohr und dann sind wir im Arsch."

Damit hatte Kool unserer aller Meinung auf den Punkt gebracht und wir wappneten uns für einen plötzlichen Verschwindibus.

Ich packte - wie ich es gewohnt war - eine Alarmtasche mit Wechselsocken und diesmal dem Vierbändigen „History of the english speaking people" von Winston Churchill. (Oftmals werde ich gefragt woher meine vorliebe für Churchill herrührt. Ich finde seinen Schreibstil gut. Es kann sogar eine gewisse Verwandschaft über meine Alt- Ur- sächsischen dithmarscher Vorfahren geben.

Kool legte sich ein 100er Pack Kondome und unsere Glücksgebisse zurecht. Somit waren wir beide für eine plötzliche Abreise ausgerüstet.

Da in der China Cat die Aufräumarbeiten auch ohne uns im Gange waren, blieb uns nichts anderes, als das Restwochenende in Ruhe zu genießen. Kool schwand nach einem kurzen Telefongespräch unartig grinsend. Wollte er spazieren gehen? Wir anderen pflegten unsere müden Glieder und genossen Kosakenkaffee.

◆ ◆ ◆

Mit einem Schrei schreckte ich hoch.

„D...d...d... der Botsafter!"

Und starrte erst einmal verständnislos in die Gesichter meiner

Freunde, die sich nach meinem Ausruf verwirrt aufgerichtet hatten. Da lagen auf dem 3 mal 5 Meter Bett, das normalerweise nur Kool und ich benutzten, heute Nachmittag auch Wu und erstaunlicherweise Momme Kuckschief.

Kool schien sogar ausnahmsweise ohne Begleitung zu sein, was nicht zu bedeuten hatte, dass er ungeküsst ins Bett gegangen war.

Kool brachte es fertig, eine Frau auf seine Bettseite zu locken, sie dann galant nach Hause zu begleiten und sich auf dem Rückweg, ungeduscht, eine neue aufzureißen.

Etwas, was ich vollkommen absonderlich fand, sowohl was das Aufreißen, Kools hemmungslosen Sexualtrieb und was das Ungeduschtsein betraf.

Aber stopp, in diesem Moment entdeckte ich einen Tanga, der über Kools Ankleidestuhl drapiert war.

In diesem Moment guckte eine junge Frau, die zum diplomatischen Team der Staatskanzlei unseres wunderbaren Landes gehörte, aus Kools Betthälfte und guckte uns Viererbande entgeistert an.

„Habt ihr hier etwa alles rumgelegen, während wir …?“, dabei zeigte sie auf Kool. „Öh, rumgelegen schon, aber ehrlich gesagt, können wir keinerlei Aussagen machen, weil wir alle sturzbesoffen waren.“

„Außerdem ist hier eine Kissenmauer - da kommt nix durch. Wir sind doch keine Spanner!“ behauptete Momme empört.

Das Mädchen guckte recht pikiert die Kissenmauer an und nickte dann.

Ich wohl auch.

„Was ist das eigentlich für ein riesenhafter Diwan?“

„Ich glaube, das kann ich erklären. Dieses Dreimal-fünf-Meter-Bett gehört exakt zur Hälfte Kool“, ich wies dabei auf meinen Freund, „und mir“, dabei zeigte ich auf mich:

„Die Grenze befindet sich exakt in der Mitte und ist rot gekennzeichnet. Alles in dieser Wohnung gibt es doppelt, nur das Schlafzimmer nicht. Weil keiner von uns im Ankleidezimmer schlafen wollte, und das Bett nun mal da war, trennten wir die Hälften mit der Kissenmauer."

Momme und Wu lagen alle auf meiner Seite.

„Was seid ihr eigentlich für eine komische Kommune?"

„Ganz bestimmt keine Kommune", sagte Wu, „damit habe ich nichts mehr am Hut. Wir leben friedlich, ohne Bevormundung und ohne Ideologie."

Momme, Kool und ich nickten zustimmend. Wir hatten die amerikanischen CIA-Agenten bei einer Eiergrog-Wahrheitsprobe dermaßen betrunken gemacht, dass sie wahrscheinlich noch heute in Langley Kopfschmerztabletten austeilen. An die Kollegen des armen CIA-Agenten, die den Fuselgeruch von diesem Kerl ertragen müssen. Seitdem hatten wir weder Besuche von irgendwelchen Geheimdiensten noch von den kommunistischen Auftraggebern bekommen. Aber auch nur, weil ich es geschafft hatte, auf höchster Regierungsebene und unter Einschaltung des Dithmarscher Diplomatischen Korps sowohl den russischen als auch den israelischen Geheimdienst zurückzupfeifen. Den taiwanesischen und rotchinesischen Geheimdienst spielte ich einfach gegeneinander aus.

Das war nicht so schwierig.

Und ich hatte damals quasi in einer Tripel-Dipel-Quardripel-People-Dingsda-mehrfach-Verwirroperation alle so durcheinandergebracht, dass die fremden Geheimdienste sicherheitshalber unser gastliches Schleswig-Holstein verließen, bevor es in den Hauptquartieren der Geheimdienste quer über die einzelnen Flure zwischen Abwehr, Gegenabwehr, technischer Abteilung und Logistik zu Feuergefechten kam.

„Aber sagt mal, warum hast du gerade eben „der Botsafter" geschrien und wieso lispelst du neuerdings? Und wieso hast du

D-D-D-D-D gemacht wie ein Stotterer? Lispelst und stotterst du neuerdings?“

Beschämt musste ich nicken.

„Ja, leider kommt das in letzter Zeit bei mir öfter vor. Ich habe doch vor drei Wochen einen Kurzurlaub in der Schweiz gemacht und lernte zeitgleich mit Lernkassetten Dänisch und Französisch. Das scheint sich ein wenig negativ auf mein Sprachzentrum auszuwirken.“

„Und warum hast du nun d-d-d-der Botsafter gesagt?“

Ich stützte mich auf meine Arme, lehnte mich zurück und überlegte, wie ich zu diesem Gedankensplitter gekommen war. Wie war das denn noch?

Der Botschafter wollte ein ganz besonderes Kunststück vorführen, das während seiner Studienzeit im Trinity College gepflegt wurde. Dafür war er auf den Kronleuchter geklettert.

Engländer, vor allem Studenten, besonders betrunkene englische Studenten hecken ja in ihrem Suff die ungewöhnlichsten Späße aus. Im Laufe der Jahrhunderte werden diese Späße kultiviert, gepflegt und perfektioniert. Während Mkele nun in hoher Warte thronte und aus Shakespeares Hamlet in altem Englisch mit raumgreifender Stimme deklamierte, eskalierte das Geschehen um Hansen und Schulze. Es kam zu einer formidablen Schlägerei. Irgendwie war die Kampftätigkeit durch Erschöpfung dann langsam verebbt.

Nur hatte die sich so lange hingezogen ... irgendwie lief das ganze Geschehen in meinem Hirnkasten noch nicht wieder rund. Doch jetzt fiel es mir wieder ein:

„Scheiße, bei der Schlägerei ist der Botschafter eingepennt. Der hängt wahrscheinlich noch oben an dem riesigen Kronleuchter.“

„Und was ist jetzt mit dem Botschafter?“

„Ja, der ist wohl noch oben. Der ist bei unserem Aufräumen hübsch leise geblieben, sonst hätte er uns helfen müssen. Das wusste der doch ganz genau."

„Und dabei ist er ganz sanft eingeschlafen..., ja, das passt. Schätze, da schnarcht er immer noch. Es ist ja erst halber Nachmittag."

Entschlossen machen wir uns wieder auf den Weg zur Fresh Fried China Cat, dem angesagtesten Restaurant der Welt; dem einzigen Restaurant der Welt mit sieben Sternen. Dass vermutlich alle sieben von den sechs überhaupt möglichen Sternen von uns selbst angedichtet waren und nur durch eine geschickte Datenmanipulation Onkel Wus auf den verschiedenen Datenbanken des Guide Michelin zurückzuführen war, ging ja eigentlich niemanden etwas an.

Wu, Kool, Momme und mir war angesichts unseres riesengroßen und tief zerhackten Kerbholzes diese kleine Petitesse nur noch ein Treppenwitz am Rande der Geschichte. Also fassten wir den Entschluss, direkt nach dem späten Frühstück aufzubrechen und den Botschafter zu retten. Aber erst einmal musste gefrühstückt werden, was sich dann natürlich schlaffe zwei Stunden hinzog, bis alle ihren Kaffee geschlürft, ihre Zigaretten ausgeraucht und Momme seinen Priem ausgesuckelt hatte. Mit unserem Spezial-Fahrstuhl, der direkt vom Penthouse in den Keller zu den Fahrzeugen führte, exklusiv nur für uns, denn die Penthouse-Wohnung ist selbstverständlich bevorzugt.

Im Keller angekommen stand dort unser Beutestück, quasi der Ersatz für den armen Diplo.

Selbst im ausgeschalteten Zustand hörte man das Quietschen, Wimmern und Knarzen der schadhaften Verbindungen und Ersatzteile.

Das Lachen der Kollegen muss episch gewesen sein, als man Hansen und Schulz diese Schande des Asphalts übergeben hatte.

Kool und ich, wir Idioten, hatten ausgerechnet diese Karre geklaut.

Aber es war auch das einzige Fahrzeug in der langen Schlange der geparkten Einsatzfahrzeuge in Frankfurt, in dem der Schlüssel steckte. Die Frankfurter Polizisten kannten sich mit ihren Eingeborenen aus und nahmen die Schlüssel mit. Hansen und Schulze nicht, die waren vermutlich schon zum Fegen der Trümmer verdonnert, als Kool und ich in den Damenklamotten die lange Reihe der Mannschaftsbusse entlangliefen.

Inzwischen allerdings dürften die beiden am Ostufer der Kieler Förde Parksünder aufschreiben. Doch dieser Zustand war nur ein Aufschub. Irgendwann würde einer der beiden das Ohr eines Vorgesetzten erreichen. Mir gruselte bei dem Gedanken. Ich hatte immer den unheilverkündenden Vers von Wilhelm Busch im Gedächtnis:

"In den Trichter kommen jetzt die Bösewichter."

Tief in mir hatte ich diese böse Ahnung, das dieser Spruch sich noch furchtbar erfüllen sollte.

◆ ◆ ◆

Und so brachen Kool, Wu, Momme Kuckschief, Hanna, Kools neue Freundin des Tages, und ich, mit dem gekaperten Polizeiwagen auf zur Fresh Fried China Cat, um den verschollenen Botschafter der Freien Republik Namibia, oder wie einige Vorgestrige sagten, Deutsch-Südwest, vor dem schrecklich Schicksal des Hungertodes auf unserem Kronleuchter zu retten.

Denn das wäre ein großes Unglück gewesen.

Diese Rettung gelang uns ganz unspektakulär und ohne das weitere Worte dem Geschehen hinzugefügt werden müssen. Mkele grinste uns breit und kauend entgegen, als wir um den Kronleuchter herumstanden und seinen Namen in die Höhe brüllten. Er kam aus der Küche, wo er im Kühlschrank und auf dem Tisch ein Schlachtfeld hinterlassen hatte. Noch mit reichlich Restalkohol bin ich immer ein wenig rührselig, ich vergoss über die gelungene Rettung ein paar echte Tränen.

Hansen und sein Adlatus Schulz waren tatsächlich zum Verkehrregeln an die Ostseite der Kieler Förde verdonnert worden, von da drohte die nächste Zeit keine Gefahr.

So stolperten wir ganz gemütlich und entspannt in unser nächstes Abenteuer.

◆ ◆ ◆

3. KOOL WILL URLAUB

Onkel Wu soll auf ihn aufpassen - Ob das klappt?

Kool hatte mich um Urlaub gebeten. Das letzte Mal hatte der Urlaub mit einem zweiwöchigen Desaster auf der Reeperbahn in Hamburg geendet. Bei dem Kool sicherlich viele ausnehmend hübsche Mädchen kennen gelernt hatte. Doch ich hatte diesmal beschlossen, Kool nur eine Woche zu bewilligen. Außerdem war als Aufpasser unser Chefkoch und Professor der Atomphysik Wu und Mitbesitzer der „China Cat" mitzunehmen.

Als Aufpasser selbstverständlich, das möchte ich noch einmal betonen.

Erstens konnte der Schaden, den Kool auf der Reeperbahn anrichtete, diesmal nicht so groß werden, denn rein mathematisch würde ich nur die Hälfte der Reparationsforderung der Zuhälter und sonstigen Geschäftsinhaber auf der Reeperbahn auf den Tisch bekommen.

Außerdem wusste ich, dass Wu mit seiner bekennenden asexuellen Ausrichtung womöglich einen mäßigenden Einfluss auf den überbordenden Geschlechtstrieb meines Freundes hatte. Das war natürlich Spekulation, die aber erheblich zu meiner inneren Beruhigung beitrug. Zusätzlich hatte Kool fest versprochen, zu desertieren, wenn ich ihm keinen Urlaub gewähren würde. Diese Alternative würde schließlich dazu führen, ihn irgendwann aus der Fremdenlegion oder noch Schlimmerem freikaufen zu müssen. So ging ich unter den

genannten Bedingungen auf Kools Gesuch schließlich ein. Ich dachte an die schön knisternden Geldscheine, grün oder gelb, die ich sparen würde.

Ich Dummkopf.

◆ ◆ ◆

4. LUSTSKLAVE KOOL

Na, wer hätte das gedacht?

Nach genau 7 Tagen erschien der verlässliche Wu. Und es war wirklich wie eine Erscheinung.

Ein Hamburger Taxi bremste plötzlich vor dem Restaurant und parkte auf unserem privaten Halteverbotsstreifen. Der Fahrer zerrte den schlaffen Wu vom Rücksitz und zog ihn an einem Arm über den Bürgersteig, durch die Eingangstür und quer durch den Gastraum. Wie ein frisch erlegtes Wildschwein.

Erschrocken hielten die Gäste beim Essen inne, folgten mit ihren Blicken dem seltsamen Gespann und begannen erst zu tuscheln, als der turbantragende Fahrer mit dem hinterher geschliffenen Wu in der Küche verschwunden war. Ich selbst stand die ganze Zeit wie angewurzelt am Stammtisch, wo ich mich mit einem Staatssekretär über irgendeine hochgeheime und wichtige Verschlusssache beiläufig unterhalten hatte. Vielmehr, in der ich wie immer um Rat gefragt worden war.

Auch mir war der Kiefer mitten im Wort offengeblieben. Der Taxifahrer war mir unbekannt. Trotzdem hatte er Wu zielstrebig in die Küche gezerrt. Der Staatssekretär grinste mich breit an, und tätschelte mir den Handrücken.

„Immer Ärger mit dem Personal, was, Voss-Ling," stellte er nüchtern fest.

„Wu ist Teilhaber, kein Personal!" erwiderte ich heiser flüsternd.

„Oho, bei uns im Büro geht die Mär, dass Wu und alle andern hier Sklaven sind."

„Ja, ja. So geht das immer. Kool-Ming und ich werden oft verkannt. Dabei sind wir große Menschenfreunde." murmelte ich mir in den nichtvorhandenen Bart - einer jener Sätze, die man als Halbschlauheit ausspricht, um die eigenen Ahnungslosigkeit zu kaschieren.

„Wo steckt Kool-Ming überhaupt?"

„Gestrandet im Puff? Als Knecht bei den Kredithaien? Anschieber in der Geisterbahn?"

Mir wären auf Schlag mindestens noch drei Dutzend weitere lustige Dinge eingefallen, die Kool treiben konnte, ja, die er teilweise sogar schon ausgeübt hatte. Mit meiner freundlichen Unterstützung, versteht sich. Ich zuckte die Schultern, hob die Hände wie einer dieser theatralischen Italiener, um mir einen leidenschaftlichen Abgang zu verschaffen und verschwand ebenfalls in der Küche. Dem nachdrängenden Publikum verwehrte ich den Eintritt:

„Bitte nicht näherkommen, vielleicht ist Wu mit ansteckenden und tödlichen Viren in Kontakt gekommen. Wahren Sie auch aus Gründen Ihres eigenen Schutzes Sicherheitsabstand. Bitte geben Sie ihrer Bedienung das doppelte Trinkgeld, sicherheitshalber."

Nach dieser Drohung verschwanden alle Neugierigen.

Ich wusch Onkel Wus Wunden, trocknete seine Tränen und gab ihm Aspirin gegen seinen gewaltigen Katzenjammer. Dem Aussehen nach hatte er eine wüste Woche auf der Reeperbahn verlebt, so richtig zünftig und nach Dithmarscher Art. Denn immerhin war Wu zwar kein genetischer, aber doch zumindest eine Art moralischer Dithmarscher.

Ich weiß, wie sehr dieser Ausdruck dem geneigten Leser und der geneigten Leserin ein Grinsen auf das Gesicht zerren will, weil gerade im Hinblick auf einen Mann, der sieben Tage auf'm Kiez war, sicherlich nicht das Adjektiv „Moral“ zutrifft. Aber das bezeichnet ja auch gewissermaßen nur diesen inwendigen Dithmarscher in Wu Pi.

Der Taxifahrer, der Wu abgekippt hatte, musste noch ein paar Informationen herausrücken, bevor ich ihm das Geld auszahlte. Vor allem, warum Wu ganz widerlich nach Raubtierpisse stank.

Der Taxifahrer hielt sich im Hintergrund, aber doch unübersehbar. Augenscheinlich handelte es sich um einen Inder, denn seine Haut hatte diesen herrlichen helldunklen Farbton, nicht ganz Milch und nicht ganz Kaffee. Außerdem hatte er samtene Pluderhosen an und einen Turban auf. Im Gürtel steckten zwei Krummdolche, die unter waffenrechtlichen Gesichtspunkten sicher nicht erlaubt waren - es sei denn, man konnte folkloristische Gründe und Brauchtum nachweisen. Kurz, der Kerl sah wie ein indischer Maharadscha aus. Mir schwante, dass der Kerl nicht unerheblich in die ganze Sache involviert war:

„Und, wie hoch ist die Rechnung?“ Im Hinterkopf hatte ich ja schon den Plan, den Kerl mit einem Gutschein für die oberen Etagen abzuspeisen, aber es kam anders.

Mit beiden Händen wehrte der Kerl ab.

„Nänä,“ erwiderte er in breitestem Hamburger Tonfall, „so einfach kommt ihr nicht davon.“

Meine Hoffnungen auf ein billiges Davonkommen schwanden.

Wir richteten Wu, der auf dem großen Hackklotz wie tot lag, auf. Zur Erfrischung goss ich einen Eimer benutztes Wischwasser über den Kerl, um wenigstens die gröbsten Verschmutzungen und Bakterien abzuspülen. Langsam öffneten sich Wus Augen. Der Taxifahrer hielt Wu eine große Karaffe Wasser unter die Nase. Mühsam fixierte Wu die Buddel und soff das Wasser wie ein durstiger Ackergaul in sich hinein.

Er brauchte noch ein paar Sekunden, um mich zu fokussieren.

Er erkannte mich dann und kniff die Augen zusammen. Tränen rannen ihm die Wangen herunter.

„Kool ist in fürchterlicher Gefahr“, schluchzte er.

„In welcher Gefahr?“, fragte ich.

Die Tatsache der Gefahr an sich war ja für uns nichts Besonderes. Kool und ich lebten seit Jahren auf der Flucht vor der Polizei und vor rachsüchtigen, abgelegten Freundinnen Kools.

Das härtet ab.

„Er ist in der Gefahr der Bigamie“, mischte sich der Taxifahrer würdevoll ein.

„Ohh“, winkte ich ab, „da kann ich dich beruhigen. Kool war noch nie verheiratet. Weder mit mir noch mit einer Frau."

„Oho“, sagte der Taxifahrer, „er macht es auch mit Männern?“

„Nein, nein, nein“, wehrte ich ab, „so weit geht die Toleranz bei uns auch nicht. Es wird nur immer behauptet.“

Wir haben zwar einige nach Damenparfum riechende Ästheten zu guten und wirklichen Freunden, aber das sich Kool mal mit einem männlichen Fräulein derart vertun könnte, schloss ich definitiv aus. Oder?

Jetzt fingen Wu und der Taxifahrer Andi wie verrückt an, durcheinander zu quasseln. Und was mir dabei zu Ohren kam, erschreckte mich dann doch.

Ich unterbrach den orientalischen Wortschwall der beiden und sagte:

„Stopp! Nun einmal langsam. Wu zuerst.“

„Also“, sagte Wu, „im Grunde genommen war das ja zu Anfang nichts Spektakuläres. Kool und ich auf den Kiez, rein in die erste Bar, ran an die Ladies, ran an den Sprit!“

Na, den Teil der Story konnte ich mir lebhaft vorstellen. Und auch, wie es weiterging:

Nach ein paar Tagen war Kool von der ewigen Feierei so klapperig, dass selbst seine übergroße und über die Maßen produktive Hirnanhangdrüse es nicht mehr schaffte, genügend Testosteron zu produzieren.

Nun beschlossen die beiden ungleichen Kerle, es erst einmal etwas ruhiger angehen zu lassen. Also wollten sie den Zirkus auf dem Heiligengeistfeld mit einem Besuch beehren. Kaum hatte die Vorstellung begonnen, traten auch schon gleich ein paar Artisten der chinesischen Staatsoper auf.

„Und dann", mischte Andi sich ein, „brach ein wahrer Tumult los. Ausgelöst von dem da." Wobei er auf Wu wies.

„Er hat alle Mitglieder des Ensembles einzeln beim Namen gerufen und diese erkannten ihn offensichtlich auch, sodass der geregelte Fortgang der Zirkusaufführung derbe unterbrochen wurde."

Wu nickte traurig und wedelte leise mit den Ohren.

„An dem Tohubawohu hat Kool bestimmt auch seinen Spaß gehabt, nicht wahr?"

„Ohne Ende", knurrte Andi, „das gegenseitige Begrüßen, Zujubeln nahm solche Ausmaße an, dass die Vorstellung erst einmal eine viertel Stunde unterbrochen wurde und wir aus den umliegenden Bordellen Rausschmeißer besorgen mussten, um die Situation wieder unter Kontrolle zu bekommen."

Andy trank jetzt auch einen schönen Schluck aus einer anderen Karaffe, die uns Helga wortlos hingestellt hatte.

„Ja, besonders randaliert hat da Kool. Wu war ja mit gegenseitigem Schulterklopfen beschäftigt."

„Und dann?", fragte ich.

„Als sich der Tumult gelegt hatte, begann die Aufführung der Tiger mit meiner Frau. Irgendwie hatte Kool den Weg hinter die Kulissen gefunden, geriet mit in den Eintrieb der Tiger, stand plötzlich mitten in der Arena und äffte jedes Mal alles den Tigern gehorsam nach. Wenn meine Frau den Tigern befahl, durch den Reifen zu springen oder solche Sachen, Kool immer hinterdrein."

„Na, das war doch wohl eher ein Hinterhertigern."

Ich war, mea culpa, wieder einmal vorlaut. Andi blitzte mich wütend an.

„Diese schwierige Dressurnummer durch so einen solchen Kretin vermasselt. Das Publikum lachte Tränen."

„Wieso hat deine Frau Kool nicht rausgeschmissen?"

„Geht nicht - wenn man in so einer Dressurnummer ist, darf man sich nicht ablenken lassen, die Tiger muss man im Auge behalten. Und die Pistole für Notfälle hatte ich!"

„Ich wundere mich nur, dass die Tiger Kool nicht gleich aufgefressen haben."

Andi schüttelte den Kopf: „Aber nee, die fingen an, sich gegenseitig zu balgen. Kaum dass Kool in ihre Nähe kam."

„Lass mich raten, es sind alles Tigerinnen." Jetzt sah mich Andi groß an.

„Ja, natürlich. Einen männlichen Tiger können wir nicht dazwischen lassen. Es würde sofort zu Schlägereien zwischen den Tigerinnen kommen."

Ich grinste Andi breit an.

„Da hast du doch schon die Antwort, Andi. Vermutlich hat Kool so viel Testosteron ausgeschwitzt, dass deine Tigerinnen ihn für einen Tiger gehalten haben und ihn deswegen in Ruhe ließen. So nach dem Motto: Jetzt prügeln wir erstmal aus, wer die Stärkste ist und dann immer schön der Reihe nach."

„Aber daraus wurde nichts!", krähte Wu vergnügt und mit funkelnden Augen bei dieser Erinnerung, „als die Tigerinnen sich die Tatzen um die Ohren hauten, mischte sich seine Frau dann doch ein!"

Jetzt sah Andi schweigend und betreten auf den Fußboden.

„Du musst wissen, Andis Frau ist 2,10m groß. Und rothaarig. Vermutlich hindugermanisches Erbe."

„Oha", sagte ich, „mir schwant Böses. Bei Rothaarigen, da

konnte Kool noch nie widerstehen.“

„So isses denn auch“, knurrte Andi, "naja, aber doch anders: Meine Frau schnappte sich Kool am Kragen und zerrte ihn aus dem Getümmel. Dann stapfte sie mit ihm am Schlafittchen aus der Arena und knurrend hinein in unseren Zirkuswagen.“

„Dann ist dieser Teil der Aufführung also auch geplatzt.“

„Ja, im Wortsinne“, knurrte Andi.

„Ich musste meine Tigerinnen bändigen und bekam das gar nicht mehr mit. Als ich dann alles geregelt hatte und zu unserem Zirkuswagen hinwollte, um herauszubekommen, was das nun sollte, da... .“

„...war die Tür von innen verschlossen und es waren eindeutige Geräusche aus dem Wohnwagen zu hören.“ vervollständigte ich ahnend.

„So ist es“, sagte Andi resigniert.

„Ach, keine Angst“, sagte ich zu Andi und klopfte ihm auf die Schulter, „das dauert bei Kool höchstens 1-2 Tage, dann setzt der sich ab.“ Traurig schüttelte Wu mit dem Kopf.

„Nee, nee, Voss, das siehst du jetzt falsch. Kool wird wahrscheinlich schon wollen, aber die Tigerlady lässt ihn nicht raus. Sie füttert ihn mit dem rohen Tigerfutter.“

„Das ist bestes Rindfleisch“, brummte Andi dazwischen.

„Na, umso schlimmer“, meinte Wu.

„Trotzdem kann ich mir nicht vorstellen, dass Kool das lange aushält. Selbst wenn sie ihn mit Beefhack und rohen Eiern füttert. Irgendwann wird er es über, das war bisher bei jeder Frau so. Nach spätestens 48 Stunden. Ich habe das doch hunderte Male erlebt.“ Was kannte ich doch meinen Freund gut: „Und spätestens dann flieht er.“

„Das hat er auch versucht“, nickte Wu, „er krabbelte in irgendeiner unbeobachteten Sekunde aus dem Toilettenfenster."

„Schon fast ein Wunder“, sagte Andi,

„das Toilettenfenster ist nur 30 x 30 cm groß."

„Daran kann man sehen, wie verzweifelt Kool war", sagte Wu.

„Auf jeden Fall rannte er dann in einem eindeutig zu großen rosa Damenslip, mit einem grünen Gummistiefel auf dem rechten Fuß, vom Heiligengeistfeld und dann die Reeperbahn entlang."

Kann man sich einen Gedanken auf der Zunge zergehen lassen? Ganz egal, ich tat das in diesem Moment und visualisierte das Geschehen. Kool, in einem zu großen rüschengesäumten Damenslip und einem Gummistiefel, ansonsten nackt. Die Beifallsstürme der Luden, Huren und Besucher der Reeperbahn müssen bis Bremen zu hören gewesen sein.

„Na, das hat ja sicherlich für eine Mordsgaudi gesorgt."

„Ja, bis zu dem Moment, wo die Tigerlady mitgekriegt hatte, dass Kool gar nicht am Scheißen war. Sie ist ihm dann im halboffenen Bademantel hinterhergelaufen.

Mit Revolvern in jeder Hand.

Und schrie: ‚gib mir meinen Tiger wieder! Wenn ich ihn nicht haben kann, soll ihn keine andere kriegen!'"

Liebe geneigte Leserin, lieber geneigter Leser, in diesem Moment bekam ich das Gefühl, dass ich immer dann bekomme, wenn ich einen besonders schönen Film im Fernsehen sehe. Angefangen mit Terence Hill in „My name is nobody", wenn er mit einem Knüppel Fische erschlägt, oder wie in „Unternehmen Petticoat", wenn das U-Boot mit rosafarbener Farbe angestrichen wird.

Selbstverständlich darf für mich Schuhhändler auch unser aller Vorbild „Al Bundy" nicht fehlen.

Dann setze ich mich bequem in meinen bequemsten Sessel, schlage die Beine übereinander und fühle mich so richtig rundum pudelwohl.

Genau so ein Gefühl bekam ich in diesem Moment. Um meinen

Kool war es mir nicht bange. Mit dem hatte ich schon Schlimmeres ausgestanden und tief in meinem Innersten wusste ich, dass Kool einst zu jenen weltbekannten Helden gehören würde, die hoch betagt und angesehen irgendwann einmal den Strohtod in seinem Bett im Kreis ihrer Lieben sterben würde.

An einfacher Altersschwäche. Denn so ist es bei uns Helden ja nun einmal, dass wir nicht sterben können, sondern irgendwann, weil der Tod sich nicht an uns herantraut, einfach das Alter kommt und uns Freund Hein ganz sacht abholt.

Irritiert sahen mich Andi und Wu an. Mein friedvolles, fröhliches Grinsen.

„Dann hat sie Kool zu fassen bekommen, an den Haaren gepackt und wieder in den Zirkuswagen gezerrt."

„Und dort schmachtet er jetzt noch vor sich hin", mutmaßte ich.

„So ist es", grinste Wu. Ich hatte das deutliche Gefühl, dass er Kool diese Erfahrung gönnte.

„Also müssen wir jetzt ausrücken und Kool aus den Krallen deiner Frau befreien. Passt ja auch, Krallen zu der Tigerlady."

„Und wem gehört jetzt das Taxi? Wenn du der Dompteur bist, dann wirst du ja nicht nebenbei noch Taxi fahren?"

„Nee," grinste Andi, „ die Chinesen zerrten Wu in die andere Richtung, und soffen auf der Reeperbahn mit ihm um die Wette. Ich hinterher. So bekamen wir ja auch das Drama mit Kools Flucht live mit. Irgendwann hab ich mir Wu aus dem besoffenen Getümmel geschnappt und in das nächstbeste Taxi geschleppt."

„Ach", winkte Wu ab, „das ist noch 'ne andere Geschichte. Sach' lieber deinen Kumpels Bescheid, dass sie den Wagen schnell verschwinden lassen. Denn sonst kommt uns die Polizei noch auf die Spur. Die haben zwar auf der Reeperbahn ganz schön weggeschaut, wie Kool an den Haaren und auf den Hacken längs den Gehsteig gezerrt wurde, aber hier bei uns ist die Polizei ja nicht mehr so zivil."

„Nee, Hansen und Schulz sind auch wieder an der Westseite der Kieler Förde gesehen worden. Da haben die armen Verkehrssünder nichts zu lachen. Aber mit welchem Auto sollen wir denn nun nach Hamburg kommen? Der Diplomat liegt doch immer noch als rauchendes Wrack in Frankfurt herum und wird von der Spurensicherung der Kriminalpolizei untersucht."

In diesem Moment kam Ochja feixend um die Ecke.

„Ich hab noch nie gesehen, wie sich zwei Polizisten gleichzeitig in die Hose scheißen!" krähte er vergnügt und strahlte über das ganze Gesicht. „Heute war es endlich so weit!" verkündete er selbstzufrieden.

„Wie bitte?"

„Na, eben gerade. Zwei nicht besonders schlau aussehende Udels wollten meine Papiere sehen, wie ich da am Kotflügel lehnte, um das Taxi zu bewachen. Der ukrainische Abschleppdienst ist schon wieder aktiv."

„War das Fenster noch halb auf? Sonst kriegt Käthe nicht genug Luft, in dem heißen Taxi!!" fragte Andi besorgt.

„Ja, das war ja mein Glück, grad als der lange Polizist nach meinem Arm greifen wollte, um mir die Handschellen anzulegen, knurrte Käthe laut und schnappte nach seinem Arm. Was aber zum Glück nicht klappte, sonst hätte der lange Udel demnächst eine Hakenhand."

„Käthe? Hakenhand? Ein Langer und ein pummeliger Polizist? Das waren die beiden Schwarzgemalten vom Botschaftsfest!"

„Hansen und Schulze!" erklärte Wu „diese fesselungsgeilen Udels wollten das auch schon mal bei Kool und Voss."

„Haben sie nicht geschafft - aber wer ist Käthe und wieso beißt sie in Hände, oder gleich Hände ab? Ist sie ein Kampfhund?"

„Nö," meinte Andi mit betont unschuldigem Gesichtsausdruck, „Käthe ist nur ne alte ausgewachsene Tigerin - und der Grund, warum der Taxifahrer quiekend seine Kalesche im Stich ließ - als Käthe ihm knurrend von hinten über die Glatze schleckte. Bevor er sie im Rückspiegel gesehen hatte. Käthe ist schon betagt, die tritt nicht mehr im Zirkus auf, die ist lieb wie ein Schoßhund."

„In dem Fall," so stellte ich mit gewichtiger Miene und durchaus salomonisch fest, „hat der Taxifahrer seine Eigentumsrechte verwirkt. Schließlich gilt hier im rechtsrheinischen, nie römisch besetzten, germanischen Gebiet das alte Strandrecht. Wer ein Gut freiwillig aufgibt, überlässt es dem Nächsten, der es in Besitz nimmt."

„Ist das hier so?" fragte Andi.

„Ja, und du glaubst gar nicht, wie die Burschen hier auf dieses alte Recht bestehen." bekräftigte Wu mein Urteil mit starkem Kopfnicken. Dann fasste er sich stöhnend an die Stirn. „Aua, mein Schädel."

„Schade, dass man Hansen und Schulze nicht länger in Frankfurt behalten hat. Um das Wrack des Diplomaten näher zu untersuchen."

„Hi, hi, hi", machte Wu mit schwacher Stimme. „Da wird gar nichts mehr untersucht. Die Spurensicherung hat radioaktive Strahlung in dem Wrack festgestellt. Daraufhin wurde ein größerer Betondeckel über dem Wrack ausgeschüttet. So ähnlich wie in Tschernobyl."

„Wie hast du das denn nun wieder hingekriegt, Wu?"

„Naja, ich habe euch ein paar sicher verpackte radioaktive Isotope runter geschmuggelt. Die lagen die ganze Zeit unter Kools Sitz."

„Hattest du die Hoffnung, dass er davon weniger rollig wird? Quasi so eine radioaktive Kastration?"

„Nö, da hab' ich gar nicht drüber nachgedacht. Tschuldigung, ist mir nicht eingefallen. Ich wollte nur verhindern, dass das Auto genau untersucht wird. Ein paar der Sachen, die ich euch eingebaut habe, sind noch geheim."

Wu ist etwas nicht eingefallen? Wer´s glaubt, wird selig! Und geheim? Der NB saß mit einem dicken Kopfverband an seinem Schreibtisch und beobachtete das Geschehen mit seiner unsichtbaren Kamera. Von Zeit zu Zeit schlürfte er ein bisschen Eiergrog, den er aus dem großen Topf schöpfte, der auf einem kleinen Feuer sacht brodelte. Die Eintragungen des NB wurden dadurch im Laufe der Zeit immer undeutlicher. Ganz zum Schluss vergaß er das Speichern seiner Aufzeichnungen.

„Ich hab denen da unten einen anonymen Hinweis gegeben. Daraufhin haben die Frankfurter Polizisten Hansen und Schulze vom Wrack weggescheucht und mit dem Geigerzähler die Strahlung gemessen. Jetzt brauche ich mir um meine Erfindungen keine Sorgen mehr machen."

„Ja, das mit der Kastration hätte 'ne Menge Ärger verhindert", knurrte Andi.

„Wer ahnt denn auch, dass meine Frau..."

Andi suchte nach Worten.

„...rollig wird?" bot ich an. Andi knurrte und ich konnte sehen, dass seine Hand zu dem Messergriff tastete, das er an seinem Gürtel trug. Aber verstehen konnte ich ihn schon. Wer mag es schon haben, dass einem die eigene Frau auf diese Art und Weise den Stuhl vor die Tür stellt.

Und dann die Tür zum Wackeln bringt.

„Nichts für ungut, Andi", beschwichtigte ich ihn, „wenn ich Kool´s Geheimnis der Frauenverführung eintüten könnte, um es in Mikrogrammportionen zu verkaufen, wäre ich Milliardär. Kool macht irgendetwas mit den Frauen, dass sie alle sofort auf ihn fliegen."

„Und da kann man dann nichts machen", ergänzte Wu, „aber wir müssen uns überlegen, wie wir ihn retten!"

Andi und ich nickten synchron und damit war die Rettungsmission für unseren Kool beschlossene Sache.

Zeit war der entscheidende Faktor.

Gemeinsam überlegten wir, wie wir es schaffen konnten, die fast unüberwindliche Strecke von Kiel nach Hamburg möglichst kostengünstig zu bewältigen.

„Wir können ja die Eisenbahn nehmen“, schlug Wu vor.

Ich maß meinen alten und meinen neu gewonnen Freund abschätzig mit Blicken.

„Ihr glaubt doch nicht etwa, dass ich mich mit euch beiden Gestalten in einen Zug hineinsetze? Noch auf der halben Strecke werde ich von der Bahnpolizei aus dem Zug geschleppt, als Schleuser verhaftet und ihr beide landet in der Auslieferungshaft. Mit ’ner Kugel am Bein. Und ich weiß zumindest, dass es bei dir, Wu, kein gutes Ende damit nehmen würde, wenn die Chinesen dich jetzt zurückbekommen.“ Wu zuckte zusammen.

„Scheiß Idee“, sagte er, „hast Recht. Ihr beide seht zu kriminell aus.“

Andi schüttelte in tiefer Mutlosigkeit mit dem Kopf.

„Wo bin ich hier nur her geraten und was für Unmenschen seid ihr nur?!“

Es wurde Zeit für eine meiner berühmten Generalsansprachen. Diese endeten entweder mit einem großen Schluchzen der Anwesenden oder mit einer besonders motivierten Massenschlägerei.

„Andi, du kannst deinen Dolch wegstecken,"

Ich holte tief Luft, spannte die Bauchmuskulatur an, und verkündete laut: "Denn, das sag ich dir: Wir werden dich nach Hamburg begleiten, werden Kool befreien, dich in die Arme deine Frau wieder zurückschicken und sicherlich mit einem größeren Batzen Geld in der Hosentasche zurückkommen, als wir losgefahren sind.“

Wu klatschte nach meiner Rede auf die Schenkel: „Ja“, sagte er, „das Letztere glaube ich bestimmt."

„Lass uns mal erstmal zusehen, dass ihr in neue Klamotten kommt. Andi hat ja ungefähr meine Größe, dem könnte was von mir passen und du hast ja deinen Kram bei uns und dann überlegen wir mal in Ruhe."

„Kommt Momme Kuckschief?“, fragte Wu erwartungsfroh. "Das ist immer so eine gute Hilfe beim Überlegen.“

„Ja, ja, und drei Tage später kannst du erst wieder den ersten klaren Gedanken fassen. Weil ihr euch wieder mit irgendeiner selbst gebrannten Kostprobe vergiftet habt. Das kenne ich schon, das bleibt dieses Mal sein.“

Auf dem Hinterhof der China Cat stand ja immer noch unser Fluchtfahrzeug herum, mit dem wir uns aus Frankfurt abgesetzt hatten. Sorgfältig tarnlackiert, aber, das konnte man schon von weitem sehen, dieser fast sechzig Jahre alte ehemalige Polizei-VW-Bulli stand nur noch zum Sterben dort. Seine Scheinwerfer sahen nur noch trübe in die Welt hinaus und die Chromzierleisten hatten Altersflecken. Der Lack, den wir frisch auf unserer Flucht aufgesprüht hatten, hatte große Tropfnasen, wie die Tränensäcke eines ehemaligen Tatortkommissars.

Wachtmeister Hansen, unser Ehrenfeind, wurde damit bestraft, die ältesten Fahrzeuge, die noch im Bestand der Polizei zu finden waren, kaputt zu fahren. Weil er uns nicht zu fassen kriegen konnte.

Hansen hätte diesem Fahrzeug vielleicht wieder ein wenig Leben und Hoffnung eingehaucht mit seiner liebevollen Behandlung. Denn schließlich wusste er ja nie, wann ihm das alte Gefährt unterm Arsch zusammenbrach. Oder wann er auf dem behördlichen Versorgungswege zu einem neuen Auto kommen würde. Ein Verkehrspolizist, der hinter Rasern hinterher läuft, macht sich nicht gut. Aber die ruppige Behandlung seitens Kool und mir und ganz besonders natürlich durch Wu hatte der alten grünen Minna fast den Rest gegeben. Wir fläzten uns auf die Sitze. Minna sprang nicht gleich beim ersten Mal an.

Ich streichelte ihr über das rissige und faltige Armaturenbrett.

Nach zweimal gut zureden und zwei weiteren Startversuchen streichelte ich dann mit beiden Händen über das Armaturenbrett. In dem Moment machte der Motor ein komisches uuiii-Geräusch, und mit einem letzten Röcheln sprang der Motor an.

Der erschrockene Tiger beruhigte sich und rollte sich auf dem Beifahrersitz zusammen. Ich hatte, um den schlimmen Raubtiergeruch etwas abzumildern das Fenster heruntergedreht.

Nach knapp hundert Metern Fahrt steckte Käthe wie ein Labrador den Kopf aus dem Fenster und zeigte ihr Gebiss. Die Blicke der Passanten waren schlicht göttlich.

Wir nahmen den schnellsten Weg zu unserem Penthouse, wo Kool, Wu und ich mit schönem Blick in die Kieler Förde hausten. Unterwegs bewarfen uns Schulkinder mit Mülltüten von einer Fast-Food-Kette und Obdachlose mit pfandfreien Saftflaschen.

Ich merkte regelrecht, wie unser Beuteauto litt.

Und ich mit ihm.

Ich konnte mich nur mit dem Gedanken trösten, dass alle anderen grünen Minnas dieses Baujahres mittlerweile den Orlog des Lebens schon hinter sich hatten. Wir karriolten in die Tiefgarage, die allerletzten klitzekleinen Reste des Blaulichts, das Minna bis vor kurzem noch stolz auf ihrem Dach getragen hatte, hatte der Hausmeister mittlerweile entfernt. Kool und ich hatten die Höhenbegrenzung der Tiefgarage glatt überlesen. Was uns mit einem schönen Klötern und Klimpern belohnte. Andererseits hatte dieser kleine Unfall auch ein Gutes gehabt. Bekanntermaßen wohnte in unserem Hochhaus ja auch der Ministerpräsident. Der wurde von den durchweg schlaueren Leuten vom Sondereinsatzkommando bewacht. Die hätten uns sicherlich gefragt, was ein Hippie-VW-Bus

denn mit einer Polizeilaterne auf dem Dach macht. Denn diese müssen bei einem Verkauf in den privaten Markt abmontiert werden.

Das hatten wir dann auch getan.

◆ ◆ ◆

Im Laufe der nächsten halben Stunde trudelten immer mehr Gäste ein. Das Licht in den Fenstern, und sofort wusste halb Kiel Bescheid, dass es eine Party gab. Dieser Zustand und die damit verbundene Erwartungshaltung der feierwütigen Nachbarn war in den letzten Monaten zur überkritischen Masse gereift, sodass Kool und ich dazu übergegangen waren, schon kein Licht mehr anzuschalten, wenn wir zu Hause waren. So saßen wir denn bei Kerzenlicht, wenn wir unsere Ruhe haben wollten und hatten ein Full House, wenn Licht an war. Da wir sämtliche Hausmitbewohner samt dem Ministerpräsidenten binnen kürzester Zeit beigebracht hatten, wie das ist, wenn wir feiern, kamen die anderen Mitbewohner lieber dann im Nachtzeug, um bei unserer Party schnell die Alkoholbestände wegzutrinken und uns damit ins Bett zu helfen, als dass sie die halbe Nacht im Bett lagen, und sich unseren Fetenlärm anhörten.

Das Partyvolk war ja gewohnt, dass wir alle möglichen Attraktionen abschleppen. Aber ein echter Tiger, der sogar Pfötchen gab...

Nach einiger Zeit kam tatsächlich der Ministerpräsident mit seiner neuen Freundin hoch, um uns bei der Party zu helfen und stellte uns auch artig der jungen Dame vor. Als ich ihr artig die Hand schüttelte, kam mir blitzartig ein Gedanke, den ich im Laufe der nächsten halben Stunde ausführte. Ein kurzes Gespräch mit dem Ministerpräsidenten. Dann konnte ich meinen beiden Kumpanen auf die Schulter klopfen und sagen:

„Wir haben eine Fahrgelegenheit."

Verblüfft sahen mich die beiden an.

„Du verscheißerst uns."

„Nee, nee, sagte ich, ich hab 'ne super Karosse für uns gekriegt. Und das Beste ist noch, völlig kostenlos. Außer einem kleinen Trinkgeld vielleicht. Ich wollte mir die Spannung erhalten und verriet kein Wort. Die beiden würden morgen früh Augen machen. Inzwischen machten alle mehr oder weniger mutigen Gäste Mätzchen mit dem Kätzchen.

Nur wenige trauten sich, meistens die Abgefülltesten, den Kopf in das Maul der Katze zu stecken. Das dieser Abend harmlos ausging, war nur Andy zu verdanken.

Danke, Andy.

Vor Fahrtantritt galt es noch eine sehr wichtige Vorbereitung zu treffen. Ich suchte einen Edding mit nicht zu schmaler Spitze und schrieb vor dem Spiegel in Spiegelschrift „No Tattoos! No Piercings!" oben über den Brustwarzen auf meine nackte Brust. Wu beobachtete mich erstaunt dabei, und auch Andi guckte skeptisch. Aber nacheinander erbaten sie sich dann auch den Edding von mir und schrieben sich den gleichen Text auf die Brust. Und selbstverständlich auch wie ich im Spiegel spiegelverkehrt, sodass es richtig herum aussah. Andi also in Brahmanisch und Wu mit chinesischen Schriftzeichen. Ich fragte die beiden nach dem Sinn.

„Warum schreibt ihr das denn in eurer Sprache darauf? Das kann doch ebenso gut heißen: Im Kung-Fu-Studio um die Ecke ist diese Woche Angebotswoche."

„Wer ein richtiger Tätowierer ist, weiß die Bedeutung dieser Schriftzeichen."

„Und wenn er es lesen kann und ihm trotzdem egal ist, was da steht?" Wu guckte mich grinsend an und sagte: „Ja, wenn es ihm egal ist, was das steht, dann tätowiert er dich auch, wenn es in Deutsch dort steht."

„Okay", sagte ich, „du hast gewonnen. Kannst du mir denn wenigstens auf Chinesisch ‚Du Arschloch!' darunterschreiben?"

Stirnrunzelnd sah mich Wu an. „Wieso ‚Du Arschloch'?"

„Na ja, immerhin, wenn er chinesische Schriftzeichen lesen kann und sich nicht darum kümmert, dann wird er sich über die Beleidigung aufregen und mich verprügeln. Das ist immer noch besser als tätowiert zu werden."

Wu erfüllte mir diese Bitte mit einem feisten Grinsen.

Andy und Wu machten große Augen, als ich sie am nächsten Morgen zum Dienstwagen unseres Ministerpräsidenten bugsierte.

„Damit?" hauchten Andi und Wu ehrfurchtsvoll staunend.

„Jo, ich hab dem Ministerpräsidenten unsere Wohnungsschlüssel gegeben. Und ihm den Trick mit den Vorhängen verraten. Jetzt machen die beiden frisch Verliebten so ne Art störungsfreies Flitterwochenende in unserer Bude und wir kriegen seine Karre. Auf Staatskosten versteht sich. Alle Kilometer und den Fahrer inklusive."

Schüchtern nickten Wu und Andy und kuschelten sich dann in die angenehmen Sitzpolster unserer neuen Fahrgelegenheit. Minna hatten wir in Kools Badezimmer gesperrt, mit einer Badewanne voll Fleisch aus der China Cat. Ich schenkte gegen den Kater einen Konterchampagner aus. Dieses befand sich wohltemperiert im Bordkühlschrank.

◆ ◆ ◆

5. DIE RETTUNGSMISSION

Wir erwerben ein standesgemäßes Fahrzeug - sogar ziemlich ehrlich - Rettung im Klingelpuff - Polizei in Not, wir helfen.

Auf unserer Fahrt nach Hamburg, um Kool zu retten, schaltete unser Fahrer rein gewohnheitsmäßig das Radio an. Nach einem kurzen Moment, in dem noch Musik gedudelt wurde, kam es zu einer ganz merkwürdigen Situation.

„Und hier ein Sonderbericht aus Hamburg“, klang es aus dem Radio.

„Kai-Uwe, du bist als Reporter vor Ort, und kannst uns sicher berichten, was auf der Reeperbahn los ist.“

„Ja, hier auf der Reeperbahn ist wirklich ein Affenzirkus. Die Berichte überschlagen sich im Moment, aber es scheint nach ersten Berichten von Augenzeugen so, dass sämtliche Tiere bei Hagenbeck ausgebrochen sind. Affen laufen die Reeperbahn entlang und Löwen schleichen um die Würstchenbuden herum. Sie werden von den Würstchenverkäufern mit halbgebratenen Würstchen abgewehrt. Eine Herde von etwa dreißig Straußen flaniert die Reeperbahn herauf und herunter und bringt den kompletten Verkehr hier zum Erliegen. Ich stehe hier vor der Bezirksverwaltung, wo sich gerade ganz besonders dramatische Zustände abspielen. Krokodile haben die Bezirksverwaltung gestürmt, woraufhin sich die Beamten auf die Aktenschränke zurückgezogen haben und von dort aus die

Krokodile mit alten Vorgängen zu bewerfen. Ich kann von hier aus ein Krokodil sehen, das auf dem Rücken liegt und dem noch ein alter Aktenordner aus dem Maul guckt. Offensichtlich ein unverdaulicher Vorgang. Es kann aber auch so sein, dass es sich um alte Vorgänge handelt, die dermaßen unverdaulich sind…"

„Ja, Kai-Uwe, das ist ja hochinteressant, weiß man denn schon, warum die Tiere alle ausgebrochen sind?"

„Hier schwirren die wildesten Gerüchte herum. Angeblich soll sich die Tigerdompteuse vom Zirkus auf dem Heiligengeistfeld einen Lustsklaven in ihrem Wohnwagen halten, der jetzt anscheinend die Schnauze voll hatte und die Gelegenheit zur Flucht ergriffen hat. Aus unbekannten Gründen hat die Dompteurin ihn nach Hagenbeck geschleppt. Dort konnte er entkommen. Er soll auf der Flucht wie gesagt alle Käfige geöffnet haben, an denen er vorbeikam, und so dieses Tohuwabohu ausgelöst haben. Angeblich folgte ihm auch die Tigerlady mit zwei Revolvern, um den armen Kerl wieder einzufangen."

„Weiß man mehr über die Identität des Lustsklaven?"

„Nein, die Identität von diesem armen Kerl ist völlig unbekannt."

„Du sagst so einfach „armer Kerl", ist er das?"

„Also ich hab die Tigerlady neulich selber im Zirkus gesehen, und sie ist mit ihren 2,10 m eine beeindruckende Frau. Schuhgröße 49."

„Oh. Da wäre ich auch sehr ungern ein Lustsklave. Gab es sonst irgendwie welche Verletzten oder Vorfälle?"

„Nein, außer dass alles in furchtbarer Aufregung ist, gab es hier keine Verletzten oder Vorfälle. Wir werden euch im Funkhaus aber weiterhin auf dem Laufenden halten und geben hiermit zurück." Wu, Andi und ich guckten uns an. Der Fahrer beobachtete uns im Rückspiegel.

„Das ist ja ein lustiges Tohuwabohu", meinte er.

„Was hast du anderes erwartet?", knurrte Wu.

„Überall, wo Kool auftaucht, ist so ein Durcheinander. Ich glaube", lispelte Wu: „wir können von Glück sagen, dass hier noch keine Elefanten frei herumlaufen."

◆ ◆ ◆

Wenig später erreichten wir die Stadtgrenze von Hamburg und suchten uns unseren Weg zur sündigen Meile.

Mir schwante zwar nichts Gutes bei dem Parkplatz, den sich unser Fahrer ausgesucht hatte. Aber die kommenden Unannehmlichkeiten konnte selbst ich mit meiner galoppierenden Fantasie nicht vorhersehen. Fürs erste, dachte ich, steht der Wagen ja gut und trocken und es ist auch kein Hochwasser angesagt. So wird da unten an der Hafenstraße schon nichts passieren mit dem Auto. Nun schwärmten wir gewissermaßen im Pulk aus (ich weiß, dass sich das eigentlich widerspricht).

Wir trabten die Reeperbahn entlang und besuchten jeden Laden. In jedem Laden begrüßte man uns freundlich und traktierte uns mit kalten und warmen Getränken. Mir geht es so, dass bei Temperaturen über 25 Grad im Schatten der Grog nicht so recht schmecken will. Deswegen begnügte ich mich mit kaltem Bier. Aber Andi sprach dem Grog in Massen zu. Von einem meiner Vorfahren, der Viehhändler war, wird berichtet, dass er morgens um vier Uhr ausfuhr. Mit Pferd und Wagen, um mit Vieh zu handeln. Morgens um zehn Uhr, mit 34 Grog im Bauch ließ er dann die Zügel fahren, um das Pferd alleine nach Hause fahren zu lassen.

Andi schien irgendwie auch in irgendeinem verwandtschaftlichen Grad zu meinen Vorfahren zu stehen, denn er soff den heißen Grog wie ein durstiger Gaul an der Tränke und quittierte jeden neuen Grog mit dem Spruch: „Man soll heiß mit heiß bekämpfen."

Schlussendlich standen wir auf dem Bürgersteig, guckten uns ratlos an. Während mir langsam eine Gänsehaut nach der anderen, ob Kools grausamen Schicksals, über den Rücken lief.

Die Polizei versuchte derweil verzweifelt einen aus dem Zirkus ausgebüxten Affen einzufangen. Der Schimpanse saß auf dem Vordach eines Lokals und bewarf aus dem Schutz der Neonreklame die Beamten mit Unrat und Kondomen, die irgendwelche Freier wohl aus dem Fenster aufs Vordach hatten fallen lassen. Die Reklame der Bar versprach Herren in Damenkostümen. Da wir unser letztes Frankfurter Abenteuer in schlecht passenden Damenklamotten beendet hatten, schätzte ich die Wahrscheinlichkeit, dass Kool sich in diesem Laden verstecken würde, nur gering. Oder doch?

Solange der Affe noch eklige Munition hatte, würde sich keiner der Beamten näher als 10 Meter trauen.

Würde ich auch nicht.

Aber es half alles nichts. Wir mussten in diesen Laden hinein. Es war der letzte, den wir noch absuchen mussten.

Auch wenn in diesem Laden eine Travestieshow stattfand und nichts ferner lag, als das Kool sich als Frau verkleiden würde. Es war und blieb der letzte Laden, der noch übrig blieb.

Andi bildete die Sturmspitze. Mir war es auch ganz recht, mich hinter dem breiten Kreuz von Andi zu verstecken, er würde diese ekligen Wurfgeschosse bestimmt gut abfangen. Merkwürdigerweise wollten aber alle direkt hinter Andi laufen, so dass ich dann doch das Schlusslicht bildete. Wir also entschlossen auf die Tür zu und kaum war ich im Schatten des Vordaches angelangt, hörte ich hinter mir ein „plumps, platsch". Als ob jemand barfuß einen Sprung gemacht hat. Eine langfingerige, warme Hand schob sich zart und vorsichtig in meine und eine Stimme sagte unten neben mir:

„Uhh!"

„Scheiße", dachte ich bei mir, und hielt die fremde Hand fest, „jetzt auch noch einen Schimpansen an der Backe."

In der Travestie-Bar hielten wir aus reiner Gewohnheit erst

einmal Umschau nach Plätzen, von denen man aus schnell flüchten konnte. Aber es blieben nur die Plätze in der ersten Reihe, auf denen wir uns niederlassen konnten. Erstaunte Blicke folgten mir, denn die Gäste in der Bar hatten nichts von dem Drama mit dem Schimpansen auf dem Vordach mitbekommen. Lediglich die Mitarbeiter in der Bar guckten mich alle stirnrunzelnd an, was ich denn wohl hier mit einem Affen treiben wollte. Inständig hoffte ich, dass sie mir keine sexuellen Motive unterstellten. Der Affe war derart zutraulich, dass er auf meinen Schoß kletterte, leise Affengeräusche machte und, wie wir alle, gespannt zur Bühne blickte. Dann ertönte ein Trommelwirbel, ein Ansager sprang mit Elan auf die Bühne, wedelte mit großartigen Armbewegungen herum, um die Aufmerksamkeit auf sich zu ziehen.

„Meine Damen und Herren!" schrie er, um das Gemurmel in dem Laden etwas zu dämpfen, was ihm nach einem zweiten Anlauf auch gelang.

„Ich habe die Ehre ihnen die hervorragende „Weather-Girls-Revival-Band" anzukündigen. Und hier sind sie auch schon!"

Mit einer weiteren großartigen Geste zeigte er auf den seitlichen Bühnenaufgang, von wo aus sich jetzt drei kleine, ziemlich wohlgenährte, glamourös angezogene Damen mit stark geschminkten Gesichtern gravitätisch auf die Mitte der Bühne hinbewegten.

Dann ertönte hinter der Bühne ein Schrei, eine lange Gestalt mit einem riesigen roten Haarschopf und einem etwas zu kurzen Rock wurde mit einem Arschtritt auf die Bühne befördert. Die rot beschopfte Frau drohte mit der Faust Richtung Hintergrund und nahm mit staksiger Bewegung den Takt der Musik auf, nach dem die anderen drei schon tanzten.

Logischerweise erklang „It's raining men" aus den Boxen. Irgendwie schien die vierte Frau sich überhaupt nicht an die Bewegung und Choreografie der anderen anpassen zu können. Ständig schubsten sie sich gegenseitig auf der Bühne. Als die vierte Frau endlich einigermaßen die Choreografie begriffen hatte, versuchten die drei Wuchtbrummen es mit seitlichen Hüftschwüngen um die ziemlich mäßige Vorstellung mehr in Gang zu bringen.

Das war für die vierte Frau offensichtlich zu viel der Bewegungskunst. Der Hüftschwung traf sie voll am Oberschenkel und schubste sie Richtung der linken Musikboxen, gegen die sie mit einem Rums prallte. Unbeeindruckt tanzten die anderen drei weiter nach dem Song.

Das Publikum nahm die Darbietung durchaus gnädig auf und klatschte im Takt mit. Der lange Lulatsch von vierter Frau stolperte wieder auf die Bühne zurück und fiel hinter den dreien, die jetzt nach vorne an den Bühnenrand getanzt kamen, lang hin.

Die drei Sängerinnen beugte sich vor, senkten die Hände auf Kniehöhe, erhoben dann mit wedelnden Handbewegungen die Oberkörper und liefen gleichzeitig rückwärts. Da war die vierte Frau natürlich wieder im Weg, gerade als sie wieder dabei war aufzustehen. Am Umfang von Oberschenkel und Bauch der drei singenden Wuchtbrummen war ein Gewicht von mindestens 100 kg lebend auszurechnen. Diese sechs Zentner schmissen die arme lange Frau nach hinten gegen die hintere Bühnendekoration, die prompt einstürzte und die Darbietung nun endgültig zu Fall brachte, da der halbe Bühnenaufbau ins Wanken und Einstürzen geriet. Aus den Trümmern der Bühnenaufbauten wühlte sich die lange Frau als erstes wieder heraus. Die riesige rote Perücke war ihr in die Augen gerutscht, dass sie sich erstmal nur tastend fortbewegen konnte. Dummerweise griff sie dabei einer der drei Wuchtbrummen genau an die Stelle, an der man genau feststellen kann, ob man Männlein oder Weiblein ist. Was die Wuchtbrumme mit einem wütenden Faustschlag quittierte und einem Schrei. Als sich die lange Frau diesmal wieder aus den Trümmern befreit hatte, hatte sie die rote Perücke verloren. Inzwischen schrie alles durcheinander, und in diesen Hexentumult brüllten wir herein:

„Kool!“ schrien Andy, Wu, der Fahrer und ich gleichzeitig. Während der Affe auf die Bühne rannte und nach Kools schlaffer Hand griff.

Vom Eingang der Bar kam ein lautes Brüllen. Wie ein tiefes Orgeln im Sturm, wenn der Kapitän vor Kap Hoorn vom Achterdeck den Matrosen am Bug Segelkommandos gibt:

„Kool, mein Schatz!“

Der Tonlage dieses Schreis konnte man deutlich anmerken, dass es sich dabei um eine Frau handelte, obwohl es eine bassglockendröhnende Altstimme war. Erschrocken blickte ich mich um, denn hinter so einer Stimme konnte ich nur die Tigerlady vermuten. Am Zusammenzucken von Andy und Wu merkte ich, dass ich mit meiner Vermutung richtig lag.

Sekunden später musste draußen die Polizei beschlossen haben, den Laden endgültig zu stürmen, um den armen Schimpansen endlich einzufangen. Mit Schutzwesten und Schlagstöcken drängten sie herein und schoben die Zuschauer vom Eingang nach vorn auf die Bühne zu. Wu, Andi, der Fahrer und ich stürmten aus unserer Pole Position auf die hüfthohe Bühne. Wir sprangen an den drei Wuchtbrummen vorbei, griffen Kool unter den Armen und zerrten mit ihm Richtung Bühnenausgang. Wieder war ich der letzte, der das Lokal verließ, doch ich gönnte mir einen Rundumblick, bevor ich im Halbdunkel der Bühne verschwand. Nur Sekundenbruchteile konnte ich Zeuge einer beginnenden, formidablen Saalschlacht werden.

Die Tigerlady war im Kampf mit vier Polizisten, die sie alle um mindestens Haupteslänge überragte. Die übrigen Gäste ließen sich auch nicht lumpen und lieferten den Ordnungshütern eine gewaltige Schlacht. Kopfschüttelnd folgte ich den anderen und unser Fahrer winkte mir durch eine halbgeöffnete Stahltür zu. Der Schimpanse hatte Kool Kool sein lassen und kam wieder zu mir gelaufen.

„Hier, Herr Voss-Ling!“, schrie der Fahrer, zerrte mich hinein, klappte die Tür hinter mir zu und verrammelte sie mit einer dafür vorgesehenen eisernen Stange in den eisernen Krampen. Mit einem letzten prüfenden Blick auf die verrammelte Tür nahm ich auch Reißaus. Immer den Schimpansen an der Hand.

Wir trampelten durch die hinteren Gänge, überraschten noch diverse andere Künstlerinnen in ihren Umkleideräumen.

„Wohin?“, schrie Andy.

„Mir nach!“, schrie der Fahrer, und wir trampelten mit vereinten Hacken den Flur entlang durch die Requisitenkammern. Bei dieser schamlosen Flucht fiel mir ein ganz besonderer Requisitenraum auf – in dem hunderte und aberhunderte rosafarbene Tütüs gelagert wurden. In allen verschiedenen Größen und sorgfältig auf Kleiderbügeln und Kleiderständern sortiert. Vom Knackarsch bis zum Ballonarsch war hier alles vertreten. Sollte eine Horde von Fast Food Monstern die ach so beliebten Jogginghosen einmal gegen dieses aufreizende Etwas vertauschen wollen, hier war der Bedarf für eine kleine Stadt, zumindest aber für ein großes Dorf bequem gelagert. War das etwa die Tarnbekleidung für unsere schwulen Prominenten samt Leibgarde, wenn sie einmal inkognito auf dem Christopher Street Day rumhüpfte? Irgendwo musste das Zeug ja gelagert werden.

„Dabei müsste das doch eigentlich…“, sinnierte ich weiter, „inkognipo heißen!“

Ich musste bei dem Gedanken grinsen. Als ich mich selbst bei dem Gedanken erwischte, für Kool und mich jeweils ein Exemplar aus Scherzgründen mitzunehmen, grinste ich noch mehr. Selbstverständlich die „XS“-Ausführung! Aber das deutliche Donnern an der feuersicheren Bühnentür brachte mich nachhaltig dazu, mir diesen Unfug aus dem Kopf zu schlagen und zu sehen, dass ich meinen Arsch in Sicherheit bekam. Wir hetzten quer über eine der Seitenstraßen, hinein in eine Wohnhaustür, hinten zum Hof wieder heraus über Mülleimer, Fahrräder, Kinderspielzeug, Zäune, altertümliche Gebisse, abgenutzte Gummipenisse, wieder durch Hoftüren und Flure und alte Holztüren mit Glaseinsatz auf genauso herabgekommene Straßen, und das Ganze wiederholte sich zwei- oder drei Straßenblöcke entlang oder entquer, besser gesagt. Der Fahrer, der immer schnurstracks vorneweg rannte, schrie plötzlich:

„Halt!“, und rannte vor uns eine Treppe hinauf. Das machte mir ein wenig Angst, denn wenn wir erst einmal oben waren, blieb uns kein Ausweg mehr. Sehr schlecht, wenn uns das rothaarige 2,10 m große männerfressende Monster mit Schuhgröße 49 verfolgte, würde uns nur noch ein Hamburger Fenstersturz vor dem grässlichen Schicksal retten, Tierfutter bei der Tigerlady zu werden. Zweifelsohne würde sie uns alle als Lustsklaven in ihrem Wohnwagen demütigen.

Ein Schicksal, dass ich weder meinem ärgsten Feind noch meinem besten Freund auf Dauer gönnen würde. Mit quietschenden Hacken blieb der Fahrer fünf Etagen weiter oben vor einer Tür stehen und klingelte. Wir schlossen, wie wir es größtenteils alle bei der Bundeswehr gelernt hatten, zueinander auf und „machten Front“ zur Wohnungstür. Man hörte leise, leichte Schritte, ein Schlüssel drehte sich im Schloss.

◆ ◆ ◆

Saxophonmusik.

Zart geblasene Saxophonmusik.

Leise erklang es aus dem Hintergrund der Wohnung. Ich erkannte das einleitende Saxophonsolo von dem Lied, aus dem ich nur noch „Careless whisper“ als Text kenne. Die Tür klappte auf und eine junge Frau im Negligé, was auf Deutsch wahrscheinlich Nuttenoverall heißt, stand vor uns. Anmutig, graziös, auf Deutsch gesagt, eine richtig schöne, schmucke Lady.

Mit Kools Worten gesagt, für „Zwischendurch." Aber Kools Äußerungen in dieser Sache waren meistens unfein. Als die junge Frau den Mund aufklappte, sagte sie im dunkelsten Hamburger Slang: „Jungs, glaubt nicht, dass ich euch der Reihe nach rannehme."

„Quatsch, Nancy", sagte der Fahrer, „du musst uns verstecken."

„Klar", sagte sie, „verstecken. Die halbe Stunde 50 Euro. Für jeden. Und der Affe bleibt draußen." Es gab eine längere Diskussion, dann durften wir den Affen zum Sonderpreis von 30 Euro die halbe Stunde mit hineinnehmen. Dafür waren dann aber auch ein Futternapf und eine Wasserschüssel für den Affen enthalten. Während Nancy in der Küche den kleinen Schimpansen Bananen überreichte, saßen Kool und wir anderen uns auf der Ottomane gegenüber und grinsten verlegen.

„Und jetzt sind wir auch noch in einem Klingelpuff gestrandet", begann ich die Unterhaltung.

Gespannt blickten wir jetzt alle auf Kool, der zusammengesunken auf dem roten herzförmigen Plüschbett saß, immer noch in seiner Verkleidung als singende Matrone. So erschüttert hatte ich Kool noch nie erlebt. Seine Hände zitterten und sein Blick wanderte unstet durch den Raum von einem zum anderen Ende, beim leisesten Geräusch wieder zur Tür.

„Alles wird wieder gut, Kool", versuchte ich ihn zu trösten.

Die anderen pflichteten mir bei. „Wir verstecken uns hier für die nächsten paar Stunden, und vielleicht können wir uns ja ein paar Getränke und etwas zu Essen kommen lassen, bis draußen die Luft wieder rein ist."

Unsere Herbergsmutter richtete sich straff auf: „He! Dass ich hier jetzt auch noch fürs Bier- und Hähnchenholen zuständig sein soll, passt mir aber gar nicht."

„Okay", sagte ich begütigend, „das ist doch mal eine andere Form des Akts der Nächstenliebe."

„Ach", sagte sie, „das mit dem Himmel habe ich schon längst aufgegeben."

„Dafür ist es nie zu spät", sagte ich überzeugt. „Bei dem Himmel kommt es nicht auf Eigenleistung an. Den Himmel und die

Ewigkeit gibt's gratis. Und: Wir haben Kool gerettet."

Schwach hob Kool die Hand. Die Anstrengung seiner Sklaverei, der Flucht und der anschließenden Rettung mussten ihn völlig überfordert haben. Selbst das Fest der ersten zwei Augustwochen, in denen Kool und ich unsere Geburtstage feierten. Die zwei Wochen, in denen alle möglichen anderen Freunde und Bekannte Geburtstag haben, was sich in einem fast zweieinhalbwöchigen Dauerrausch äußert: Noch nie hatte ich Kool so ausgelaugt gesehen.

Mit leiser, fast brechender, zarter Stimme bat er: „Darf ich auch ein kleines Glas Bier und vielleicht ein Stückchen von dem halben Hähnchen haben?"

Tief erschüttert nahm ich meinen besten Freund in den Arm. Was musste der arme Kerl gelitten haben in der letzten Woche. „Alles, was du willst, kannst du bekommen, lieber Kool."

Jetzt kamen Kool die Tränen.

„Sie hat mich", schluchzte er, „am Hals gepackt. Und am Sack.

Sie zerrte mich zu ihrem Wohnwagen. Ich werde nie wieder Rindfleisch mit Ei essen, so als Tartar gemacht, denn davon kriegte ich erstmal fast einen Kilo in den Mund gestopft. „Du brauchst ja Kraft", sagte sie mit ihrer dunklen Stimme. Und sie hat Haare auf der Brust", wisperte Kool.

„Aber das Schlimmste war ..."

„Was?", fragten Andi, der Fahrer unseres verehrten Ministerpräsidenten, und ich gleichzeitig.

„Das Schlimmste war", sagte Kool, „als ich nicht mehr konnte, da holte sie Viagra."

„War es", fragte ich, „für dich das erste Mal?"

„Ja", sagte Kool mit noch leiserer Stimme, sodass wir näher rücken mussten, um ihm zu lauschen.

„Sie holte eine Zehnerpackung Viagra. In dem Original-Wum-Welzer-Küchenmörser hat sie das Zeug klein gemahlen, wie eine Kräuterhexe kichernd. Zu dem Zeitpunkt hatte sie mich schon viermal ... Da war die Vorstellung im Zirkuszelt noch keine Stunde vorbei."

Andi pfiff anerkennend. „Wow!", meinte er. „Und was machte sie dann mit dem Viagra-Staub? Musstest du das Zeug schniefen so wie Kokain?"

„Ach, lass mich raten", unterbrach der Fahrer aufgeregt, „sie hat es dir ins Zahnfleisch eingerieben. Das macht man nämlich auch mit Kokain", sagte er wichtigtuerisch.

„Woher du das wohl weißt", knurrte ich ihn an. „Nein, sie hat es dir garantiert zu trinken gegeben."

„Ja, einen Underberg hat sie in den Mörser reingegossen."

„Und dann, Kool? Nun rede schon."

„Dann hat sie so eine große Spritze mit einer ganz dicken, stumpfen Kanüle genommen", sagte Kool mit tonloser Stimme.

„Scheiße!", sagte Andi.

„Wow!", sagte der Fahrer, und ich sagte nichts. Mir war grausig zumute.

„Ja, und dann jagte sie mir diese Klistierspritze tatsächlich hinten rein. Zehn Viagra fein zermahlen mit einem Underberg in den..." Kool machte eine kleine Pause, in der wir anderen uns das Geschehen vor Augen ausmalten, „...Po, und zum Abdichten hat sie einen Weinflaschenkorken genommen."

„Wie furchtbar." Uns allen wurde bei dieser Erzählung mulmig in der hinteren Region.

„Ja", sagte Kool, „quasi so als Viagra-Zäpfchen. Und was die nächsten drei Tage passierte, weiß ich nicht mehr. Das ist alles wie durch einen Schleier. Und du glaubst gar nicht, was sie alles von mir verlangt hat." Kool schluckte, wir machten es ihm nach, dann:

„Ich will nie wieder Sex", heulte Kool.

Ich hätte niemals geglaubt, dass ich diese Worte jemals von Kool hören würde. Zwar würde dieses Gelübde kaum länger halten, als bis die Schwielen an seinem Dödel verheilt waren. Aber beeindruckt war ich von seinem inbrünstigen Gelübde schon.

„Ich habe alles wie durch einen Gummischleier wahrgenommen, denn Kondome musste ich auch benutzen. Und als meine Latte endlich so weit zurückgegangen war, dass ich durch das Toilettenfenster passte, habe ich die Flucht gewagt. Hat aber leider nicht funktioniert. Sie fing mich ein und zerrte mich mit einem Halseisen zurück.

So ähnlich wie das Ding, das wir mal im Prager Foltermuseum besichtigt haben, mit Stacheln nach innen und so. Wie ein Hundehalsband."

„Da wird der härteste Kerl zahm", pflichtete Andi ihm bei. „Und wie gelang dir letztendlich die Flucht?"

„Na ja, nach meinem ersten Fluchtversuch musste ich das Halseisen umbehalten und wurde an den Bettpfosten gekettet. Egal, was ich von ihr wollte, selbst wenn ich nur aufs Klo wollte, muss ich mir das Recht dazu erkaufen."

„Womit denn kaufen?", fragte der Fahrer, „du warst doch nackt."

„Tja", seufzte Kool, „was man in solchen Momenten wohl verkauft ..."

Wir tauschten wissende Blicke.

„Und wie ging's dann weiter?", fragte ich gespannt.

„Nach sieben Tagen war ich völlig kraftlos und erschöpft." Kool zog seine Bluse hoch, die, wie für Frauen üblich, die Knopfleiste auf der verkehrten Seite hatte. Man konnte jede Rippe einzeln zählen und Kool hatte wieder ein Sixpack aus Bauchmuskeln.

„Mann, Kool, du bist früher schon kein Dicker gewesen. Aber jetzt wirst du dich vor den Damen gar nicht mehr retten können", lobte ich sein Aussehen und trat damit logischerweise sofort in das nächste Fettnäpfchen.

„Ich will gar keinen Sex mehr!", jammerte Kool verheult.

„Unterbrecht Kool doch nicht immer in seiner Erzählung", tadelte uns Andi. „Immerhin will er uns doch gerade erzählen ..."

„Ach ja", seufzte Kool, „das war dann die größte Demütigung. Denn heute Morgen ging sie mit mir in den Zoo zu Hagenbeck."

„Ah", lobte der gewerkschaftlich organisierte Fahrer unseres Lieblingsministerpräsidenten, „sehr sozial. Das würde ich ja fast mütterlich nennen. Einen Ausflug während der Arbeitszeit."

„Pah!", schluchzte Kool. „Nachdem die Schleimhäute meines Hinterns sich weigerten, noch weiteres Viagra über die basalen Rezeptorzellen aufzunehmen – jedenfalls wirkte das Zeug nicht mehr –, schleppte sie mich nach Hagenbeck."

Aufschluchzend flossen jetzt bei Kool die Tränen.

„Ach, der Arme", mischte sich unsere Vermieterin ein. Sie holte mit geschicktem Griff eine Flasche Bier aus dem Sixpack in der Tasche hervor, lupfte den Kronkorken mit einem Feuerzeug und hielt Kool die Flasche hin. Kool betrachtete die Flasche und vorsichtig das Gesicht der Spenderin.

„Wie darf ich dir dafür dienen, Herrin?"

‚Verdammt!', dachte ich bei mir, ‚Das wird lange dauern, bis ich Kool wieder so weit aufgebaut habe, dass er wieder ein halbwegs normaler Mensch ist. Der arme Kerl ist ja ganz verludert', dachte ich mitleidig. Inzwischen hatte Kool nach dreimaligem Dankesagen und Verbeugen die Flasche mit beiden Händen gegriffen und fast in einem Zug ausgetrunken.

„Hier", sagte die Mütterliche, ein Charakterzug, der ja nach landläufiger Meinung häufig im horizontalen Gewerbe zu finden ist.

„Hier, nimm noch diesen Hühnerschlegel, damit du wieder zu

Kräften kommst."

Kool duckte sich auf dem Bett. Unglaublich, wie sich so ein starker und unabhängiger Charakter binnen einer Woche in so einen flötigen Menschen verwandeln konnte.

„Aber jetzt, verdammt noch mal, erzähl doch endlich, was sie mit dir bei Hagenbeck wollte. Das hält ja vor Spannung niemand mehr aus."

Wieder stiegen Kool die Tränen in die Augen.

„Ja, als sie mit mir fertig war und selbst Viagra nicht mehr wirkte", begann er mit einer tonlosen abgestorbenen Stimme von Neuem, „da schleppte sie mich nach Hagenbeck, um mich im Affenhaus gegen den Orang-Utan einzutauschen, der dort für die vielen Orang-Utan-Babys gesorgt hat."

„Oh, Kool!", seufzte ich.

„Und, Kool, ist es ihr gelungen?", fragte Andi.

„Nein, aber fast. Sie hatte den Chefpfleger vom Affenhaus immerhin schon so weit. Ich musste das Fell eines gestorbenen Orang-Utans, dass sie gegerbt auf dem Dachboden gefunden hatten, überziehen.

Als ich dann zu dem Orang-Utan in den Käfig gestopft wurde, quasi zu einer persönlichen Gegenüberstellung, hatte ich das Gefühl, dass der Orang-Utan checkte, was ihm da an meiner statt blühen sollte. Damit fing der Aufstand im Affenhaus an. Sämtliche Affendamen fingen an zu kreischen und zu schreien und warfen mit Essensresten und Exkrementen, gerade in der Sekunde, als sie den Orang-Utan aus seinem Käfig holen wollten. Tja, der Affenpfleger stand gerade in der Tür, als ihn von allen Seiten die Wurfgeschosse trafen. In dem Moment als er sich duckte, nutzte das der Orang. Er machte einen Bocksprung über den Rücken des Pflegers, öffnete im Vorbeilaufen sämtliche anderen Käfige und war im Nu durch die Tür verschwunden. Aber da brach auch schon der große Aufstand los und die freigelassenen Affen ..." Kool klopfte mir mit wieder aufflammenden Lebensgeistern auf den Arm. Seine Augen leuchteten schon wieder ein bisschen.

„Du glaubst gar nicht, wie schlau die Burschen sind. Man könnte meinen, sie hätten sich verabredet, und rannten in Zweier- und Dreiergruppen wie Kommandotrupps von einem Käfig zum nächsten, um andere Tiere freizulassen."

„Ja, seufzte der Fahrer unseres geliebten Ministerpräsidenten, „die ganze Stadt ist voll mit Löwen, Tigern, Giraffen, Zebras und Nashörnern."

„Na ja, und in dem Tohuwabohu habe ich mich dann verdrückt. Und weil ich einfach nicht wusste, wo ich hin sollte und ihr mich sowieso zuerst auf der Reeperbahn suchen würdet …"

„Das war ja dann doch ganz schön schlau von dir, Kool. Aber was wurde eigentlich aus der Tiger-Lady und dem Affenpfleger, als sich die ganzen Tiere losgerissen haben?"

„Tja, der Affenpfleger hatte Pech, der rannte nämlich vornweg. Als wir an dem großen Löwenkäfig vorbeikamen, kamen die gerade heraus. Wie Katzen nun mal sind, fingen sie ihn natürlich sofort an zu jagen. Sie schnappten sich den Affenpfleger und fraßen ihn auf. Zum Glück für mich, denn als ich da vorbeikam, waren sie schon fleißig am Mampfen. Ab da bin ich nur noch gelaufen."

„Na ja", sagte ich anerkennend, „ist ja auch ein riesiges Stück Weg von Hagenbeck bis zur Reeperbahn."

„Aber wenn dir so ein Tigerweib auf den Fersen ist …", ergänzte der Fahrer des Ministerpräsidenten sinnierend.

„Na ja, und dann habe ich mir irgendwo aus dem Rotkreuzcontainer Klamotten besorgt. Und weil ich ja von den Abenden vorher wusste, was in welchen Kneipen stattfindet, fand ich dann auch gleich das Richtige für die Travestie-Show. Und da habt ihr mich dann ja auch wie geplant gefunden."

Was inzwischen geschah

In irgendeiner Kneipe oder Diskothek auf der Reeperbahn lernten sich Thomas und Gaby kennen. (Die Namen sind natürlich verändert und der Redaktion bekannt.)

Sie wurden sich über den Preis schnell handelseinig und suchten dann nach einem Ort, wo sie ihrer fröhlichen Tätigkeit nachgehen konnten. Durch den Aufruhr und die vielen Zirkustiere, die die Reeperbahn entlang trieben, wurden sie in Richtung Hafenstraße abgedrängt.

In einem stillen Abschnitt der Straße entdeckten sie den Dienstwagen des Ministerpräsidenten. Gaby, die ihren Freier schnell loswerden wollte, fühlte rein gewohnheitsmäßig an den Türen des Autos nach. Immerhin musste sie zu Hause zwei Kinder durchbringen und schreckte auch vor gelegentlichen kleinen Besitzveränderungen aus fremden Autos heraus nicht zurück. Tatsächlich sprang die Tür der Limosine auf und die beiden krochen auf den Rücksitz.

„Wie kommt es wohl, dass so eine Staatskarosse nicht abgeschlossen ist?", fragte sich Thomas, aber Gaby zuckte mit den Schultern, während sie sich das Oberteil auszog und sagte:

„Das ist für uns doch egal - wir haben hier ein schönes Plätzchen mit abgedunkelten Fenstern. Und es ist umsonst.

Die Zimmervermieter nehmen jetzt schon 50 Euro mehr."

Sie zogen die Tür von innen zu. Der Bordcomputer merkte, dass der Wagen von innen verschlossen wurde und schaltete die Innensicherung ein. Diese wird nur auf Sonderbestellung für Kunden mit hohem Sicherheitsbedürfnis verkauft und kostet auch richtig viel extra. Doch seit der Ermordung einiger Politiker hatte diese Branche Hochkonjunktur.

Die Scheiben verdunkelten sich automatisch und die Verriegelung rastete diesmal ein.

„Oh guck mal", sagte Gaby, „welch ein Service. Die Scheiben vorne sind auch dunkel geworden. Und richtig Platz hat man hier ja auch."

Inzwischen hatten auch drei andere Gestalten die Prunkkarosse be-

merkt und schlichen um das Gefährt herum.

„Anscheinend will der Typ die Versicherung kassieren“, grinsten sie sich gegenseitig an, während sie einen Grillanzünder vorbereiteten.

„Genau, die Karre werden wir jetzt erst mal warm abfackeln.“ So nahm das Unglück seinen Lauf. Dadurch, dass die Scheiben automatisch verdunkelt waren, konnten die Drei nicht sehen, dass da noch Zwei im Auto beim Liebesspiel waren. Die im Auto bemerkten nichts von den drei Gestalten, die jetzt den Anzünder in Brand setzten und auf den hinteren Reifen rechts legten.

„Hast du das komische Geräusch gehört?“, fragte Gaby.

„Nö“, sagte Thomas, der mit den Gedanken ganz woanders war. Die drei finsteren Gestalten flüchteten, nachdem sie diese Heldentat fürs Proletariat vollbracht hatten. Während die Unterseite des Autos munter losbrutzelte. Weil die Dienstkarosse so hervorragend gut verarbeitet war, bemerkten die beiden da drin auch nichts, bis es zu spät war.

Der Tank platze mit einem „Wuff." Im Nu stand das Auto von außen komplett in Flammen.

Thomas und Gaby retteten sich nach draußen, denn drinnen war bald kein Leben mehr möglich. Der Situation geschuldet waren sie nackig.

Draußen wurden sie von erschrockenen Schaulustigen in Empfang genommen. Man schlug die Flammen aus und die beiden mit ihren verbrannten Gesichtern und angesengten Haaren wurden am Straßenrand in Schocklage gebracht.

Anwohner hatten bereits die Feuerwehr gerufen. Die mussten mitten in das Tohuwabohu von durcheinander rennenden Tieren, Tierpflegern, Reeperbahnbesuchern und Polizeibeamten hinein und hindurch.

Es war ein Durcheinander von Menschen, die versuchten Tiere einzufangen, Schaulustigen und den Beschäftigten der an der Reeperbahn ansässigen Geschäfte. Die Rettungskräfte mussten sich den Weg bahnen, was ihnen mit Einsatz ihrer gewaltigen Martins-

hörner irgendwann auch gelang. Die Rettungswagen kamen und die Polizei nahm den Untersuchungsbericht auf. Einer der Beamten blätterte in einem speziellen Handbuch, in dem die Nummernschilder der wichtigsten Beamten und diplomatischen Missionen der Bundesrepublik verzeichnet waren und zog dann die Luft scharf ein.

„Ach du Scheiße“, sagte er, „das ist das Auto des Kieler Ministerpräsidenten, was macht der denn hier?“

„Du meinst“, sagte sein Kollege, „das da ist der Ministerpräsident mit seiner Freundin? Aber wieso haben die beiden sich unbekleidet in dem Auto aufgehalten?“

„Na, guck dich doch mal um. Hier in diesen Hinterhöfen, da bemerkt dich doch keiner. Und bei dem Trubel auf der Reeperbahn...“

„Hey!“, schrie der andere zu den Rettungskräften herüber und lief zu dem Rettungswagen.

„Ich komme mit. Das sind VIPs." Dann sprach er aufgeregt in sein Funkgerät und die Rettungswagen fuhren mit weiteren schnell rekrutierten drei Polizisten an Bord davon. Ein Reporter, der zusammen mit einem Kamerateam das Tohuwabohu auf der Reeperbahn umkreiste, hatte alles mitbekommen. Er stellte sich breit vor die Kamera und begann seinen Bericht. Auf den Fernsehbildern später konnte man im Hintergrund das brennende Fahrzeug des Ministerpräsidenten sehen.

Nur Minuten später wusste man in der ganzen Welt, dass der Ministerpräsident in unserem schönen Lande Schleswig-Holstein und seine Freundin mit schwersten Verbrennungen auf dem Weg in eine Spezialklinik waren, wo man ihn vermutlich ins künstliche Koma legen würde.

Mittlerweile in dem kleinen, verschwiegenen Appartement:

Plötzlich klingelte es an der Tür, und wir hörten ein Kratzen, als ob jemand mit allen Fingernägeln an der Türfüllung hobelte, ein Geräusch allerhöchster Verzweiflung. Leise Stimmen wisperten vor der Tür. Unsere Herbergsmutter blickte durch

den Spion. Erschrocken prallte sie zurück.

„Jungs, da draußen steht, ob ihr es glaubt oder nicht, ein halbes Dutzend Polizisten und ein weiteres halbes Dutzend kniet vor der Tür und hat die Hände bittend gefaltet. Ich glaube, die wollen hier rein."

Wieder ertönten das Kratzen und leises Schluchzen.

„Ich glaube, die haben schreckliche Angst vor der Tiger-Lady und wollen uns gar nichts zuleide tun." Erleichtert strömten die Polizisten durch die dann geöffnete Tür und bekreuzigten sich teilweise. Ihr Anführer, erkenntlich an den vielen silbernen Sternen auf der Schulter, bedankte sich überschwänglich. „Ihr glaubt ja gar nicht, was in der Innenstadt los ist. Auf den Ministerpräsidenten wurde ein Anschlag verübt und eine rasende Furie, übermannsgroß und mannstoll, läuft auf der Suche nach Lustsklaven durch die Stadt."

Ich wies auf den armen Kool.

„Dann schaut euch einmal diesen Burschen hier an. Den haben wir gerade vor ihr gerettet. Noch vor einer Woche war das so ein stattliches Kerlchen wie ich."

Alle Blicke richteten sich auf meine Figur und besonders auf mein kleines Pläutzchen.

„Und jetzt schaut euch an, was innerhalb einer Woche aus dem armen Kerl geworden ist. Sie hat ihm Viagra anal verabreicht."

„Kool, wie oft musstest du poppen in der letzten Woche?"

„Ühu!", sagte er schwer seufzend.

„Hä?", machte das Dutzend Polizisten.

„Über hundert", erklärte ich ihnen. Schaudernd wichen diese zurück. Der Oberpolizist hielt seine Mütze vor die Brust und wandte sich deutlich devot unserer Herbergsmutter zu.

„Darf ich", so begann er feierlich, „mit meinen Mannen hier um Aufnahme und Obdach bitten?"

„Pro Mann und Stunde nen Fuffi", sagte die Herbergsmutter

trocken und starrte dem Polizisten fest ins Auge. Das wortlose Gefecht zwischen beiden dauerte nur wenige Sekunden. Seufzend ergab sich der Oberudel, nahm die Mütze wieder vom Kopf und sammelte das Geld darin ein.

Bemerkenswert war, dass von den zwölf Polizisten zwei Damen waren und dass diese ebenso bereitwillig wie alle anderen 50 Euro in den Hut warfen.

Nancy umwickelte die 600 Euro mit einem Gummiband und warf sie in einen Tankstellentresor, den ich ganz einfach mangels einer besseren Bezeichnung so nenne. Das sind Tresore, die in den Fußboden eingemauert werden und oben ein langes Rohr zum Einwerfen der Geldbündel haben. Unten im Tresor fällt das Geldbündel auf mehrere schräge Ebenen aus Stahlblech, sodass man auch mit der besten Angel nicht mehr herankommt. Und der Tresor war ein echt massives Stück. Als zweite Sicherheitsmaßnahme kannte unsere Herbergsmutter garantiert nicht den Code, sondern ließ den Tresor von einer Sicherheitsfirma leeren.

Ich war beeindruckt von diesen Sicherheitsmaßnahmen. Solche ausgeklügelten Dinge haben mich schon immer fasziniert.

Andi spähte inzwischen vorsichtig durch die Lamellen des Fenstervorhangs und winkte mich an seine Seite.

„Unnatürlich", flüsterte er. Auf der Straße regte sich nichts. Nur ein Nashorn trabte missmutig schnaufend den Bürgersteig entlang. Eine grazile Giraffe wich dem Nashorn nachgiebig und geschmeidig aus, bevor es zu einer Konfrontation kam.

Die Stimmung erinnerte mich an diese Endzeitfilme, wo der Held in einer menschenleeren Welt aufwacht. Es fehlte das Unkraut in den Gehwegritzen.

Dann sah ich sie: Auf dem Mittelstreifen der Straße trottete dieses Riesenweib. Sie trug Netzstrumpfhosen und einen Minirock, ein T-Shirt mit einem niedlichen Kätzchen darauf und hinter ihren Ohren links und rechts hingen dicke hüftlange Zöpfe herab.

Würde ich es nicht besser wissen, könnte man diese Frau für die ausgewachsene Version von Pippi Langstrumpf halten.

Im 10XL-Format. Tief in mir sagte eine Stimme:

Fliehe, wenn dir dein Leben lieb ist, fliehe und wende dich nicht um!

Mittlerweile hatten sich auch die anderen um das Fenster versammelt und starrten nach unten auf die Straße herab. Anscheinend ist das ein Atavismus, den die Menschen in unserer so modernen Zeit in der Sekunde der Gefahr wieder beleben. Ob ihr es glaubt oder nicht: Direkt vor unserem Haus blieb die Walküre wie plötzlich angenagelt stehen, witterte nach rechts und dann nach links zu unserem Haus herauf und musterte die Häuserfront mit ihren dunklen Augen.

„Nicht bewegen“, wisperte ich.

Es rührte sich bei keinem von uns auch nur ein Muskel. Die Gardine, der Lamellenvorhang, nichts wackelte. Trotzdem sprang die Walküre mit einem Schrei auf das Haus zu. Ein kollektiver Schrei entrang sich unseren Brüsten, und wir versuchten alle gleichzeitig zur Tür hinauszukommen. Dies ist aber nicht so ohne weiteres möglich, wenn 16 Mann gleichzeitig versuchen, eine sich in den Raum hinein öffnende Tür gegen den Druck der Menschenmasse zu öffnen.

Als wir endlich im Treppenhaus standen, hörten wir das Quietschen der Sneakers der Tiger-Lady auf der Treppe.

Rumms! knallte die Tür hinter uns wieder zu. Kool, Andi, Wu und ich sahen uns an.

Unsere gesammelte Polizisten-Korona hatte still und leise den Rückzug in den Klingel-Puff angetreten, wo sie sich wahrscheinlich mit gezückten Pistolen verschanzten. Für die Polizisten keine Sekunde zu spät. Uns blieb nur noch die Flucht über die Dächer oder ein schmählicher Tod als Lustknabe.

Also Flucht!

Doch dafür war es zu spät.

Die Tiger-Lady sprang raubkatzengleich und trotz ihrer Größe

enorm geschmeidig in den Flurgang unserer Etage. Sie mochte in ihrem durchtrainierten Zustand läppische 120 Kilogramm wiegen. Mir schoss das Bild durch den Kopf, als sie einem ausgelutschten und entsafteten Liebhaber das Herz aus der Brust riss, um sich daran satt zu fressen.

Die Stimme in meinem Kopf schrie immer noch: Fliehe!

Die Tiger-Lady schubste den schreckstarren Kool einfach beiseite.

Sie versetzte dem Fahrer einen Knuff, der diesen zusammensacken ließ und griff mich an beiden Handgelenken. Knurrend zog sie mich an sich heran.

Jetzt weiß ich auch, warum Kaninchen vor der Schlange starr stehen: Sie haben Angst, sich bei der kleinsten Bewegung in die Hose zu scheißen.

Denn so ging es mir.

Die Tiger-Lady knurrte leise ganz tief in ihrer Brust, so wie es Löwinnen tun, wenn sie zutiefst befriedigt sind.

„Ich habe“, knurrte sie mit weiblicher, grollender Katzenstimme, „dich schon einmal gerochen. Das roch nicht schlecht.“

„Das kann nicht sein“, meinte ich, „wir sind uns noch nie begegnet.“

Sie deutete mit dem linken Daumen über die Schulter in die Richtung, wo Kool lag.

„Der da roch nach dir. Zumindest zu Anfang. Ein bisschen, als ob ihr im gleichen Bett geschlafen habt.

Jetzt“, knurrte sie, „riecht er nach mir. So wie du auch bald.“

Sie zwinkerte mir mit ihren geschlitzten Katzenaugen zu. Ich lüge nicht, denn ihre Augen wirklich geschlitzt waren wie die einer Katze. Oder trug sie entsprechende Kontaktlinsen?

In diesem Moment gab es ein Geräusch, als ob man mit der flachen Hand auf einen Sandsack schlägt. Die Tiger-Lady verdrehte die Augen und fiel fast auf mich drauf. Nun bin ich ja durchaus als zuvorkommender Mann erzogen und vermeide es, anwesenden Damen Peinlichkeiten zu bereiten, halte sogar die Tür auf oder beim Übersteigen von Hindernissen die Hand hin.

Hier aber sprang ich einfach zur Seite, als die Tiger-Lady wie ein Baum stürzte. Der Holzfußboden bebte, und es staubte ein wenig. Befriedigt klatschte unsere Herbergsmutter mit einem riesigen Gummiknüppel in ihre Hand.

„Wo hast du denn den Gummilolli her?"

Die Herbergsmutter grinste.

„Von einem der zwölf der Udels, die da drin meine Möbel bewachen."

„Aber die hatten doch gar keine Gummiknüppel dabei", maunzte Andi.

„Ach, mein Kleiner", sagte sie, „du musst noch viel lernen. In Deutschland haben alle Udels am rechten Hosenbein eine lange Tasche, in der der Gummiknüppel ganz unsichtbar verschwindet. Du musst nur aufpassen, dass du dabei nicht an die Pistole kommst. Darauf regieren die Jungs sehr empfindlich."

„Das ist im Allgemeinen so, dass Jungs sehr empfindlich sind, wenn man ihnen an die Pistole fasst," flüsterte Kool.

An dieser spitzfindigen Bemerkung erkannte ich, dass Kool, noch ganz ohne Anwendung von Penaten-Creme, auf dem Wege der Besserung war. Wir fesselten die Tiger-Lady mit ihren eigenen Netzstrümpfen. Dann versuchten wir, die Polizisten dazu zu bewegen, die Tür zu öffnen. Aber selbst auf unser eindringliches Bitten hin scholl uns ein entschlossenes zwölfstimmiges „Nein!" von drinnen entgegen.

Dem hatten wir natürlich nichts entgegenzusetzen. Bis die Herbergsmutter auf die richtige Idee kam. „Wir haben die

Tiger-Lady festgenommen, jetzt brauchen wir Handschellen."

„Wie wollt ihr sie denn festgenommen haben?"

„Ich habe sie mit einem Gummiknüppel niedergeschlagen."

„Haha! Wo soll der denn her sein?"

„Na, aus deiner Hose, Herr Oberudel."

Der Oberudel machte in seinem Kabuff ein erstauntes Geräusch und der Schlüssel drehte sich im Schloss. Die Tür schwang auf und neugierig starrten uns die elf Polizisten entgegen. Der zwölfte klemmte mit seinen Fingern im Einwurfrohr des Tankstellentresors. Als er unsere belustigten Blicke bemerkte, zuckte er hilflos mit den Schultern.

„50 Euro", sagte er, „so viel Taschengeld kriege ich für zwei Monate."

„Armes Schwein", sagte ich mitleidig, griff in die Tasche, holte einen neuen 50-Euro-Schein hervor und drückte ihn ihm in die Hand.

„Danke", stotterte er.

„Ja", sagte ich, „ich kann's nicht mit ansehen. Und vor allem geht mir dein Schicksal nahe."

Ich drehte mich um und elf andere Hände wurden mir entgegengestreckt.

„Tja, Pech gehabt, Leute", sagte ich und wies das leere Geldscheinfach meines Portemonnaies vor.

„Der ist doch gar nicht verheiratet", sagte einer der Polizisten. „Der hat gelogen."

Der beschenkte Polizist zuckte die Schultern, „nun seid doch nicht so kleinlich, Kollegen. Ich bin froh, dass ich meine 50 Euro wiederhabe. Freut euch doch einfach mit mir."

Und bevor die Udels sich einer sinnvollen kollegialen Prügelei hingeben konnten, verschwanden Kool, Andi und der Fahrer des geliebten Ministerpräsidenten aus dieser Geschichte und ließen die Polizisten alleine mit der Tiger-Lady und dem

Schimpansen. Unsere Herbergsmutter zog der Tigerlady die Geldkatze vom Bauch. Nach meiner Einschätzung würde sie ihr auch 50 Euro abknöpfen.

Nur so aus Prinzip.

Für uns galt aber: jetzt nichts wie weg, bevor die Tigerlady wieder aufwachte und sich befreien konnte. Wir rannten keuchend die Treppe herab, und als ich unten bei der Tür angekommen war, musste ich von Andi erstmal etwas wissen:

„Wie lange", frage ich keuchend, „warst du eigentlich mit der Tiger-Lady verheiratet?"

„Zwanzig", sagte er und machte hechelnd eine Pause.

„Was? Zwanzig Jahre?"

„Nein."

„Zwanzig Monate?"

„Nein."

„Zwanzig Tage?"

„Nein, zwanzig Minuten. Wir haben kurz vor der Bühnenshow geheiratet."

„Oh", mischte sich der Fahrer ein, „dann hattet ihr ja noch nicht mal eure Hochzeitsnacht."

„Pfft!", machte Andi, „Denk nochmal genau darüber nach: Der Vorhang ging auf für die Tigershow und ich zog mir meine Hose wieder hoch."

„Sowas nennt man dann ein kurzes Vergnügen", schloss ich befriedigt. Für das Auskommen der Herbergsmutter war in der nächsten Zeit gesorgt ebenso wie für das Auskommen der Tiger-Lady. Aber genauso, wie die sich in das Gefängnis hineingevögelt hatte, würde sie sich auch wieder herausvögeln. Wir rannten sicherheitshalber noch ein paar Straßenecken weiter. Immer mit dem Wind, wie die Aborigines, um den olfaktorischen Sinn der Tigerlady nicht zu reizen.

Da es zu regnen anfing, nahmen wir im nächsten Saturn Markt

Zuflucht, und ich hatte ein kleines Déjà-vu. Wieder standen Kool und ich vor einer Fernsehwand. Die Nachrichten brachten Neuigkeiten über Dinge, die uns zutiefst interessierten.

„Noch immer", sagte die offensichtlich sehr hübsche Nachrichtensprecherin – zumindest nach ihrer Stimme hübsch – „noch immer wird die Innenstadt von Hamburg von Hunderten Tieren aus dem Hagenbecker Zoo belagert. Bisherige Opferzahl: ein toter Affenpfleger sowie Hunderttausende von Euro Sachschaden. Es brachen mehrere Brände aus, Nashörner jagten Passanten entlang der Reeperbahn, und in der Sankt-Michaelis-Kirche wurde eine Hochzeitsgesellschaft auseinandergetrieben, als eine Horde Affen der Braut den Brautschleier stahl. Ausgelöst hat diese Katastrophe offensichtlich ein Orang-Utan, dem die Tiere paarweise in die Innenstadt folgten." Die Sprecherin machte eine Pause, und man konnte die Bilder im Fernsehen verfolgen.

„Das war ja wohl fast wie bei dem Boarding auf der Arche Noah", murmelte die Nachrichtensprecherin mehr zu sich selbst.

„Hier haben wir diverse Bilder aus Überwachungskameras, die diese merkwürdige Prozession zeigen."

Gezeigt wurde ein Orang-Utan mit ausgesprochen schlechter Körperhaltung, der müde und kraftlos die Straßen entlang schlich, was so gar nicht mit den Schilderungen meines Kumpels Kool übereinstimmte. Allerdings waren ihm wirklich ein Haufen Tiere auf den Fersen. Ich hoffe, es würde nirgendwo eine Großaufnahme meines Freundes geben, wie er sich das Orang-Utan-Leibchen vom Körper riss.

„Seltsamerweise", fuhr die Nachrichtensprecherin fort, „fand man neben einem DRK-Altkleidercontainer ein gegerbtes Orang-Utan-Fell, dem man jetzt DNA-Proben entnehmen will."

Die Moderatorin hielt sich die Hand auf den Kopfhörer. „Die zweite Nachricht des Tages ist der Brandanschlag auf unseren Ministerpräsidenten. Hier in der Hafenstraße wurde ein

Anschlag auf sein Auto verübt. Das brennende Wrack wurde in der Hafenstraße aufgefunden, und der MP sowie seine Freundin befinden sich in einer Spezialklinik für Verbrennungsopfer im künstlichen Koma. Sobald wir mehr wissen, melden wir uns wieder!"

Da hatten wir es wieder. Kaum kommen Dithmarscher in die große Stadt, sind wir gleich mit zwei Nachrichten im Fernsehen.

Der Fahrer unseres verehrten Ministerpräsidenten zuckte die Schultern.

„Also, mein Chef ist garantiert noch bei euch zu Hause, und liegt im Bett. Seit der seine neue Freundin hat..."

„Und wie erklärst du die beiden Verbrannten?"

„Ach, da fällt mir schon was ein. Wir hatten die Erlaubnis vom Chef, und die Diebstahlsicherung des Wagens lässt sich ganz leicht austricksen. Manchmal haben die auch Fehlfunktionen. Da sind bestimmt zwei zum Vög... äh, Liebhaben reingekrochen. Außerdem haben wir schon ein paar Mal Autos verloren."

„Das kommt öfter vor?

„Ja, alle Naselang. Kugelsicher heißt nicht einbruchsicher. Immer, wenn wir den Chef begleiten müssen, und keiner beim Auto bleibt, kommt das vor."

„Kann man denn da nichts machen?" fragte ich pflichtbewusst.

„Quatsch, der Chef freut sich doch. So hat er einen Grund, sich ein neues Auto zu bestellen. Mit den allerneuesten Extras."

„Das ist ja entspannend! Aber wie kommen wir nun nach Hause?

„Keine Ahnung!"

Kool mischte sich ein. „Erstmal ist mir sowieso alles scheißegal", sagte er. „Ich habe Heimweh nach der China Cat. Weißt du, wie wir zu einer standesgemäßen Kutsche kommen? In der allergrößten Not würde ich sogar mit einem Taxi fahren."

„Ich glaube“, sagte ich, „da weiß ich noch etwas Besseres, das zudem noch umsonst irgendwo herumsteht. Weiß einer von euch, ob das Nachrichten aus der Konserve waren oder ob die Nachrichten live waren? Ich habe das nicht so ganz mitgekriegt.“

„Oh“, sagte Andi, „unten war die Zeit eingeblendet und die Nachrichtensprecherin sagte, es wäre live.“

„Dann lass uns mal zur Kirche gehen.“

◆ ◆ ◆

6. DIE HOCHZEIT

Schimpansen und Bauernsöhne - Auch hier sind wir gerne die Helfer in Not.

Sofort brach ein Strom von Entschuldigungen und Gegenargumenten hervor.

Kool hatte große Vorbehalte gegenüber der Kirche. Vorbehalte, bei denen ich ihm aber nur zum Teil Recht geben konnte.

Dieser Einwand war zweifelsohne richtig: Normalerweise gibt es in der Kirche keine Mitfahrgelegenheiten.

„So, Jungs, ich erteile eurem Unglauben Absolution, und wir gehen jetzt zur Kirche“, sagte ich in die ungläubigen Gesichter meiner Kameraden. Als wir vor der Kirche standen, aus der vor wenigen Minuten die Hochzeitsgesellschaft geflüchtet war, konnte ich stolz mit beiden Armen meinen Gefährten ihr neues Gefährt präsentieren. Beeindruckt und mit offenem Mund schwiegen die drei, denn ich präsentierte ihnen eine weiße Stretch-Limousine, die aufwendig mit Hochzeitsschmuck verziert war. Dieser war allerdings durch die Affen ziemlich dezimiert, angefressen und derangiert.

„So, jetzt aber los und raus aus diesem Abenteuer, bevor die Hochzeitsgäste wiederkommen und mit uns herum diskutieren wollen, warum wir dieses Auto ausgerechnet heute nicht stehlen dürfen.“

Andi schwang sich mit souveräner indischer Gelassenheit hinter das Steuer, während wir im Fahrgastraum Unterkunft fanden. Geschmeidig zog Andi ein Taschenmesser aus der Hose, klappte den Schraubenzieher auf, entfernte die Verkleidung vom Lenkrad, dröselte das Kabelbündel auf und wie im Film startete der Motor, ohne Zicken zu machen. Dann drehte er das Lenkrad bis zum Anschlag des Schlosses, krabbelte auf den Beifahrersitz, umfasste das Lenkrad mit beiden Händen und mit einem gewaltigen Ruck riss er das Lenkradschloss aus seiner Verankerung, sodass sich das Lenkrad frei drehen konnte. Offensichtlich kannte sich Andi mit den Tücken der Europäischen Normen aus: Wenn man das Lenkradschloss nicht herausbricht, wie Andi es gerade getan hat, rastet es unter Umständen bei der ersten Kurve wieder ein, und man karriolt mit Schmackes gegen den nächsten Baum.

„Ihr könnt also auch noch andere Sachen als Schlangen beschwören", sagte ich anerkennend zu Andi. Der grinste mich glücklich an.

„Das lernt ein Junge in Mumbai noch vor der Pubertät, denn sonst kommst du bei uns nicht weit."

„Stimmt", sagte ich zustimmend, „mit einem Auto kommt man weiter als zu Fuß."

Andi grinste dankbar über dieses Lob, schlüpfte wieder hinter das Lenkrad und die Fahrt ging los. Wir entspannten uns in dem riesigen Fond des Autos und reichten Andi von Zeit zu Zeit ein neues gut gefülltes Glas Champagner nach vorne, denn man muss die arbeitende Klasse bei Laune halten.

Eine goldene Regel, die jeder kennen sollte, der einigermaßen historisch beschlagen ist. Ist man in dieser Sache säumig, kann so etwas bekanntlich zu Revolutionen in Frankreich führen.

Auch drei große Platten mit Schnittchen waren schön appetitlich im Fond aufgebaut. Diese waren wohl für die geflohenen Hochzeitsgäste gedacht. Da wir alle im nachhaltigen Wirtschaften und in der Müllvermeidung wohl erzogen waren, nahmen wir uns dieser kulinarischen Häppchen mit großer Gewissenhaftigkeit und Sorgfalt an.

Von Zeit zu Zeit hörte ich ein Klopfen und ein leises Wimmern, wenn ich mein Ohr an die hinteren Polster hielt.

Mir schwante, dass eine weitere Komplikation im Kofferraum lauerte. Vor dem nächsten Autobahnparkplatz klopfte ich Andi auf die Schulter und sagte:

„Fahr da mal rauf, ich hab noch eine Überraschung für euch."

Groß war das Erstaunen meiner Kumpane, als ich vor ihren Augen den Kofferraum öffnete. Uns starrten drei Augenpaare an, nämlich Braut, Bräutigam und offensichtlich der Pastor aus dem Michel.

„Na", fragte ich, „habt ihr euch vor den Affen in den Kofferraum gerettet?"

Die drei nickten.

„Nicht nur Affen. Da war auch ein Leopard dabei, der auf die Affen Jagd machte. Ursprünglich wollten wir den Kofferraumdeckel ein wenig offenlassen. Für Luft und so. Dann sprang anscheinend der Leopard auf den Deckel und vorbei war's und wir waren gefangen."

Ehrlich gesagt, weiß ich bis heute nicht, ob meine prophetischen Fähigkeiten ausgereicht hätten, um diese Komplikation vorauszusehen.

Die Braut schluchzte vor sich hin.

„Dass das ausgerechnet auf meiner Hochzeit passieren muss", schluchzte sie. Ich tätschelte ihr die Hand.

„Ach, Kindchen", meinte ich, „überleg doch mal: Wer kann schon von sich behaupten, dass die eigene Hochzeit von Affen und Leoparden unterbrochen wurde, und das mitten in Hamburg? Wenn so etwas in Afrika passiert, na ja. Aber in Hamburg?"

„Aber ich will jetzt endlich ordentlich verheiratet sein", sagte sie. „Und jetzt sind alle weg, die ganzen Hochzeitsgäste."

„Aber wir sind doch da, Kindchen", sagte ich beruhigend zu ihr.

Der Pastor wühlte sich mühsam aus dem Kofferraum heraus. Er entpuppte sich als ein baumlanger Kerl, breitschultrig und muskulös. Irgendwoher kam mir der Kerl bekannt vor.

Als er den Mund aufmachte, erkannte ich ihn wieder: Heinrich, genannt Hein, ein Bauernsohn aus Dithmarschen. Bei den Bauern ist es so, dass das Erbe immer ungeteilt dem Kind mit der stärksten Affinität zur Landwirtschaft weitergegeben wird.

Die Kinder, die keine Neigung zur Landwirtschaft verspüren, werden meistens mit höherer Schulbildung ausgestattet.

„Hein", sagte ich, „was machst du denn hier?"

„Blöde Frage", knurrte Hein. „Die beiden wollten extra von mir getraut werden. Der Michel ist sonst gar nicht mein Sprengel. Ich kann nur noch heute, morgen früh fliege nach Afrika zum missionarischen Einsatz."

„Tja", sagte ich, „was kann man denn da machen?"

„Ganz einfach", sagte Hein, „wir machen die Hochzeit jetzt."

„Oh, Hein", flötete die Braut, „würdest du das wirklich für uns tun?"

„Klar", sagte Hein, der natürlich praktisch veranlagt war, „bleibt mal gleich im Kofferraum knien."

Dann zeigte er auf Kool und mich: „Euch beiden Schlawiner kenne ich. Wenn ihr auch nicht den besten Ruf habt, so könnt ihr jetzt etwas gut machen.

Ihr seid aushilfsweise Trauzeugen.

Voss, Maul halten.

Kool, Mund zu. Und keine Widerrede. Ihr habt in der Sache mir jetzt zu gehorchen."

So geschah es, dass diese geplatzte Hochzeit auf einer Autobahnraststätte in den Duftschwaden der öffentlichen Toilette kniend im Kofferraum eines gestohlenen Hochzeitsautos doch

noch vollzogen wurde.

Kool, der Fahrer unseres geliebten Ministerpräsidenten, Andi und ich machten ernsthafte und doch fröhliche Gesichter. Der Bräutigam hielt wohlweislich das Maul, außer an der einen entscheidenden Stelle, wo er einmal „Ja!“ sagen durfte. Die Braut strahlte unter ihrem zerlaufenen Make-up und auch wir vier waren merklich gestärkt durch den Segen, den Hein uns zum Schluss der Hochzeit spendete. Dann stießen wir mit dem restlichen Champagner, der noch vorhanden war, an und eine Viertelstunde später überquerten wir die Stadtgrenze von Kiel.

Die Hochzeitsgesellschaft fuhr dankbar zurück nach Hamburg.

So war das mit Kool´s Urlaub. Hansen und Schulze waren immer noch an der Ostküste Kiels mit dem Fangen von Parkverbrechern in Anspruch genommen.

Kool und ich hatten noch einigermaßen freie Hand, was unsere öffentlichen Auftritte betraf.

Doch schon wenige Tage später wurde unser Handlungsspielraum in entscheidender Weise eingeschränkt. Mehr noch, wir waren kurz vor unserem unrühmlichen Ende in irgendwelchen dunklen Polizeikerkern. Aus denen man uns nach mehrfach lebenslänglicher Haft nur befreien würde, um uns im Morgengrauen zu erschießen.

Und Schuld war diesmal unser Teilhaber Wu mit seiner Eifersucht!

◆ ◆ ◆

7. IM FERNSEHEN

Fernsehkoch Wum Welzer sucht Studiogäste – Kleine Missgeschicke - Die Sendung entgleist.

Mit einem wahren Hechtsprung ergriff ich den Telefonhörer vor Wu, der sich in letzter Zeit mit verdächtiger Eile darum bemüht hatte, erster am Telefon zu sein.

„Hallo, hier ist Melanie vom Kochstudio. Ich rufe jetzt schon zum fünften Mal an, um entweder Kool-Ming oder Voss-Ling ans Telefon zu bekommen. Ist da wieder dieser Wu Pi?"

Ganz verdattert antwortete ich: „Nein, hier ist Voss-Ling selbst. Wollt ihr was zu essen bei uns bestellen?"

„Hihi!", sagte Melanie. „Nein, bestellen wollen wir bei euch nichts. Aber wir möchten euch zur Kochshow einladen."

„Herzlichen Dank. Schick uns einfach zwei Karten, wir setzen uns dann irgendwo ins Publikum."

„Nein, so war das auch wieder nicht gemeint. Ihr sollt zusammen mit unserem Chefkoch vor laufender Kamera kochen."

„Nur Kool-Ming und ich? Wieso nicht Wu?"

„Ach, unser Redakteur meint, dass zwei chinesische Köche reichen. Ein dritter würde zu viel Wuhling machen am Herd. Und außerdem hat Wu gesagt, dass er unter 1,60 Meter ist. Das

passt dann so schlecht mit der Kameraführung."

Mir schwante Böses bei diesem Gedanken, denn bei aller Anerkennung in der wissenschaftlichen Welt, die Wu als Atomphysiker genoss, war er doch ein wenig eitel und sehr publikumssüchtig.

„Also nochmal zum Mitschreiben: Ihr wollt, dass Kool und ich bei euch in der Kochsendung auftreten, als Köche quasi?"

„Genau, das möchten wir."

„Hm. Und welches Honorar springt dabei raus?"

„Äh, Honorar?", fragte Melanie. „Nein, ihr dürft euch in der Kochshow zeigen. Das ist doch Honorar genug, oder etwa nicht?"

Da ich aus rein finanziellen Gesichtspunkten und auch aus reiner privater Habgier grundsätzlich anderer Meinung war, konnte ich in diesem Moment nun unbefriedigt knurren:

„Hm."

„Na, okay", sagte sie. „Also ein kleines Honorar kann ich da für euch rausholen. Ein signiertes DVD-Set von unserem Chefkoch zum Beispiel."

„Was sollen wir denn mit einem DVD-Set von eurem Chefkoch? Sollen wir damit DVD-Chop-Suey kochen?"

Jetzt lachte Melanie. „Na, ich sehe schon, wir werden uns so nicht einig."

„Moment, Moment, Moment, bevor wir jetzt das Gespräch so unbefriedigend beenden, erzähl mir erstmal die näheren Einzelheiten."

Ich notierte mir Stichworte und Kontaktadressen, riss den Zettel vom Kellnerblock, steckte ihn in meine Brusttasche und wandte mich dann erst dem vor Aufregung auf und ab hüpfenden Wu zu, der mich erwartungsvoll anblinzelte:

„Na, haben sie es sich überlegt? Soll ich jetzt mit in die Sendung?"

„Tut mir leid, Wu, da war nichts zu machen. Du passt nicht ins Format."

Wu ließ das Zappeln und machte ein enttäuschtes Gesicht. Dann senkte er nachdenklich den Kopf und verschwand in Richtung Ausgang Tiefgarage. Mir schwante nichts Gutes bei dem Gedanken, was Wu jetzt wohl aushecken mochte. Noch während ich Wu nachsah, tippte mir Kool auf die Schulter.

„Mir schwant Böses", sagte er. „Wu sinnt auf Rache."

„Ja, nur, wir können doch gar nichts dazu, dass die rassistischen Redakteure ihn nicht wollen."

„Quatsch, die sind nicht rassistisch. Immerhin wollen sie ja zwei Chinesen in ihrer Sendung haben."

„Ja, aber nicht den, um den es eigentlich geht, der eigentlich unser Hauptkoch ist."

„Tja", meinte Kool, „ich konnte auch nichts erreichen. Ich habe nämlich auch schon zweimal mit denen telefoniert."

„Und mir nichts davon gesagt? Holzkopf!"

„Selber Holzkopf. Ich hab mir wenigstens die Option offen gelassen."

„Du warst da auch am Verhandeln?"

„Natürlich, und ich hatte sie fast so weit. Du Depp hast jetzt zugesagt, dass wir ohne Wu kommen. Das nimmt kein gutes Ende, sage ich dir."

Mir lief ein kalter Schauder über den Rücken und andere bedeckte Körperteile. Wu hatte aus der chinesischen Geschichte wahre Schauergeschichten erzählt. Die Chinesischen Kaiser und die Mandarine beherrschten ihr Riesenreich mit harter, unbarmherziger Faust, und wer ihr Missfallen erregte, wurde auf die unglaublichsten Arten und Weisen erledigt. Die hatten Methoden, die noch Jahrhunderte später Strolche wie Kool und mich zutiefst erschrecken konnten.

Sun Tze hatte gesagt "Töte einen und erschrecke zehntausend!“

Wu hatte das noch ein wenig verstärkt.

„Sun Tze ist zweitausend Jahre tot. Besser ist:

Töte einen, lass ihn dabei lange und laut schreien, und erschrecke zehntausend mal zehntausend.“

Man konnte Kool ansehen, dass er auch gerade unter kalten Schaudern litt.

Sogar an den gleichen Stellen wie ich.

◆ ◆ ◆

Die nächsten drei Wochen bis zum großen Showdown verliefen, was unser Geschäft anbelangte, völlig ereignislos. Nur Wu war meistens still in sich gekehrt, und wir, die wir ihn kannten, fühlten, dass er auf Rache sann. Er würde uns wahrscheinlich irgendeinen üblen Streich während der Kochshow spielen.

Eines Abends, nur wenige Tage vor der großen Show, begegnete ich zwei Jungs vom SEK im Treppenhaus und fragte so angelegentlich, ob sie nicht kurz vor der Show einmal mit einem Bombenspürhund das Fernsehkochstudio nach Sprengstoffen und ähnlichen üblen Überraschungen durchsuchen könnten.

„Das würden wir glatt für euch tun“, sagte der eine mit einem verdächtigen Zucken um die Augenwinkel herum, und der andere fügte hinzu: „Für euch würden wir doch alles tun.“

Im Weggehen hörte ich sie lachen. Entweder hatte Wu ihnen ein höheres Bestechungsgeld angeboten und auch schon bezahlt. Oder das gesamte SEK war mit von der Partie, um uns samt Chefkoch Wum Welzer in einem Feuerwerk in den Kochhimmel zu expedieren. Kool hatte ähnliche Befürchtungen, sodass sich unsere Nerven bis zur Kochshow aufs Äußerste anspannten.

24 Stunden vor dem Aufnahmetermin versagten unsere Nerven endgültig und wir versuchten, in letzter Sekunde aus der

ganzen Geschichte auszusteigen. Denn immerhin riskierten wir jetzt für einen ollen Ladenhüter von Koch-DVD unser Leben. Für eine DVD, die wir sowieso nicht nutzen konnten, weil uns das entsprechende Abspielgerät fehlte. Kool guckte sich seine „Filmchen“ mit den nackten Menschen nur auf Videokassetten an. Melanie vom Fernsehsender war aber nicht zu erweichen: „Selbst wenn ihr jetzt in diesem Moment röchelnd abkratzt, ihr tretet auf!“ Angstschlotternd hatte ich versucht, aus der Nummer zu entkommen.

„Wie denn, wenn wir tot sind?“

„Dann werdet ihr gedoubelt. Ich habe nicht alle möglichen Hebel in Bewegung gesetzt, damit die Show mit euch platzt. Wum Welzer freut sich sogar auf euch.“

Ich stellte mir dabei einen schwanzwedelnden Hund vor.

„Außerdem ist ein bisschen Lampenfieber normal.“

◆ ◆ ◆

Wus Laune dagegen wurde seit meinem verhängnisvollen ersten Telefonat von Tag zu Tag besser. Er verschönerte uns mit allerlei Freundlichkeiten das Leben.

Zum Beispiel damit, dass er das schärfste Messer aus der Küche nahm, sich mit dem Messerrücken an seiner Kehle entlangfuhr und dabei sagte:

„Chefkoch.“

Dabei machte er das Geräusch eines zerschnittenen Knorpels. Und dann dieses widerliche „Hihihi!“

Zwei Tage später kam Kool zähneklappernd zu mir aus dem Kühlhaus gestürzt.

„Voss, du glaubst es nicht. Wu hat das schon wieder gemacht. Jetzt hat er sich sogar schon eine Messerscheide zugelegt. Wie ein Pirat! Er läuft immer mit dem großen Kochmesser im Gürtel herum wie ein Musketier mit seinem Säbel. Immer wenn er mich sieht, macht er dieses widerliche: ‘Chefkoch, hihihi.’ Und ‘krck,’ wenn er mit der Klinge das Kehledurchschneiden andeutet.“

Kurz, unsere Nerven lagen restlos blank.

Ich hatte derweil erfolglos versucht, zwei dieser Schmetterlingsraupen ähnlichen Schutzanzüge bei Ebay zu ersteigern. Ihr kennt die Dinger, mit denen sich das Bombenentschärfungskommando beim Durchtrennen eines roten oder blauen Drahtes an einer scharfen Bombe schützt. Leider war ich mit meinem Gebot glatt um einen Euro zu niedrig, sodass diese beiden dick gepanzerten Anzüge an einen Bieter namens Gino Mafioso gingen.

Wir waren wegen eines Euros zum Tod verurteilt…

Aber vermutlich hätten uns diese rücksichtlosen Leute vom Fernsehen ohnehin nicht in diesen doch recht unförmigen Anzügen auftreten lassen. Kurz und gut: Kool und mir ging der Arsch wegen Wus guter Laune gründlich auf Grundeis.

◆ ◆ ◆

Als dann unser vermutlicher Todestag nahte, schien Kool doch noch einen Geistesblitz gehabt zu haben. Er schleppte nach der Mittagsstunde ein paar schuss- und splittersichere Panzerwesten an. Die sahen aus, als ob sie funkelnagelneu von der Fabrik kamen. Es waren diese schweineteuren Exemplare, die sonst wirklich nur die Jungs vom SEK bekommen.

Trotzdem trugen sie unter den T-Shirts kaum auf. Sie machten aus uns nur äußerst breitbrüstige Mannsbilder. Damit ausgestattet machten wir uns auf den Weg zum Studio.

Wu hatte sich seit dem Morgengrauen nicht mehr sehen lassen, und unsere bösen Ahnungen nahmen in einer Kubikpotenz zu. Beim Fernsehsender angekommen, mussten wir ein paar Minuten am Empfang warten.

Dann kam eine wirklich hübsche Frau uns zu: 1,75 Meter groß

und so, wie ich mir immer mein Idealbild von Frau ausgemalt hatte. Wenn man so viele Jahre mit so einem Hallodri wie Kool um die Ecken zieht, dann hat man ja schon viele mehr oder weniger hübsche Frauen kennengelernt. Kool war ja überhaupt nicht wählerisch, während ich zu sehr wählerisch war und keine abkriegte. Mit dieser verblüffend niedlichen, liebenswerten Freundlichkeit von wirklich zutiefst netten Menschen begrüßte sie uns:

„Hallo, ich bin Melanie. Du musst Kool-Ming, und du musst Voss-Ling sein."

Wobei sie uns richtig buchstabierte. Kool setzte sofort sein Verführergrinsen auf. Ich selber merkte trotz meiner Todesangst, das ich mich zum ersten Mal in meinem Leben, richtig in eine Frau verknallte.

„Ich führe euch jetzt aber erstmal herum", bestimmte Melanie, nickte Kool desinteressiert zu, blinzelte mich an, und zeigte uns die Örtlichkeiten. Ohne dass wir uns vorher groß abgesprochen hätten, begannen Kool und ich sofort, sämtliche Einrichtungsgegenstände im Kochstudio auf Sprengfallen und Rohrbomben zu untersuchen, was Melanie mit einer hochgezogenen Augenbraue kommentierte:

„Also ihr seid ja komisch drauf. Ihr seid die Ersten, die versuchen, den Küchentresen umzukippen."

„Ja", sagte ich geistesgegenwärtig, „das hat etwas mit Feng-Shui zu tun. Wenn der Küchentresen nicht Feng-Shui-gerecht steht, wird die Suppe nix gut."

„Ach ja, Feng-Shui, das ist eine wichtige Sache. Habe ich auch schon von gehört", sagte Melanie lahm, „aber, dass sich das auch auf die Suppe auswirkt, habe ich noch gar nicht gewusst. Könnt ihr euch ein bisschen beeilen, denn in 10 Minuten kommen die Studiogäste, und in 13 Minuten fängt die Kochshow an. In 12 Minuten und 30 Sekunden kommt unser Chefkoch."

„Wow, das nenne ich mal exaktes Timing", sagte Kool.

„Ja, das ist so. Unser Chefkoch ist zeitlich enorm verplant und fährt vom Hubschrauberlandedeck direkt mit dem Fahrstuhl hier ins Studio. Wir zeichnen die Sendung in einem Rutsch und ohne Schnitt auf. Und nach einer Viertelstunde verschwindet er zack zack wieder zum nächsten Termin."

Melanie wurde kurz von irgendeinem Handyanruf abgelenkt, und ich flüsterte Kool ins Ohr:

„Keine Chance, das Studio ist mindestens 400 Quadratmeter groß, und es gibt hier zehntausend Möglichkeiten, Bomben zu verstecken."

Wir reichten uns, vielleicht zum letzten Mal in diesem Leben, die Hände und klopften uns mit der freien linken Hand auf die Schulter. Es war Zeit für einen mächtigen Kernspruch, einen jener Art, der im Allgemeinen alle Teufel, Drachen und Dämonen bannen kann. Kool holte Luft und dann, mit seiner tiefsten Bruststimme:

„Möge der Mist mit dir sein, Voss",

sagte Kool den alten Segensspruch der Dithmarscher.

„Ja, Kool. Möge der Mist auch mit dir sein."

Diesen alten kraftvollen Segensspruch hat mal ein betrunkener Dithmarscher im Fernsehen aufgeschnappt, als er einen Science-Fiction-Film sah. Als er dann diesen Kernspruch im wahren Leben anwendete, stellte er sich als wirksam heraus.

Dann wurden wir verkabelt mit Mikrofon und Sendegerät und der Zuschauerraum füllte sich langsam. Große und Kleine, Dicke und Dünne, teilweise mit Einkaufstaschen. So, wie man sie von der Straße eingefangen und hier ins Studio reingetrieben hatte.

Ganz besonders fiel mir ein enorm fetter Mann auf. Mittelgroß. Mit seinen enormen Fettmassen beladen, schob er sich schnaufend auf einen Platz in den mittleren Rängen.

Aber der hatte absolut keine Ähnlichkeit mit unserem Professorchen Wu, der ja bekanntlich dürr und mager war und dazu noch sehr kleinwüchsig. Als alle am Platz waren, wurden die großen Studioscheinwerfer angeschaltet und beleuchteten uns zwei traurige Kochgestalten hinter dem Küchenblock. Kool stand da und ließ mit offenen Lippen seine Zähne klappern. Mir rann der Schweiß unter der falschen Perücke in Strömen über Gesicht und Nacken. Plötzlich hatte ich über den kleinen Ohrhörer eine Stimme in meinem Kopf: „Bewegt euch ein bisschen natürlich. Wir sind schon auf Sendung."

„Ähem", machte Kool, hörte kurz mit dem Zähneklappern auf und winkte verlegen mit der rechten Hand in Richtung der Kamera mit dem roten Licht.

„Ha ... Ha ... Hallo", machte ich und winkte genauso unbeholfen.

„Mehr Action!", knurrte die Stimme unfreundlich in meinem Kopf.

„Und guckt mal Richtung Fahrstuhl, denn da kommt gleich Wum Welzer heraus. Und jetzt klatschen!", sagte die Stimme.

Tatsächlich! Zwei Sekunden später ging die Fahrstuhltüre auf und der Chefkoch Wum Welzer stand da! Einer der neuen kulinarischen Stars, zünftig mit Backenbart, Irokesenhaarschnitt und flammend roten eintätowierten Blitzen auf beiden Schädelseiten. Das Publikum klatschte frenetisch, und Kool und ich schlossen uns dem Beifallssturm an. Vielleicht, weil auch der sprichwörtliche Mut der Dithmarscher bei uns durchbrach. Wenigstens in unseren letzten Lebensminuten wollten wir eine gute Figur machen. Immerhin sollte diese Sendung ja angeblich live sein. Der Kochstar nahm die Ovationen mit showstarmäßiger Gelassenheit an. Mit beiden Händen winkte er dem Publikum zu und wandte sich dann an uns:

„Hier haben wir also zwei von drei Stars aus der China Cat, dem chinesischen Nobelrestaurant, das in letzter Zeit so viel von sich reden macht. Der Lange heißt Kool-Ming und der etwas

Kleinere mit dem Bauch heißt Voss-Ling. Einen herzlichen Applaus für die beiden."

Jetzt galt der neu aufbrandende Applaus uns. Mir wurde immer mulmiger bei der ganzen Sache. Ich konnte Kool am Zittern seiner Hände anmerken, dass es ihm auch nicht besser ging. Die Eingangsworte unseres Kochstars plätscherten so dahin, und dann erwähnte er kurz das viergängige Menü, das er heute mit unserer Hilfe zaubern wollte. Kool und ich waren viel zu sehr damit beschäftigt, die Studiogäste zu begucken, ob nicht einer von ihnen in die Jacke griff, um eine Pistole hervorzuholen. Oder einen Bombenzünder. Wum Welzer klatschte in die Hände und sagte: „So, jetzt wollen wir mal anfangen zu kochen. Das Hauptgericht wird Schweinefleisch in süß-saurer Soße, eine Spezialität eures Hauses, sein. Deswegen nehme ich an, ihr könnt das im Schlaf kochen. Wollt ihr das übernehmen?"

Kool nickte geistesabwesend, während er immer noch das Publikum betrachtete, rührte sich aber sonst um keinen Millimeter. Auweia, da hatte Kool gerade einen Riesenfehler gemacht. Die korrekte Zubereitung der Speisen war die Sache von Onkelchen Wu. Der saß wahrscheinlich zu Hause am Fernseher und spielte mit einer seiner besonderen Fernbedienungen, mit der uns auf höchst delikate Art und Weise und vermutlich in mehreren Etappen ins Jenseits befördern wollte. Kurz gesagt: Wie Wu das leckere süß-saure Schweinefleisch-Geschnipsel machte, war uns immer ein Rätsel geblieben. Bevor Wu bei uns damals in der Gaststätte auftauchte, hatten wir die billigste Sauce aus dem Großmarkt genommen, die es dort in 20-Liter-Kanistern zu kaufen gab, hatten das Ganze mit genauso billigem Curry-Ketchup verfeinert und einfach über das angebratene Fleisch gegossen. Als Kool bemerkte, welchen Fehler er begangen hatte, blickten wir uns beide ratlos an.

„Ach so", sagte Wum Welzer, „eure Geschäftsgeheimnisse wollt ihr nicht verraten. Na ja, das kann ich verstehen, tue ich ja hier auch nicht immer. Dann werde ich ganz einfach mal das

Standardrezept nehmen."

Triumphierend hielt er eine Flasche hoch, deren Aufdruck verriet, dass sie von derselben Firma stammte, von der wir auch damals unsere Sauce kanisterweise gekauft hatten.

„Und dazu kommt zum Verfeinern noch ein Schuss Curry-Ketchup." Wieder hielt er eine Flasche hoch, die verdächtig dem Zeug ähnelte, das wir auch früher benutzt hatten.

„Und das Ganze kommt dann hier drüber und ab damit in den Backofen." Die ganze schmiedeeiserne Pfanne samt Inhalt wurde in den Backofen geschoben, der anscheinend schon längere Zeit vorgeheizt war. Diese Vorbereitungen hatte vermutlich das Personal des Senders schon im Vorweg getroffen, genauso wie sie anscheinend unsere Geschäftsgeheimnisse ausspioniert hatten. Dieses Gericht schmurgelte jetzt im Backofen vor sich hin.

„So, während das jetzt vor sich hin köchelt, werden wir uns an den Salat machen."

Wum Welzer wandte sich an die Kamera:

„Wir haben uns natürlich im Vorweg aus der Küche von Kool-Ming und Voss-Ling geheime Informationen besorgt, die wir jetzt auswerten. Unter anderem ist eine Spezialität diese Frucht. Boh, ist die schwer."

Triumphierend hielt er einen erschreckenden Gegenstand in die Kamera.

„Sie ist auf dem freien Markt so nicht erhältlich. Nur durch die speziellen Geschäftsbeziehungen der China Cat in die Volksrepublik China konnten wir diese Salatbeilage bekommen. Herzlichen Dank nochmal an das Team der China Cat, das jetzt bestimmt gespannt vor dem Fernseher bei euch in der Küche sitzt!"

Er verneigte sich Richtung Kamera und platzierte die niedliche Handgranate mitten auf dem klein geschnittenen Salat. Denn zweifelsohne handelte es sich um eine Handgranate!

Kool und ich schauten wie hypnotisiert auf die Handgranate eines bekannten chinesischen Herstellers.

„Diese zeichnet sich neben einer Sprengladung aus 100 Gramm TNT auch durch eine enorme Splitterwirkung aus, die durch die Ummantelung aus Gusseisen sichergestellt wird.“

So der Werbetext im stolzen Hausprospekt der Herstellerfirma.

Anscheinend waren die Typen von der Redaktion ausgerechnet auf Wu getroffen, und der hatte ihnen das Ding aus purer bestialischer Bosheit untergejubelt.

„Ähem“ machte Kool und wies mit dem Zeigefinger der linken Hand auf die Wurfgranate.

„Ähem“ machte auch ich.

„Ja, was denn?“, fragte Wum Welzer.

„Also, äh, ich glaube, äh, diese Frucht ist nicht mehr gut“, rettete ich die Situation.

„Genau“, sagte Kool.

„Und warum versteckt ihr beide euch hinter dem Küchenblock?“

„Weil diese Frucht sich unter Umständen explosionsartig, äh ...“

„In ihre Bestandteile auflöst“, ergänzte Kool den Satz.

In einem Anfall von Mut sprang ich auf, griff nach der Wurfgranate und warf sie in den immer noch offenstehenden Fahrstuhl. Zitternd drückte ich den Abwärtsknopf, woraufhin sich die Türen des Fahrstuhls gehorsam schlossen und man an den Leuchtziffern über der Fahrstuhltür sehen konnte, dass es mit der Granate abwärts ging. Die ganze Zeit war mir die Kamera gefolgt, und das Publikum saß vor Schreck erstarrt auf seinen Sitzplätzen. Der eloquente Wum Welzer schaute recht gelassen drein. Dies änderte sich aber in dem Moment, als aus dem Fahrstuhlschacht ein deutliches „Wumms!“ heraufklang und Sekunden später eine dünne Rauchwolke aus dem Mittelschlitz der Schiebetür hervorkam. Jetzt war es an Wum Welzer, blass zu werden. Ich klopfte ihm jovial auf die Schulter und sagte:

„Siehste, Wum, der Knall hätte deinem Namen ja richtig Ehre gemacht."

Wum zeigte mit dem Finger auf die Fahrstuhltür und sagte: „Da ... da ... da!"

„Ja", sagte ich, seine Schulter tätschelnd, zu ihm. „Ja, vermutlich habt ihr diese Frucht gekühlt, als ihr sie aus unserer Küche bekommen habt. Das darf man aber keinesfalls tun. Diese Frucht wächst nur im tropischen Regenwald an der Grenze zwischen Vietnam und der Volksrepublik China. Dort allerdings in großen Mengen. Und die größte Angst der Vietnamesen im Vietnamkrieg war, dass die Temperatur nachts unter fünf Grad sinkt, denn dann wäre der ganze Vietcong auf einen Schlag ausgerottet gewesen. Sehr explosive Granat... äh ... Früchte", verbesserte ich mich.

„Danke, dass du so schnell reagiert hast. Aber das war es dann anscheinend auch mit unserer Vorspeise. Aus diesem Grunde machen wir jetzt nur noch ein ääh, hm, Dreigangmenü. Vor dem Hauptgericht gibt es einen Snack aus Surimi-Garnelenschwänzen. Übrigens kommt das Surimi auch aus eurer Küche. Es ist doch hoffentlich nicht so explosiv?!", fragte uns Wum Welzer.

„Nö, da kann eigentlich nichts passieren", sagten Kool und ich gleichzeitig. Wum wirbelte mit Pfannen, Töpfen, Tiegeln, Surimi und anderen Zutaten hin und her, während Kool und ich dicht gedrängt etwas abseits standen und vorsichtig die Lage peilten.

„Sag mal, Kool," fragte ich flüsternd, „warum war neulich eigentlich eine Bachforelle auf der Großhandelsrechnung? Wir servieren doch gar keinen Fisch, zumindest keine frischen Bachforellen, wie auf der Rechnung stand."

„Bachforelle?", murmelte Kool, „ich habe gesehen, dass Wu

einen Fisch filetierte und das Filet durch den Fleischwolf drehte."

„Urps. Weißt du, wie man Surimi herstellt?"

„Nein", sagte Kool ernsthaft und ehrlich.

„Man nimmt irgendwelche Fischreste, dreht sie durch den Fleischwolf, bindet das Ganze mit Eiweiß und formt diese Paste dann zum Beispiel zu Krabbenschwänzen, die dann fast originalgetreu aussehen. Die werden noch schön eingefärbt, dass sie wie das Original aussehen, und zack, fertig ist das Surimi aus Fischabfällen."

„Na ja, und Fischabfälle haben wir nicht in der China Cat. Nur fertige Fischfrikadellen und Fischstäbchen. Abfälle kommen bei uns doch ohnehin nicht vor, das wird alles serviert", flüsterte Kool aus dem Mundwinkel.

„Aber Moment, das heißt doch, dass Wu die Finger in der Sache hatte bei der Herstellung dieses Surimis." Ich konnte nur noch kurz nicken, dann zogen wir uns noch weitere fünf Schritte vom Küchenblock zurück. Unser Chefkoch rührte dabei Soße in einer winzigen Menge an und hielt das Ergebnis triumphierend in dem kleinen Pfännchen hoch. „Auch die Zutaten für diese Soße hier habe ich von Kool-Ming und Voss-Ling durch die Hintertür der Küche erwischt."

Er tröpfelte sich ein wenig Soße vom Löffel auf den Finger und lutschte daran.

„Jetzt muss sie nach dem Geheimrezept von Kool-Ming und Voss-Ling, das uns ihr freundlicher Mitarbeiter Wu verraten hat, nur noch in einem zweiten Topf kurz erhitzt werden, und fertig ist die Soße zu den angebratenen Surimi-Krebsschwänzen."

Er wandte sich uns zu, deckte kurz sein Kehlkopfmikrofon ab und sagte:

„Was ist das denn für eine Medizin? Das schmeckt ja grauenhaft."

In meinem Kopf ratterte es. Surimi von Wu hergestellt, die Soße ein Rezept von Wu, das Ganze in einem Kochtopf auf 80 Grad erhitzt.

„Deckung!“, schrie ich den beiden zu und riss sie zu Boden.

In letzter Sekunde, wie es mir so oft gelang.

Denn sonst wären meine Geschichten sehr schnell zu Ende.

Die Kasserolle flog mit einem Knall in die Luft. Ein Teil der Studioscheinwerfer verlor die Schutzgläser, die prasselnd um den Küchenblock herum auf den Boden regneten. Aus unseren Ohrhörern kam ein grausames Fiepen, das uns drei gleichzeitig die Hördinger aus den Ohren ploppen ließ.

„Um Gottes Willen!“, schrie Wum. „Was war das denn?“

„Nix gut Lezept“, schrie Kool ganz entsetzt. „Nix gut Lezept!“

„Habt ihr etwa diese vietnamesische Frucht und das Surimi zusammen in einem Behälter transportiert?“ fragte ich.

„Ich vermute“, stotterte Wum, „das kam vermutlich zusammen in einer Kühltasche an. So wird das meistens gemacht.“

„Oh, verflixt! Dann ist es bestimmt zu einer Positronenquanten- Molekularwanderungswelle gekommen. Das hat das Surimi verseucht.“

„Ach so“, meinte Wum ohne rechten Glauben an meiner Erklärung erkennen zu lassen. „Habt ihr noch mehr solcher Späße auf Lager?“

„Öh … nein“, versuchte ich ihn zu beruhigen, während Kool abwehrend mit den Händen wedelte. Das wieder aufgesprungene Publikum wurde von den Redaktionsmitarbeitern auf die Plätze zurückgescheucht. Ich konnte mich dem unfairen Eindruck einer Hammelherde, die von ihren Schäfern gehütet wurde, nicht erwehren. Nur der dicke Mann hatte mit unbeteiligtem Gesicht seinen Platz nicht verlassen und sich noch nicht einmal gerührt. Scharf musterte ich ihn, aber nichts, auch gar nichts kam mir an seinen fetten Gesichtszügen bekannt vor.

Oder war das etwa ein Agentenfreund von Wu, der hier nur den Handlanger für ihn spielte? Melanie kam auf uns zugewatschelt und gab uns Zeichen, dass wir die Ohrstecker wieder einstöpseln sollten.

„Es geht gleich weiter. Wir haben einen Werbeblock eingeschoben." Kool hatte sich inzwischen die Überreste der Kasserolle geschnappt und guckte sich den explodierten Topf näher an.

„Glück gehabt", murmelte er mir zu, „zwei Surimi mehr und der Topf wäre in Splitter zerplatzt. Das hätte uns korrekt in Einzelteile zerlegt."

Da im Moment sowieso alle damit beschäftigt waren, schnell wieder Ordnung rund um den Küchenblock herzustellen, warf ich einen Blick in den Kühlschrank. Dort lagen aber keine weiteren Surimi. Entweder hatte sich Wu bei der Menge des Sprengstoffs verschätzt oder er wollte uns nur erschrecken.

„Schau her", zeigte ich Kool den Inhalt des Kühlschranks. „Mehr Surimi ist da nicht. Konnte nicht schief gehen."

„Oder", sagte Kool, „Wu hat sich bei der Menge des Sprengstoffs verrechnet."

„Wer hat sich verrechnet?", mischte sich Wum in das Gespräch.

„Ach, nichts." Kool steckte unternehmungslustig einen Finger in den Rest, der noch in dem Topf klebte, und leckte den Finger ab.

„Mhm", sagte er, „schmeckt gar nicht nach Medizin. Willst du auch mal?"

Mit Todesverachtung machte Wum es ihm nach.

„Stimmt!", sagte er. „Eigentlich gar nicht so unlecker. Das können wir aber den Köchen und Köchinnen zu Hause nicht empfehlen", sagte er wieder in die Kamera mit dem roten Licht.

„Denn so gut das auch schmeckt, was wir hier so explosiv hergestellt haben, nicht jeder kann es sich leisten, für nur eine Vorspeise gleich eine neue Küche zu kaufen."

Wobei er abgemildert durch seine jahrelange Fernseherfahrung einen nur leicht giftigen Blick auf Kool und mich abschoss. Entweder würde er nach der Sendung sofort am Telefon hängen und unserer weiteren Fernsehkarriere einen Riegel vorschieben.

Oder das Band mit dieser Sendung würde in jedem Land der Welt bei den entsprechenden Sendungen gezeigt werden, in denen sich Deppen vor der Kamera blamieren.

Wum baute sich jetzt breit vor der Kamera auf: „Meine Damen und Herren, wie Sie sicherlich mitbekommen habe, gab es hier einen zweiten kleinen Zwischenfall in unserer Küche, sodass wir jetzt nur noch ein Zwei-Gänge-Menü vorweisen können. Bereiten wir also den Nachtisch vor.

Auch hier habe ich aus der Küchenhintertüre von Kool-Ming und Voss-Ling ein wunderbares Nachspeisenrezept."

Er hielt eine Tüte Schokoladensoße hoch, auch dies die Haushaltsversion der Nachspeise, die wir in 25-Kilo-Säcken im Großhandel einkauften. Wum blickte kurz auf die Rückseite der Tüte und sagte:

„Ah! Das ist also eure Kung-Fu-Nachspeise. Mal sehen, man muss es nur mit Wasser anrühren. Wunderbar."

Er nahm eine Glasschale und schüttete das Pulver hinein.

„Und jetzt einfach kaltes Wasser aus dem Wasserhahn dazu."

Er ließ kaltes Wasser laufen und füllte dann die Schale bis zur Hälfte auf.

„Wie Sie wissen, ist das keine gewöhnliche Schale, sondern eine besondere Glasmessschale aus meinem kleinen Küchenhandwerkszeug, das Sie kostengünstig im Einzelhandel kaufen können, Original nur mit dem doppelten W auf der Seite."

Er zeigte auf das aufgedruckte Logo in der Glasschüssel, das tatsächlich zwei Ws zeigte.

„Überhaupt", sagte er wieder direkt in die Kamera, während er emsig in dem Schokoladen-Wasser-Gemisch rührte, „können

Sie alle Küchenwerkzeuge, die ich hier benutze, im Einzelhandel kaufen. Alles gelingt umso besser!"

Wobei er den Quirl in der Luft schwenkte.

„Und jetzt können wir schon einmal eine Probe des Nachtischs machen."

Erst als das Publikum lachte, schaute er auf den Quirl oder vielmehr auf den Rest des Quirls, denn er hatte nur noch den Griff in der Hand. Überhaupt war aus der braunen Soße innerhalb von Sekundenbruchteilen in dem Glasbehälter eine klare Flüssigkeit geworden. Die Metallstäbe des Quirls waren spurlos verschwunden.

Wum Welzer ächzte.

„Jetzt habe ich aber gleich genug", fauchte er wütend, „das habe ich ja noch nie erlebt. Wo ist mein Quirl?"

Auch wir schauten erstaunt in die Glasschale.

„Weg! Einfach weg!", sagte Kool und wollte wieder mit dem kleinen Finger in die Flüssigkeit hineinstippen. Ich schlug ihm schnell auf die Hand:

„Lass das besser!" Probehalber steckte Wum den Griff in die Flüssigkeit, woraufhin dieser leicht schäumte und noch ein wenig kürzer wurde.

„Jetzt weiß ich auch, warum man euren Laden den abenteuerlichsten Chinesen zwischen den Polarkreisen nennt."

Kool und ich konnten dazu nur pfiffige Gesichter machen und mit den Schultern zucken.

„Ja, also was das nun war, wissen wir auch nicht. Das passiert bei uns sonst nicht. Wir verwenden diesen Nachtisch tatsächlich bei uns und bereiten ihn auch tatsächlich genauso zu. Aber das ist uns auch noch nicht passiert. Würde auch viel zu viele Quirle kosten."

„Ja", sagte Wum nachdenklich. „Und das, wo man sich von eurem Laden solche Wunderdinge erzählt. Gut, also haben wir jetzt nur noch ein Hauptgericht."

Mit gespanntem Gesicht wandte er sich dem Backofen zu, dessen Glasfenster aber von innen eingeschwärzt war.

„Was ist das denn?", knurrte er und wollte mit der Hand nach dem Griff fassen.

Ich griff ein: „Bevor du jetzt die Tür öffnest, solltest du eines wissen: Unser Hauptkoch Wu, der ja leider heute nicht dabei sein darf, hat natürlich nicht alle unsere Küchengeheimnisse ausgeplaudert."

„Hm", machte Wum. „Als ich bei euch in der Küche saß und die Sachen abgeholt habe, hat er mir ganz schön aus dem Nähkästchen erzählt, Kool-Ming und Voss-Ling."

„Das scheint vielleicht so, aber ich glaube, der hat dir nur eine Geschichte erzählt. In Wirklichkeit ist Wu ein furchtbarer Geheimniskrämer und würde nie ein echtes Rezept verraten."

„Dann hättet ihr das doch machen können."

„Oh nein", winkte Kool mit beiden Händen ab. „Das hätten wir nie tun dürfen. Wu ist, was wir auch erst seit einiger Zeit wissen, nämlich ein direkter Abkömmling des letzten Kaisers von China."

„Der letzte Kaiser von China?" fragte Wum Wälzer. „Der hat doch meines Wissens seinen Lebensabend damit verbracht, den Platz des Himmlischen Friedens zu fegen."

„Ja, so genau wissen wir das auch nicht", warf ich ein. „Auf jeden Fall hat er uns dazu vergattert, dass wir niemals ein Geheimnis aus der Küche verraten dürfen."

In diesem Moment kam ein Knirschen vom Küchenblock. Wir sahen erschreckt hin, was das denn zu bedeuten hatte. Langsam, im Zeitlupentempo knirschte der Edelstahl-Wasserhahn zur Seite weg. Es entstand ein formidabler Springbrunnen in dieser wunderbaren Studioküche, der zu anderer Zeit und an einem anderen Ort sicherlich die Menschen erfreut hätte. Ich wünschte mich persönlich in diesem Moment auch an einen ganz anderen Ort.

Ich dachte da an so etwas wie Feuerland, wobei ich hoffte, dass Feuerland kein Abschiebeabkommen mit der Bundesrepublik hatte. Dann rannte einer der Studiomitarbeiter zum Küchenblock, riss die Tür unter der Spüle auf und drehte den Absperrhahn zu, woraufhin der Springbrunnen versiegte.

Aus den Augenwinkeln hatte ich mitbekommen, dass ein paar der Wassertropfen gegen den heißen Backofen gespritzt waren und in kleinen Dampfexplosionen augenblicklich verzischten. Als ich mich diesem physikalischen Wunder näher zuwandte, sank mein Herz wieder in die Hose. Aus der oberen Türritze kam schwarzer Rauch.

Dass der Herd einer Küche dieser Preislage notwendigerweise mit einer doppelten Glasscheibe ausgerüstet war, damit sich die Hausfrau oder in diesem Fall Wum nicht die zarten Hände verbrannt, lag ja eigentlich auf der Hand. Ich tippte Wum auf die Schulter, der in dem Chaos gelassen noch ein paar Werbesprüche zu seinen im Einzelhandel erhältlichen Küchenutensilien direkt in die Kamera abließ.

„Habt ihr so etwas wie einen Feuerlöscher hier. Oder besser gleich zwei?“, fragte ich ihn.

„Meine Damen und Herren“, sagte er daraufhin in die Kamera, „dies ist sicherlich nicht die leckerste Sendung, die wir je aufgezeichnet haben, aber mit Abstand die, hmmmm, spaßigste. Ich empfehle Ihnen keines dieser Rezepte zum Nachkochen – auf gar keinen Fall. Kann mal jemand den Strom für den Backofen abschalten?“, rief er dann in Richtung der Regiebühne, die den Logenplatz hinten und über den Zuschauern einnahm.

Dann stellte er sich mit breiter Brust vor diesen rauchenden Schlot von Backofen und sagte wieder mit einem breiten Grinsen in die Kamera: „Wir werden jetzt auf gar keinen Fall dieses abgebrannte süß-saure Schweinefleisch aus dem Ofen holen und damit hier das ganze Studio verpesten. Im Gegenteil, wir lassen das jetzt kontrolliert abkühlen. Und wir machen auch keine Löschversuche“, sagte er energisch zu Kool, der gerade zwei Feuerlöscher anschleppte.

„Ich habe schon zwei Küchenbrände mitgemacht. Einen dritten wollte ich eigentlich nicht erleben.“

Das rote Licht über der Kamera erlosch und Melanie kam wieder angeschlurft.

„Also, wir haben wieder einen Werbeblock eingeschoben. Wum, deine Maskenbildnerin kommt gleich und macht dir neue Farbe ins Gesicht. Dein Studio-Make-up ist ein bisschen verlaufen.“

„Du bleibst ja erstaunlich gelassen“, lobte ich sie, um wenigstens eine Verbündete in Presse, Funk und Fernsehen zu haben.

„Pffft!“, machte sie. „Ich habe damals live aus Bagdad berichtet, als die amerikanischen angeblichen chirurgischen Bombenangriffe stattfanden. Seitdem bin ich schokoladensüchtig.“

„Ach so“, meinte ich verständnisvoll. Noch bis heute weiß ich nicht, wie ich die Beherrschung aufbrachte, bei diesem Bekenntnis nicht einen prüfenden Blick über ihre doch etwas ausladende Figur gleiten zu lassen. Vermutlich hätte mir das auf ewig eine Feindin beschert.

Die Maskenbildnerin klatschte Wum fleißig neue Farbe ins Gesicht. Unter dem Make-up hatte er zwar eine sorgfältige Brauntönung, die entweder durch eine gute Höhensonne oder während eines längeren Strandurlaubs entstanden war, aber, so viel wusste ich aus meiner geringen Fernseherfahrung, für das grelle Licht der Scheinwerfer, musste, um natürliche Farben zu bekommen, künstliche Farbe aufgetragen werden. Ich merkte deutlich, dass es in Wum arbeitete und dass er gedanklich nach einer Lösung für dieses Sendungsdebakel suchte.

„Fertig“, meldete die Maskenbildnerin. Wum schoss auf den Kühlschrank zu und kam mit zwei Eiern wieder. Das rote Licht der Kamera war schon wieder auf ihn gerichtet.

„Die letzte Waffe des Kochs“, sagte er, richtig fies grinsend.

Offensichtlich hatte er einen Gedanken gefasst: „Eigentlich sollte ich diese beiden Eier diesen beiden Gestalten dort an den Kopf werfen."

Worauf Kool und ich die Köpfe einzogen und ich mich rein gewohnheitsmäßig hinter dem größeren Kool versteckte. Das machte ich nicht aus Gründen der Feigheit, sondern im alten germanischen Angriffskeil war es immer so, dass der Größte voranmarschieren musste. Eine Taktik, die die Römer schon bei der Schlacht im Teutoburger Wald auf die harte Tour kennen lernten.

„Ja, ja, ja", sagte Wum, „jetzt ziehen die beiden die Köpfe ein. Aber nein, die letzte Waffe des Kochs ist das Spiegelei."

Jetzt richtete sich die Kamera auf die beiden glänzenden braunen Eier und unter der Decke surrte einer der ferngesteuerten beweglichen Spots, um mehr Licht in die Szene zu bringen. Direkt oberhalb von Wum blieb das Ding stehen.

Rein gewohnheitsmäßig war mein Blick zur Quelle des Geräuschs aufgefahren und ich sah den bisher unbeleuchteten Spot kurz aufleuchten.

Dann folgte wiederum ein kleiner Knall und eine unglaubliche Menge von Maden und Fliegen regneten aus dem explodierenden Spot herab, direkt auf Wum.

Oh, wie ich seitdem diese plötzlichen Geräusche hasse.

Der checkte erst nach einer kurzen Schrecksekunde, was da auf ihn herabfiel, schoss einen vernichtenden Blick auf uns ab und schüttelte die Tiere von sich. Das Publikum schrie auf, als die freigelassenen Fliegen mit einmal heftig begannen, in dem Studio herumzufliegen. Eine Stimme kam von oben aus einem Lautsprecher: „Bitte das Studio sofort räumen. Wir brechen die Sendung ab."

Wum warf die Eier in den Ausguss, streifte uns noch einmal mit einem vielsagenden, vernichtenden Blick, schüttelte den Kopf und verschwand grußlos. Die Melanie und die anderen Studio-Mitarbeiter trieben derweil die aufgesprungene Zuschauerschar ohne große Mühe zu den Ausgängen. Um uns kümmerte sich niemand. Schade. Da ging die erste Liebe meines Lebens.

„Scheiße", sagte Kool. „Wir hätten Wu auf Biegen und Brechen mit hierher bringen sollen."

„Auf Biegen und Brechen?", sagte ich. „Wir hätten Wu von vornherein die Sache alleine machen lassen sollen. Aber die Heinis vom Sender wollten das ja so haben."

„Hihihi", kam es da aus dem Zuschauerraum des geräumten Studios. Inzwischen waren überall die Lichter ausgegangen. Nur noch eine geringe Restbeleuchtung war an. Kool und ich spähten durch das Halbdunkel – dort saß der fette Mann.

◆ ◆ ◆

8. KOTAU UND FEINDPROPAGANDA

Wir werden entlarvt - Hausdurchsuchung mit Sturmmasken – Flucht.

„Hihihi“, machte er wieder, wobei sich sein Gesicht nicht bewegte. „Das ist doch Wu sein Lachen“, sagte Kool.

„Selbstverständlich ist es das. Wu hat sich mit einem Fat-suit getarnt.“

„Einem was, bitte?“, fragte Kool.

„So ein Ding, das man sich wie einen Raumanzug überzieht und das einen fett aussehen lässt. Wu, jetzt reicht es, komm her! Bei Fuß!“ Die fette Gestalt zog das Jackett aus, öffnete das Hemd, zog den Reißverschluss am Fat Suit auf und heraus pellte sich unser Onkel Wu.

Mit erhobenem Zeigefinger kam Wu auf uns zu.

Oh, wie sehr ich diese Geste bei ihm hasse!

Denn jedes Mal, wenn wir uns in der Küche der China Cat stritten, endete es damit, dass Wu mit erhobenem Zeigefinger die Diskussion beendete.

„Jetzt habe ich mir euren Kotau verdient“, krähte er munter.

„Nein“, sagte Kool, „kein Kotau. Ich werde dir in den Arsch treten, und wenn du dreimal zwei Köpfe kleiner bist als ich. Und wenn du dieses blöde Schwabbelding von Fatsuit noch mal anziehst, werde ich dich wie einen Fußball von hier bis nach

Dithmarschen kicken."

„Kool", mahnte ich, „es hat keinen Zweck, manchmal muss man eben die Scheiße fressen, auch wenn ein anderer sie für dich angerichtet hat."

Mit funkelnden Augen stand Kool vor mir.

„Na gut", sagte er, sich darauf besinnend, dass wir drei im Team nun einmal unschlagbar viel Geld verdienten. Und jeder von uns war auf den anderen angewiesen.

„Wir hätten schon energischer darauf dringen sollen, dass Wu mit uns gemeinsam auftritt."

„Siehst du", sagte Wu, „ist doch gar nicht so schwer. Also, darf ich jetzt um euren Kotau bitten?"

Knurrend sagte Kool: „Kotau, wie ging das noch gleich?"

Dabei hatte er erst letzte Woche Wu versehentlich einen Eimer Abwaschwasser vor den Bauch gegossen, als Wu die Stiege zur Hintertür heraufkam.

Kool wollte sich des Abwaschwassers nicht unserem Qualitätsmanagementregeln entsprechend entledigen.

„Also, wie ging das nochmal?"

„Die Hände vor der Brust falten und den Oberkörper in den Hüftgelenken parallel zum Boden bringen. Und sei froh, dass wir uns nicht hinschmeißen müssen wie vorletzte Woche und auf dem Fußboden um Gnade betteln müssen."

„Da warst du aber schuld, Voss", knurrte Kool.

Das stimmte. Vorletzte Woche hatte ich erst auf dem Nachhauseweg gemerkt, dass wir Wu nicht dabei hatten. Kool war damals sowieso betrunken und kriegte nichts mehr mit. Ich hatte Wu einfach im Kühlhaus vergessen, wo wir ihn dann nach einer Dreiviertelstunde bei minus 25 Grad leicht angefroren befreiten.

„Gut", sagte Wu, „heute werdet ihr ein neues Kotau lernen. Bei diesem Kotau stehe ich nicht vor, sondern hinter euch."

„Um uns in den Arsch zu treten, ja?“, mutmaßte Kool.

„Nix Arschtritt“, sagte Wu. „Etwas viel Besseres. So, und jetzt die Hände falten und bücken. Genau, den Oberkörper schön nach vorne und den Hintern enger zusammenstellen“, kam die Stimme von hinten.

Ehe wir uns versahen, sprang uns Wu breitbeinig auf den Rücken, hielt sich an unseren falschen Chinesenzöpfen fest und schrie: „Yippiejayeah, ihr Schweinebacken! Jetzt seid ihr meine Pferdchen, und ihr sollt für mich galoppieren.“

Mit energischem Kniedruck, der einem Springreiter zur Ehre gereicht hätte, trieb er uns gegen den Uhrzeigersinn um den Küchenblock. Gehorsam galoppierten wir, allerdings weniger wie Pferde, sondern eher wie ausgemachte Esel oder Maultiere. Bei der dritten Umdrehung des Blocks merkte ich dann, wie der Perückenkleber, der meinen Zopf im Nacken festhielt, sich langsam löste, und mit einem Ratsch hatte Wu meinen Zopf in der Hand. Sekundenbruchteile später hörte ich, dass auch Kools Zopf sich löste.

„Autsch!“, rief Kool, und Wu gab einen erstickten Schrei von sich, als er rückwärts von unseren verlängerten Rücken auf den Studioboden fiel. Wir standen wieder gerade und massierten uns den Nacken, und Wu hielt triumphierend unsere beiden Zöpfe hoch.

„Wäret ihr echte Chinesen, hättet ihr jetzt eure Ehre verloren.“

So wenig auch die Chinesen mit dem alten Judentum zu tun haben, schoss mir doch der Gedanke an den langhaarigen Simson und Delilah durch den Kopf. Würden wir jetzt auch wie Simson unsere Kraft verlieren, nachdem unsere Haare runter waren?

„So, Wu, jetzt sammle deine sieben Knochen zusammen und lass uns hier verschwinden, denn wer weiß, was du hier noch an Scherzen vorbereitet hast. Mir reicht’s jetzt.“

„Hihi“, machte Wu. „Keine Scherze mehr. Hat doch auch gereicht, oder nicht?“

„Ja“, sagte Kool. „Wir sind auf die Knochen blamiert.“

Ohne dass man uns beachtete, trotten wir drei aus dem Fernsehstudio und verschwanden aus dem Gebäude des Senders. Die einzige Beruhigung, die ich dabei hatte, bestand darin, dass uns niemand bei der unwürdigen Aktion gesehen hatte, zumindest beim letzten Teil.

Dass die Küchenkatastrophen selbstverständlich bei irgendeinem Spartensender über den Bildschirm gehen würden, war mir jetzt schon klar.

Dankbar war ich, dass der Perückenkleber drei Runden gehalten hatte. Wer weiß, was Wu noch an Erniedrigungen eingefallen wäre, wären uns die Zöpfe zu Beginn des Ausritts schon abgerissen. Wu hätte vielleicht Absicht dahinter geargwöhnt.

So hatte Wu seine Rache bekommen. Wir waren ehrlich gesagt billig davongekommen. Ich für meinen Teil hatte von der ganzen Filmerei erstmal gründlich die Schnauze voll, obwohl mir das ganze Brimborium und Bohai rundherum schon Spaß gemacht hatte. Und diese Melanie echote in meinem Kopf herum. Ob sie einen Freund hatte? Einen Ehering hatte ich nicht gesehen.

◆ ◆ ◆

Zu Hause in unserem Penthouse angekommen, zeigte Wu, dass sein aufgesetzter Ärger nachgelassen hatte: Er mischte uns eine ganze Kruke Cocktails, Singapore Sling, von der er selber mittrank, vielleicht auch, um zu beweisen, dass er kein Gift darunter gemischt hatte. Drei bis fünf Kruken weiter krochen wir müde von der Aufregung wie ehrbare Bürger ins Bett und waren am nächsten Morgen zu ganz ungewohnter Stunde schon früh wach.

Ochja war irgendwann im Laufe des frühen Morgens aus der China Cat mit einem Taxi zu unserer Behausung gekommen und lag schnarchend in Kools Ankleidezimmer. Wir als die geschäftsführende Spitze der China Cat kamen überein, ausnahmsweise mal besonders ausgiebig zu frühstücken.

Kool beschloss, uns beim Frühstück mit unserem neuen Flachbildschirmfernseher in der Küche zu verwöhnen.

„Kool, lass den Scheiß doch aus. Ich hab die Schnauze voll vom Fernsehen."

„Lass mich mal. Jetzt haben wir das neue Ding schon, und nun will ich das auch mal ausprobieren. Oder hast du Angst, dass das flache Niveau des Frühstücksfernsehens uns das Empfangsteil versaut?"

Ich zuckte mit den Schultern und lehnte mich auf meinem Stuhl fernsehgerecht zurück.

Gleich der erste Beitrag brachte mich wieder in die aufrechte Sitzposition. Die morgendliche Nachrichtensendung war eine der üblichen Sendungen mit Klatsch über Promis. Insofern konnten Kool und ich uns sehr geehrt fühlen. Wir waren die erste Nachricht dieses Morgens. Es wurde ein Bild eingeblendet:

'Doppel-Kotau mit Eselsritt!'

Mit honigsüßem Lächeln erklärte die bildhübsche Moderatorin:

„Wir bekamen heute Morgen ein Video überspielt, das ein ganz neues Licht auf den bekannten und prominenten Fernsehkoch Wum Welzer und seine sehr illustren Gäste wirft."

Im Hintergrund des Fernsehbildes waren Kool und meine Arschpartie zu sehen. Darauf balancierte Wu breitbeinig. Das Ganze konnte man als Standbild im Hintergrund sehen.

„Diese beiden Reitesel dort sind die ebenfalls bekannten Kool-Ming und Voss-Ling aus der weltberühmten China Cat in Kiel, die sich mit Wum Welzer einen bösen Scherz erlaubten. Die beiden angeblichen Chinesen haben die Kochsendung förmlich gecrasht:

Ein Fahrstuhl flog in die Luft, eine Wasserleitung ist geplatzt, eine Surimi-Vorspeise explodiert, der Backofen brannte aus. Zum Schluss wurde Wum Welzer mit Maden und Fliegen überschüttet.

Doch als das verängstigte Publikum endlich aus dem Studio gelassen wurde, konnte heimlich diese Aufnahme gemacht werden und wurde uns ebenso heimlich zugespielt. War der überaus bekannte Fernsehkoch Wum Welzer hier Opfer eines Komplotts? Stecken die beiden bekannten, angeblichen Köche Kool-Ming und Voss-Ling dahinter?

Oder war es die Tat des unbekannten Dritten, der die beiden Männer dann mit dieser demütigenden Behandlung erniedrigte? Man nennt diese, so wurde uns aus der chinesischen Botschaft bestätigt, Doppel-Kotau mit Eselritt? “

Die Sprecherin machte eine Kunstpause: „Dann aber kam es im Verlauf dieser unwürdigen Behandlung dazu, dass eine offensichtlich seit Jahren von den beiden angeblichen Chinesen gelebte Scharade demaskiert wurde.“

Im Vordergrund wurde eingeblendet, wie bei Kool und mir die Zöpfe abrissen und Wu lachend auf dem Rücken landete.

„Als wir heute Morgen weiterforschten“, so die Stimme der bildhübschen Redakteurin aus dem Off, „stellen wir eine verblüffende Übereinstimmung der Gesichter der beiden angeblichen Chinesen mit zwei gesuchten und flüchtigen Dithmarscher Verbrechern fest, denen unter anderem Wegelagerei, Banküberfälle und noch diverse andere Straftaten vorgeworfen werden. Wir stellen der Polizei hier die Frage, wann sie denn endlich einschreiten wird, wenn es sich bei diesen beiden Männern tatsächlich um die gesuchten flüchtigen Verbrecher handeln sollte. Noch viel pikanter ist die Frage: Die beiden angeblichen Chinesen führen quasi einen politischen Salon in ihrer China Cat, mit der sie laut informierten Kreisen einen erheblichen Einfluss auf die Innen- und Außenpolitik unserer Republik haben sollen. Welchen Einfluss hat China auf uns? Und welche Rolle spielt der von allen sogenannte Onkel Wu, der eine verblüffende Ähnlichkeit mit dem spurlos verschwundenen Atomphysiker Wu Pi hat. Dieser sollte vor Jahren den Nobelpreis in Oslo bekommen, floh vor der Preisverleihung aus dem Klofenster und wird seitdem vermisst.“

Ich langte über den Tisch, griff nach der Fernbedienung und schaltete den Ton weg. Kool saß mit weit offenem Mund da und hielt die Kaffeetasse ohne zu trinken vors Gesicht. Wu steckte das Ende einer Brotscheibe in den Mund. Beide starrten auf den Fernseher und waren mitten in der Bewegung erstarrt.

„Schöne Scheiße. Da hast du uns aber gewaltig reingeritten, Wu. Ich schätze, wir müssen uns wieder mal verziehen. Kool, hast du die Nummer von dem Notar noch irgendwo, der uns damals hier diese Bude verkauft hat?“

Ich hörte deutlich das Klicken und Knarzen in Kools Schädel, als bei ihm die Gehirnfunktionen wieder einsetzten. Wu versuchte ein Lächeln, aber es wurde nur eine Grimasse daraus.

„Das“, sagte er, „habe ich nun wirklich nicht mit meinem Spaß gewollt.“

„Tja, Wu, aber nichtsdestoweniger müssen wir jetzt mit den Konsequenzen umgehen. Ich schätze, die Polizei braucht vier bis fünf Tage. Wenn nicht gerade wieder ein Beamter verreist ist oder in Mutterschaft.

Oder gerade wieder unter Grübelzwang leidet. Aber dann werden sie mannstark bei uns einmarschieren. Diese Zeit müssen wir nützen. Wir machen Folgendes: Der Notar muss uns eine Urkunde ausstellen und zwei Jahre zurückdatieren. Als er uns damals dieses Hochhaus verkauft hat, hat er mir im Vollrausch verraten, dass er eine Urkundenliste mit leeren Blättern führt. So, dass sich die vordatierte Urkunde in der Notarsrolle bequem einfügen lässt.“

„Hä?“, machte Kool.

„Notare führen“, erklärte ich Kool geduldig, „eine Urkundenliste. Und wenn ein Notar im Jahr 2010 die Urkundennummer 1000 bis 1300 beurkundet hat und im Jahr 2009 die Urkunden 700 bis 999, dann darf unsere Urkunde aus diesem Jahr, die wir ja zurückdatieren wollen, nicht die Nummer 1300 bekommen, sondern sie muss irgendeine Nummer bekommen, die dazu passt."

„Checken die das nicht bei der Beurkundungsstelle?", fragte Kool nach.

„Ach, nö", sagte ich.

„In der Beurkundungsstelle sind die Beamten genauso fleißig wie überall. Sie hauen den Stempel auf die Vorderseite und legen es zu den anderen. Wenn in der Akte nur leere Seiten sind, fällt das dort niemandem auf. Der Notar hat mir versichert, er hätte damals sogar ein Pornoheft in einer Akte vergessen, und das ist auch niemals wieder aufgetaucht."

„Hm", sagte Kool. „Das ist zwar kein Beweis, denn bei mir tauchen die Pornohefte auch nie wieder auf, aber wir können es ja immerhin versuchen. Was soll der Notar beurkunden?"

„Na, ganz einfach, dass Kool-Ming und Voss-Ling seit über zwei Jahren schon keine Besitzer der China Cat mehr sind, sondern zwei völlig andere Typen, die natürlich auch anders heißen, haben die Geschäftsanteile damals von Kool-Ming und Voss-Ling abgekauft. Wenn die Polizei also dahingehend ermittelt, murmelst du, Wu, etwas davon, wir wären erpresst worden von der, hm, sagen wir polnischen Mafia. Die hätten die überaus wertvollen Geschäftsanteile für ein Butterbrot und ein Ei bekommen. Außerdem mussten wir die letzten beiden Jahre hier ohne Lohn knechten. Das macht auf der Sympathieskala sicherlich ein paar Punkte gut."

„Und warum die polnische Mafia?"

„Weil erstens die russische Mafia schon viel zu abgegriffen ist und zum Zweiten die Namen Koolinski und Vossinski als neue Besitzer der China Cat sich besser anhören als Iwan oder Igor. Und der polnischen Mafia traut man doch nichts zu, oder? Die haben polizeilichen Welpenschutz."

„Das stimmt", nickten übereinstimmend Kool und Wu. „Bei russischer Mafia läuten sogar bei unserer Polizei sämtliche Alarmglocken. Den Polen traut man ja nichts böses zu. Wie bei Hundewelpen..."

„Gut, Wu, du musst mit Ochja den Laden hier weiter schmeißen. Das wäre ja auch zu blöd, wenn wir das Bombengeschäft, das wir hier haben, nicht weiterführen. Kool und ich tauchen für eine längere Zeit bei Momme Kuckschief unter, machen vielleicht eine kleine Weltreise und lassen erstmal kräftiges Gras über die Sache wachsen. Sobald wir als Koolinski und Vossinski hier gefahrlos auftauchen können, so in ein, zwei Jahren, steigen wir wieder tätig mit ein. Dann ist auch Ochja so weit, dass er alles bei uns gelernt hat und weg will. Schaffst du das, Wu?"

Wu schaute mich ein wenig zaudernd an. Er ließ als Chinese ohnehin sehr selten Gefühlsregungen durchblicken. Aber ich hatte in den vielen Jahren des Zusammenseins mittlerweile gelernt, auch minimale Veränderungen seiner Mimik zu deuten. Doch was dann kam, überraschte mich wirklich: Wu stand auf und umarmte erst Kool und dann mich.

„Gut", sagte er, „früher oder später wäre es sowieso dazu gekommen, dass die Polizei uns auf die Schliche kommt. Aber die nächsten beiden Jahre werden ohne euch beide bös langweilig, denn wer soll die Polizei verarschen?", fragte er mich.

„Und wer soll massenhaft Damen abschleppen?", fragt er Kool. „Das werden zwei spaßlose Jahre für mich."

„Ach, lass mal", sagte ich gerührt zu Wu, „lieber Onkel Wu", denn immerhin ist er mindestens zehn Monate älter als ich, „ich glaube, du hast mit Ochja eine hervorragende Stütze, denn der hat es auch faustdick hinter den Ohren. Lass ihn mal nur machen. Das klappt schon."

Dann gaben wir uns alle einen Ruck und brachen in Geschäftigkeit aus. Der Notar kam, nachdem wir ein paar nicht näher differenzierte Drohungen gegen sein Geschäftsgebaren ausgestoßen hatten, innerhalb einer Stunde herbei. Damit wäre der Gefallen, den er uns schuldete, zur Hälfte aufgezehrt. Was das Beurkunden betraf, geschah es genauso, wie wir drei es im Vorwege besprochen hatten.

In dem Moment, in dem wir unsere Unterschriften unter die Urkunden setzten, hörte man den Klang von Polizeisirenen.

Von vielen Polizeisirenen.

Von ganz vielen Polizeisirenen.

Und das Geheul kam von allen Seiten auf uns zu.

Erschrocken sahen wir aus den großen Panoramafenstern, die in alle Himmelsrichtungen eingebaut waren. Von überall kamen wütende Polizeifahrzeuge auf uns zu.

◆ ◆ ◆

„Was machen wir jetzt?"

„Ich würde sagen, wir sitzen in der Falle. Hier ist kein Entkommen. Wir haben schließlich keinen Fluchttunnel wie Pablo Escobar."

Auf der Suche nach einem Ausweg wanderten meine Augen im großen Wohnzimmer hin und her.

„Hier muss es doch etwas geben!"

Sekunden später hatte ich die Lösung. Mittlerweile hörte man die Polizisten die Treppe heraufstürmen. Den Spezialfahrstuhl im Keller würden sie zwar nicht benutzen können, das ging nur mit unseren Schlüsseln. Aber unser Rattenloch mit einer Bande von wild entschlossenen Polizisten abriegeln, das war genauso effektiv.

Kool und ich verabschiedeten uns von Wu, Ochja und dem Notar. Es würde eine Zeit lang bis zu unserem Wiedersehen dauern.

Behördlicherseits konnte allen drei nichts geschehen, denn

gegen die lag ja nichts vor. Und Wu, na, durch die öffentliche Aufmerksamkeit würde sich jeder Geheimdienst hüten, da eine “nasse” Entführungsaktion zu starten.

Nur Kool und ich hatten so viel auf dem Kerbholz.

Exakt 15 Minuten später standen wir nach einem kurzen Fußmarsch einen Kilometer entfernt von unserem Hochhaus auf der Straße und kratzten uns die Köpfe. In der Eile hatte ich Geld, Bücher und Wechselkleidung liegen lassen. Kool hatte seinen schmalen Känguru-Beutel mit den hundert Notfallkondomen und dem anderen Kram unter dem T-Shirt versteckt, und war etwas besser ausgerüstet als ich.

◆ ◆ ◆

9. GOLDRAUSCH IM EINKAUFSZENTRUM

Zahnschmerzen - Der Zahnarzt und ein Juxbild - Wir kehren heim.

Dafür klopfte mir Kool immer wieder auf die Schulter.

„Geil gemacht, Alter. Da wäre ich nicht drauf gekommen."

„Jaja, jetzt lass dir lieber was einfallen, wie wir hier wegkommen."

„An die Autobahn, den Finger raus und das Beste hoffen."

„Ich hab noch etwas Kleingeld lose in der Tasche. Vorher will ich noch was mampfen, am besten im Einkaufszentrum an der Autobahn. Mein Frühstück wurde ja etwas jäh unterbrochen."

„Und mit etwas Glück finden wir da auf dem Parkplatz eine Fahrgelegenheit. Könnte ja sein, dass dort ein Dithmarscher ist."

So machten wir uns auf die Socken.

Im Einkaufszentrum wurden warme Wiener Würstchen feilgeboten, die wir mit Lust verspeisten. Wir versuchten, uns als Einpacker für die Kunden einzubringen. In Amerika ist dies ein gern genossener Service, der auch dementsprechend belohnt wird, wenn man den Leuten die Waren einpackt und sie dann auch zum Auto trägt.

Zum richtigen Auto, versteht sich. Obwohl wir unsere friedlichen Absichten mehrfach bekundeten, wurde schon beim ersten Versuch nach dem Sicherheitsdienst gerufen. Als wir nach vielen lautstarken Missverständnissen die Situation endlich geklärt hatten, ließen wir von den beiden Sicherheitsmännern ab. Wir erhoben uns von ihren Oberkörpern und stellten die

Jungs auch wieder auf die Füße. Klopften ihnen ein wenig freundlicher den Staub ab und ermahnten sie:

„Keine falschen Anschuldigungen, Jungs. Das stößt bei uns echt übel auf."

Die beiden bulligen 2m-Glatzköpfe zitterten noch ein wenig mit Haupt und Gliedern und die junge Frau, welcher wir auf Kools' Auswahl hin die Einkäufe zum Auto hatten bringen wollen, hatte mittlerweile auch schon das Weite gesucht.

„Die Erde ist ein Jammertal", seufzte ich.

„Irgendetwas wird uns schon einfallen", brummte Kool und schlurfte wieder auf den Haupteingang los. Dort in dem Einkaufszentrum hatte sich ein fliegender Händler breit gemacht, der Gold ankaufte. Anscheinend jede Art von Gold, auch Zahngold.

„Was gibst du denn aus für Gold?" fragte Kool forsch.

„Das kommt auf die Art drauf an."

„Was heißt, auf die Art?"

„Naja, wenn du reines Gold hast, 999, dann hast du ein Tausendstel Beimischung. Je unreiner das Gold ist, desto weniger wert ist es natürlich. Zahngold hat nicht so viel Goldanteil…"

„Und du kaufst das Gold sogar mit Zahn?"

„Na klar, aber das ist nicht soo viel wert."

„Ok," kommandierte Kool mit einem fiesen Grinsen, „geh nicht weg!"

Mir schwante Übles.

„Jetzt brauchen wir nur noch 'ne Zange und ein wenig Würfelzucker."

„Kool, ich möchte da nicht mitmachen."

„Ach, nun sei doch kein Frosch. Du bist doch sonst nicht so zimperlich."

„Kool, das ist unethisch und unmoralisch."

„Halt die Fresse!“, sagte Kool freundlich.

Zu unserem Glück war der Supermarkt riesig und mit allem Klimperkram ausgestattet, den man sich nur vorstellen kann.

Da aus betriebswirtschaftlichen Gründen in diesen Läden das Personal dermaßen knapp gehalten wird, kann man den lieben langen Tag dort zwischen den Reihen treiben, was man so gerne möchte. Wir stahlen uns Schürzen und Papierschiffchen beim Bäcker und klauten einem Warenpromoter für gestopfte Gänseleberpastete in einem unbedachten Moment sein kleines Tischen. Leise verzogen wir uns damit in eine andere ruhigere Ecke.

Dort dekorierten wir den Tisch des jetzt plötzlich tischnotleidenden Kollegen mit einer hübschen Spitzengardine aus einem Managerbüro um. Was den Tisch schlagartig unkenntlich machte.

Dieses erledigte Kool zu meiner Zufriedenheit und völlig alleine. In der Zwischenzeit holte ich aus der Spirituosenabteilung und aus der Drogerieabteilung einige Ingredienzien, stahl in der Campingabteilung einen kleinen Campingkocher und bastelte in der Baumarkt Abteilung eine Destille, wobei mir ein freundlicher Mitarbeiter des Supermarktes sehr entgegenkommend half. Der jubelte, dass ihn endlich mal ein Kunde bis an die Grenzen seines Könnens herausforderte.

„Voss, du glaubst gar nicht, wie scheiße das ist, hier den ganzen Tag zu stehen und den Leuten immer nur sagen zu dürfen: „Wandhaken sind da, Klosettbrillen finden sie dort, Badevorleger finden sie in der anderen Abteilung. Das kotzt einen richtig an, immerhin hab ich ja mal einen Beruf gelernt.“

„Ja? Was hast du denn gelernt?“

„Naja, gelernt eigentlich nicht richtig, ich hab studiert“, sagte er ein bisschen stolz, „ich bin Soziologe.“

„Ahh, das ist auch ein feiner Beruf.“ Ich klemmte mir die neue Destille unter den Arm, schüttelte ihm noch mal die Hand, wünschte ihm alles Gute und schlurfte zu Kool zurück. Der hatte die von mir bereits besorgten Zutaten in der Zwischenzeit vermengt, und wir bauten in der Herrenumkleide unsere Destille auf.

Warum in der Herrenumkleide? Ist doch ganz logisch: In der Damenumkleide wäre Kool viel zu abgelenkt gewesen. Außerdem, ganz ehrlich, wie viele Männer gehen im Verhältnis zu wie vielen Frauen in eine Umkleidekabine? Die Herrenumkleidekabine eines jeden Kaufhauses ist die betriebswirtschaftlich am schlechtesten ausgenutzte Fläche.

Nach einer knappen halben Stunde hatten wir das brodelnde Gemisch fertig. Wir tunkten Zuckerwürfel in diesen Sud. Die bekamen dadurch ein knallblaues Aussehen.

„Kool, egal was du tust oder denkst, du wirst keinen von diesen Dingern probieren."

„Da hab ich noch nicht mal dran gedacht“, log Kool.

„Eigentlich ist der Ort hier gar nicht schlecht gewählt“, lenkte ich ab.

Kool stimmte mir zu. „Klar."

„Also“, schärfte ich Kool nochmal ein, als sich das erste Opfer näherte,

„diejenigen, die in Frage kommen, bekommen einen blauen Drops. Diejenigen, die nicht in Frage kommen, bekommen einen roten Drops.“

„Drops?“, fragte Kool.

„Na, diese Würfelzucker, unsere Spezialdrops.“

Unser erstes Opfer, ein Herr mittleren Alters mit kräftigem Bauchumfang, näherte sich. Kool verwickelte ihn in ein Gespräch:

„Sagen sie, wussten sie, dass es freiverkäufliches Viagra gibt?“ Schnell sah der Mann sich um.

„Woher wissen sie, dass ich Viagra brauche?“

„Psst“, sagte Kool geheimnistuerisch, „mir geht’s doch selbst nicht anders.“

Zu dem Zeitpunkt wusste ich schon, was ich wissen wollte und der Mann kriegte einen der blauen Drops. Eine halbe Stunde später war die komplette Herrenumkleide mit Männern gestapelt gefüllt, die dort ihren k.o. Tropfenrausch ausschliefen, und wir konnten uns bei dem Goldankäufer mit einem ganzen Beutel voller blutiger Goldzähne ein kleines Vermögen abholen.

Es wurde aber auch Zeit, dass wir verschwanden, weil, so ganz wirkten unsere selbstgebastelten k.o.-Tropfen nicht und der zuerst Behandelte fing schon wieder an, seine Glieder zu rühren.

Nur der Goldankäufer hatte das Weite gesucht. Dieser Lump! Jetzt mussten wir für unseren Schatz einen neuen Käufer finden.

„Scheiße,“ resignierte Kool, „wir haben uns doch zu viel Zeit gelassen, der Kerl hat schon Feierabend.“ Vorsichtig hielt er sein Taschentuch an den vier Enden, während es am unteren Ende eklig blutig und speichelig tropfte.

„Alles Gute kommt von oben.“

„Jajaja, du nun wieder.“

„In diesem Fall habe ich recht.“ Ich zeigte auf die obere Galerie.

In der oberen Etage des Einkaufszentrums befand sich eine rundumgehende Galerie, in der verschiedene Ärzte ihre Praxen hatten. Unter anderem auch ein Zahnarzt, den wir prompt zum Zahnarzt unseres Vertrauens ernannten und aufsuchten. Groß war das Erstaunen der Zahnarzthelferin und des Arztes selbst, als wir beide uns in das Behandlungszimmer drängelten und um ein vertrauliches Gespräch baten. Kool grinste dabei die Zahnarzthelferin sehr anzüglich an. Die junge Dame verließ fluchtartig den Raum.

Ich zog das Taschentuch mit den noch mundfeuchten Zähnen

aus der Tasche und bereitete es wie ein Juwelier seine Preziosen vor dem Zahnarzt aus.

„Was," fragte er, „soll ich denn damit?"

Mit einem verständnislosen Blick musterte er Kool und mich.

„Uns abkaufen," erwiderte ich kurz. „Wir haben die Zähne unserer Vorfahren über Jahrzehnte gesammelt! Und nun wollen wir sie zu Geld machen. Wir müssen die Beerdigung unserer Oma bezahlen, und mein Kumpel hier ist mit den Alimenten in Verzug."

Der Zahnarzt griff mit einer Zange nach einem Zahn.

„Soso, Alimente... Diesen Goldzahn habe ich erst heute Morgen eingesetzt."

„Oh," sagte ich, „vielleicht haben wir den Begriff Verwandtschaft etwas zu weit gefasst. Also, das hier sind ungefähr zwanzig Zähne macht so ungefähr zwanzig Gramm Gold, halbe-halbe sind zehn Gramm, her mit der Kohle."

„Das sind über den Daumen 2000 Euro, wo soll ich die so auf einmal hernehmen?"

„Ach, sowas ist hier immer in so einer Zahnarztpraxis. Also jetzt zack zack her mit der Kohle und dann sind wir auch gleich wieder weg."

„Ach und noch eins," sagte Kool und hielt dabei eine Zeitung, die er vom Tisch genommen hatte, hoch, „und nicht mit den verkehrten Leuten gesprächig werden."

Aus der Zeitung guckten ein paar Hochglanzbilder unbekleideter Frauen. Das dürfte doch die Frau Zahnärztin nicht beglücken.

Der Zahnarzt nickte leicht verängstigt und verschwand durch die Schiebetür im Nebenraum. Bevor die Tür wieder zurollen konnte, setzte ich den Fuß dazwischen und beobachtete den Zahnarzt dabei, wie er das Geld aus dem Tresor nahm.

Kool betrachtete währenddessen die Zahnarztinstrumente an

und besonders interessiert das Röntgengerät. Dann kramte er in dem Kondombeutel, den er unverständlicherweise mit sich rumschleppte und von dem ich nur wusste das dort eine 100er Packung Kondome drin war. Zu meinem großen Erstaunen zog er einen Gegenstand aus der Urgeschichte unserer Freundschaft hervor.

Die Geschichte spielte vor vielen Jahren, als wir völlig verarmt waren. Wieder einmal, und kurz nach der Katastrophe mit dem Tierbestattungsinstitut.

Das hatte uns zwar schweinereich gemacht, aber nachdem wir auf den Bermudas alles versoffen und verspielt hatten, waren wir wieder abgebrannt und versuchten nun in der humanen Beerdigungsbranche Fuß zu fassen. Da wir einen der Leute aus dem Krematorium kannten, versuchten wir uns dort einzuschmuggeln. Was uns aufgrund unserer etwas - hrmpf –robusten Vorgeschichte nicht gelang. Man rief die Polizei.

Lediglich beim taktischen Rückzug hatte Kool etwas Glück: Er schnappte sich einen Sack, der dort zugebunden im Eingang stand und wohl auf Abholung wartete. Der Sack hatte ein gutes Gewicht, und wenn man ihn schüttelte, klöterte es merkwürdig verheißungsvoll.

In diesem Sack fanden wir die Grundlage für unser nächstes, allerdings recht kurzfristiges und erfolgloses Geschäft:

Wir machten einen Gebissverleih auf. Wie die Gebisse in das Krematorium gekommen waren, konnten wir uns nicht denken.

Aber mit diesem Gebissverleih erlitten wir Schiffbruch. Selbst am Wochenende, wenn man bei allen möglichen gesellschaftlichen Anlässen präsentabel aussehen will, wurde nichts daraus.

Keine Nachfrage!

Später haben wir dann bei allen möglichen Feiern die Gebisse an alle möglichen anwesenden Diplomaten als Glücksbringer verschenkt. Nur zwei besonders schöne Exemplare waren verblieben und diese hatte Kool jetzt in der Hand.

„Ich weiß auch nicht," sagte er, „wie ich dazu komme unsere letzten beiden Gebisse mitzunehmen, aber sie haben uns damals auch Glück gebracht."

„Unsere Glücksgebisse!" sagte ich. Und es stimmte: Kurz nach dem Desaster wurden wir Testesser in dem Fastfood-Restaurant und ergatterten unser Startkapital für die China-Cat.

Schwer atmend kam der Zahnarzt wieder herein.

„So. ich habe aber nur 1900 in bar!"

Mein Blick glitt zwischen dem Zahnarzt, Kool, dem Gebiss in seiner Hand und dem Röntgenapparat hin und her.

„Ok, dann wollen wir aber wenigstens ein Erinnerungsbild haben." Wieder guckte der Zahnarzt etwas dusselig, machte dann aber mit.

„Kool, setz dir mal das Gebiss auf den Kopf, und dann die Birne in den Apparat hier!"

Kool tat wie ihm geheißen. Er steckte seinen Kopf, auf dem er das komplette Gebiss balancierte, in den Röntgenapparat. Der Röntgenapparat summte und brummte, der Zahnarzt stellte sich kurz hinter eine Mauer und sagte: „Jetzt nicht bewegen!"

„Zosch!" machte es.

Kool war fertig.

Nun war ich dran.

Das andere Gebiss auf den Kopf, auch bei mir versteckte sich der Zahnarzt. Es begann im ganzen Raum zu brummen, dann fing ein Apparat in der Ecke des Raumes an zu rattern und spuckte zwei wunderbare Bilder unserer Gebisse und unseres Schädeldaches aus. Weil wir ja logischerweise den Kopf nicht so weit hineinstecken konnten.

Feixend besahen wir drei die Bilder. Der Zahnarzt, weil er froh war uns gleich bald los zu sein und ein gutes Geschäft gemacht zu haben. Wir freuten uns des Lebens. Hatten wir doch unerwartet nach dem Schnellstart endlich wieder etwas Reisegeld in der Tasche.

Die Goldzähne konnte er bestimmt für das Fünffache verkaufen.

Wir hatten schon mit schlechteren Vorbedingungen gestartet und am Ende wieder ein Millionengeschäft gemacht. Auf dem Parkplatz des riesigen Einkaufsmarktes sprachen wir Leute mit Dithmarscher Autokennzeichen an. Beim zweiten oder dritten hatten wir Glück. Bis Meldorf nahmen sie uns freundlicherweise mit.

Auf halber Strecke sagte Kool: „Verflixt, ich weiß was wir vergessen haben."

Er schüttelte seinen Kondomsack.

„Unsere Glücksgebisse?"

„Nein, die Erinnerungsfotos."

„Na gut," sagte ich gleichmütig.

Der freundliche Stammesgenosse, der uns mitnahm, begriff zum Glück nichts und setzte uns dann in Meldorf ab.

Von wo aus wir weiter in unsere endgültige Heimat trampten.

◆ ◆ ◆

10. GROSSBRAND BEI MOMME

Kool und Voss zu Asche verbrannt.

Wir besuchten alle Verwandten.Überall wies man uns die Tür.Warum, weiß ich bis heute nicht, doch man hatte allerlei Schimpfworte für uns parat. Der Einzige, der uns fröhlich aufnahm, war Momme Kuckschief, der grade wieder damit beschäftigt war neue Lieferungen für China Cat herzustellen. Außerdem testete er neue Rezepturen aus. Da wir ja quasi im Urlaub waren und nichts Besseres zu tun hatten, leisteten wir ihm gerne Gesellschaft. Natürlich probierten wir auch den ein oder anderen Schluck.
„So, und wie seid ihr aus dem umstellten Haus entkommen?"

„Als ich mich panisch umsah, lag da in der Ecke das Seil, mit dem ich Wu zum Ministerpräsidenten runtergelassen habe. Und die beiden kugelsicheren Westen. Wir haben uns zum Balkon des Ministerpräsidenten abgeseilt, die Tür zum Wohnzimmer ausgehakt, klauten aus dem Wachraum des Personenschutzes zwei Sturmmasken und gingen damit verkleidet durch die Wohnungstür des MP ganz einfach heraus und ab nach unten."

„Die ersten Polizisten kuggten zwar merkwürdig, aber als wir was von Ablösung und Pause murmelten, ließen die uns durch und kündigten uns sogar unten an. Sonst wären wir da noch aufgeflogen."

„Zwei SEK Kollegen im Anmarsch aus der Wohnung des Ministerpräsidenten, lasst die mal durch!" machte ich schnarrend den Polizisten nach.

„Ich vermute, er kann demnächst mit Hansen und Schulze eine Skatrunde bilden."

Wir lachten uns eins, und durften uns dann bei Momme über dem Kuhstall in unserem alten Versteck der Bande einrichten.

Mittlerweile war die Örtlichkeit etwas besser ausgebaut als damals, als wir noch jung und saftig waren. Momme Kuckschief brachte zwischenzeitlich seine polnischen Erntehelfer hier unter.

Später saßen wir bei einer Verkostung der neuesten Kreation von Momme am Küchentisch und wurden nebenher mit den neuesten Nachrichten versorgt.

„Aber", sagte Momme, „jetzt über den Winter habe ich sowieso keine Erntehelfer.

Und ihr müsst euch jetzt nach diesem Schock erstmal berappeln. Hansen und Schulze sind immer noch hinter euch her.

Von Zeit zu Zeit gibt es einen Bericht über euch im Fernsehen. Nach den Ankündigungen im Fernsehen soll Wu demnächst im Kochduell gegen Wum Wälzer antreten."

Das waren ja ganz zufriedenstellende Neuigkeiten. Damit war Wu aus der Schusslinie.

„Hier", sagte Momme, „jetzt probiert mal dies hier." Er goss in edle Cognac-Schwenker von der Größe eines Herrenhandballs zwei Daumenbreit einer braunen Flüssigkeit.

„So, und jetzt machen wir das mal wie die richtigen Schnapstester. Bitte schwenkt einmal die Gläser und beobachtet, wie gleichmäßig die Flüssigkeit von den Glaswänden herunter kaskadiert."

Momme hatte Recht, der Stoff machte einen hervorragenden Eindruck. Der Schnaps lief in gleichmäßigen Kaskaden herunter.

Fast wie von Swarovski gezeichnet.

„Und jetzt die Riechprobe.“

„Oh, riecht interessant, nicht spritig, sehr edel“, sagte Kool, „mit einer feinen Note von Sherry und ...“

Er schnüffelte noch einmal. „Sehr fein, abstrakt, fast wie Nelken.“

Momme grinste verschmitzt. „Ja, das ist ein besonderes Geheimnis. Dieses Zeug kann sich mit dem besten französischen Cognac messen, der mindestens 80 Jahre alt ist. Ich konnte ein paar von meinen eigenen Flaschen verkosten lassen. Von ein paar wirklich hochkarätigen Sommeliers, die für allerbeste Hotels einkaufen. Deren Altersschätzungen waren im Schnitt zwischen 80 und 120 Jahren.“

„Und wie alt ist das Zeug wirklich?“

„Gerade mal 14 Tage“, sagte Momme trocken. " Wie immer."

„Und wie kriegst du das hin?“

„Ganz einfach, du nimmst ein benutztes, altes Sherryfass und hackst es in zwei Teile. Aus dem einen Teil machst du mit der Kettensäge Späne, aus dem anderen Teil zweimal zwei Zentimeter große Holzstückchen. Diese Holzstückchen werden in eine alkoholische Lösung mit Nelken, Rosenblättern aus meinem eigenen Garten und noch ein paar anderen nicht ganz so wichtigen Zusätzen eingelegt.

Die Holzspäne werden einfach nur vorsichtig angeglimmt; mit einem Bunsenbrenner. Die angesengten Teile werden dann drei Tage in reinem Alkohol gelöst. In dieser Art Maische lässt man die Holzspäne dann in einem Kochtopf bei niedriger Temperatur auslaugen, damit das Raucharoma in die größeren Holzstücke zieht. Diese Holzstücke sind dann durcharomatisiert. Zehn Stück von den Dingern in einem 50-Liter-Kanister Industriealkohol mit 97 Alkoholprozent erzeugen diese Geschmacksnote.

Wenn der Cognac dann drei Tage lang das Aroma aus den Holzwürfeln gesaugt hat, muss er nur noch auf die in Deutschland üblichen 44 Prozent runterverdünnt werden, mit klarem Wasser aus meinem Brunnen, und schon ist das Problem gelöst."

„Also ist das Brunnenwasser das eigentliche Geheimnis? Neutralisiert das den starken Spritgeschmack?"

„Ja, früher habe ich das noch den Kühen zu saufen gegeben, aber mittlerweile kriegen die Leitungswasser. So viel gibt der alte Brunnen nämlich nicht her. Wenn ich zu viel Wasser aus dem Brunnen abpumpe, verändert sich unter Umständen der Geschmack. Das wäre tödlich."

Ich rechnete derweil die Gewinnspanne aus.

„Momme, das heißt ja, dass du aus einem 50-Liter-Kanister Industriealkohol, der dich 200 Euro kostet, mit etwas Verschnitt 100 Liter dieses teuren Fusels herstellst."

„Ja", sagte er, „und die Flasche dieses Fusels kostet 200 Euro."

„Na, das nenne ich mal einen hundertprozentigen Gewinn", sagte Kool.

„Rechenfehler, Kool", wandte ich ein.

„Das Zeug wird ja in 0,7-Liter-Flaschen verkauft und nicht in Literflaschen."

Momme grinste maliziös.

„Und du verkaufst uns die Flasche immer noch zum Vorzugspreis von 50 Euro. Na, warte."

„Jungs, bleibt locker. Wenn ihr die Flasche für 50 Euro einkauft, dann bleibt euch pro Glas für ebenfalls 50 Euro, das ihr bei euch im Laden verkauft, bei 0,2 cl immerhin der 35-fache Gewinn."

„Da haste auch wieder Recht", pflichtete Kool bei. „Aber was willst du jetzt Neues produzieren im alten Melkschuppen?"

Dort im alten Melkschuppen zwischen dem Bauernhaus und dem Kuhstall, in dem wir oben unter dem Dachjuchhe hausten, bastelte Momme bekannterweise an seinen neuesten Kreationen. Hier hatte er damals den ersten original chinesischen

Pflaumenwein mit uns hergestellt, als wir gerade mit der China Cat angefangen hatten.

Ein völlig raffinessefreies Rezept aus Pflaumenmus im Marmeladenglas, 100 Gramm Zucker und billigem italienischen Wein.

Ohne Mommes Wissen gossen wir noch zusätzlich ein sattes Maß vom reinen Industriealkohol mit in die Flaschen. So wurde das Zeug bei uns in der damals noch jungen China Cat zu einem Verkaufsschlager. Da wir das Zeug vor und nach dem Essen besonders den Damen kredenzten, die daraufhin sehr anschmiegsam bei ihren männlichen Begleitern wurden, entwickelten wir uns schon damit zum Platzhirsch der Haute Cuisine.

Obwohl unser Essen vor Wus Eintritt in die Firma tatsächlich eine kulinarische Hölle war, wie Wum Wälzer uns ja gerade neulich erst gnadenlos unter die Nase gerieben hatte.

Momme schlug mir auf die Schulter. „Was sinnierst du, Vossinzki?“

„Ich frage mich, wo Koolinski bleibt“, denn das war unsere neue Tarnung. Wir hatten uns mit Grillkohle tiefschwarze Augenbrauen angemalt und sprachen von nun an ganz strikt nicht mehr plattdeutschen, sondern polnischen Dialekt. Und wir hatten uns zu einer besonders widerwärtigen Tarnmaßnahme durchgerungen: Wir ließen uns Bärte wachsen. Richtige Vollbärte wie Santa Claus, als er noch knackig war, denn die Farbe war unbeschreiblich. Kools Bart wuchs hellblond, meiner kackblond mit rötlichem Stich. Und es juckte in der Fresse wie Omas Wollsocken am Fuß.

Selbst von unseren früheren Schulkameraden in Büsum wurden wir nicht erkannt.

Über das Polnische Konsulat besorgten wir uns neue Pässe. Momme hatte dort gute Verbindungen, deren Ursache ich trotz Nachbohrens nicht rausbekommen konnte.

Damit waren wir ganz offiziell polnische Staatsbürger. Aber bis diese Pässe ausgestellt wurden, was ungefähr 6 Wochen in Anspruch nahm, mussten Kool und ich uns verstecken.

◆ ◆ ◆

„Ich habe grade eine neue Versuchsanordnung zur Herstellung von garantiert 90-jährigem Whisky verfeinert. Mit dieser neuen Mischung aus angesengten Sägespänen, Karamell und Zuckerkulörfarben krieg ich vielleicht einen mit 9 Sternen ausgezeichneten Schottischen Whiskey hin."

Ein feines Raucharoma erzeugte er mit Sägespänen von dem alten Sherryfass, das er bei Ebay erstanden hatte. Dieses Fass wurde mit den glimmenden Resten der Grillholzkohle vom Sonnabend, dem traditionellen Grilltag, in einen leichten Brandzustand versetzt und nach dem Löschen mit der Kreissäge in feine Späne zersägt. Diese vermischte man mit einem billigen Sherry, und mengte diese Holzmaische mit in den Industriespiritus. Ein paar weitere Tricks und Momme hatte einen Whisky gezaubert, der so manchen Kenner geschmacklich verblüffte.

◆ ◆ ◆

Es zischte und stank in der Bude, unter dem Destillierapparat brannte die Flamme eines Bunsenbrenners, die Fenster des Stallgebäudes waren durch den Dampf blind und Kool saß mit leuchtenden Augen in einer Ecke. Verstohlen trank er ab und zu einen Schluck des ersten Brandes aus dem Bierglas in seiner Hand.

Falls ihr, liebe Leser, mal in die Notlage kommt, schwarzen Alkohol brennen zu müssen, dann trinkt nicht den ersten Brand!

Da kann Methylalkohol drin sein, der bekanntlich blind macht!

Kool scherte das allerdings nicht:

„Das wird was!“ bekräftigte er alle naselang. Allerdings wurde seine Aussprache immer nuscheliger. So etwa in dem Tempo, wie wenn ein Kind die Rutsche hinabgleitet - in diesem Maß glitt Kools Aussprache ab. Und die nuschelige Aussprache kletterte wieder auf die Schaukel, um noch weiter abzugleiten - leierig wie ein batteriebetriebener Plattenspieler, dem der Saft ausgeht.

Momme drehte den Hahn auf, um das Gemisch aus echtem Industriealkohol und den genannten Ingredienzien über doppelt gelegtes Eichenfurnier laufen zu lassen. Damit meinte er noch einen letzten Rest von Geschmacksverstärkung hinzubekommen.

Nun geschah das Unglück, das Kool und mir wieder mal einen Bruch im Lebenslauf und Momme einen neuen Stallanbau bescheren würde.

◆ ◆ ◆

Die billigen Bauteile der Espressomaschine aus dem 1 Euro-Laden, in der er die Furnierblätter einlegte, waren anscheinend doch nicht so druckfest wie angenommen.

Der hochprozentige Alkohol spritzte plötzlich aus einer undichten Dichtung und tropfte auf den Bunsenbrenner.

Es gab eine leise, dumpfe Verpuffung. Der verspritzte Alkohol entzündete sich an einem Lappen, der vom umgestürzten Bunsenbrenner in Brand gesetzt wurde. Überall entstanden kleine brennende Lachen des hochbrennbaren Alkohols.

Momme bei seinen Versuchen, die vielen kleinen Brandherde hektisch zu löschen, verpasste dem großen Vorratsfass einen unbeabsichtigt fatalen Stoß. Das Fass mit dem wertvollen Grundstoff stürzte aus seiner Halterung, verlor den Deckel, und der Alkohol verteilte sich im Raum.

Im Nu war der Fußboden mit einer zentimeterhohen Lache aus hochprozentigem Alkohol bedeckt, der sich in einem zweiten „Nu“ entzündete. Aus den vielen kleinen brennenden Lachen wurde ein brennender See.

Als ich die kalten, blauen Flammen des brennenden Alkohols sah, griff ich Momme beim Schlafittchen und zerrte ihn hinter mir her.

Was selbst mir als fast 2-Zentner-Mann an einem fast 3-Zentner-Mann schwer fällt, denn wir Dithmarscher sind ja bekanntlich gebaut wie Eichen. Nur war Momme mehr Eiche als ich.

„Raus hier, das geht gleich in die Luft!“

Momme stieß quiekende Geräusche wie ein kleines Schwein aus. Er wollte wohl noch was retten. Ich zerrte ihn zur Tür.

Auch wenn Todesangst bekanntlich die letzten Reserven an Kraft mobilisiert - sie führt leider nicht dazu, dass die Arme länger werden. Also musste ich den in der Ecke hockenden, besoffen vor sich hindüselnden Kool seinem Schicksal überlassen.

Momme und ich stürzten auf das Pflaster vor dem alten Melkschuppen.

„Ich muss Kool holen!“ schrie ich gegen das lauter werdende Prasseln der Flammen.

„Bleib hier! Das fliegt gleich in die Luft!“

Und tatsächlich hörte man im Geprassel des Feuers ein fieses hochfrequentes Pfeifen wie bei einem gequälten Überdruckventil.

„Weg hier!“ schrie Momme, und zerrte mich ein paar dutzend Schritte weit fort. Ich sah mit zusammengekniffenen Augen in die Hitze des Brandes und die Tränen schossen mir hervor.

„Kool...“, brüllte ich.

Das Zischen des unter Druck aus den Behältern schießenden

Alkohols verstummte für einen Moment, als das Luftsauerstoffgemisch auf einen Schlag verbrannte.

Das Zeug entzündete sich nun: Unter Druck stehende weitere 100 Liter Alkohol, die zu dem auch schon auf fast 70 Grad vorgewärmt waren, haben die fatale Neigung, blitzartig in den gasförmigen Zustand überzugehen. Um dann als feines, explosives Gemisch mit dem Luftsauerstoff in eine gewaltige Explosion zu münden.

Entzündet durch eine winzige Flamme oder einen unscheinbaren Funken.

Hustend vor Rauch richtete der NB seine unsichtbare Kamera auf das Geschehen:

Die Milchkammer steht ja, wie die Leser des ersten Buches (Band 0,5) wissen, in einem Zwischenbau zwischen dem Wohnhaus und der Scheune von Momme. Im oberen Teil beherbergt es das Geheimversteck unserer damaligen Bande. Das Geheimversteck war seit vielen Jahren nicht mehr genutzt worden. Glücklicherweise, denn die Mauern des kompletten Zwischengebäudes blähten sich nach außen und das Dach hob in einem Stück um ca. 5 m an. Als die nach außen geblähten Wände dann einstürzten, hatte auch das Dach keine Lust mehr auf eine Himmelsreise und kam in einem Stück heruntergesegelt. Kubikmeter von rotem Klinkerstein und Frankfurter Dachpfannen verteilten sich im Umkreis. An der angrenzenden Scheune brach die Mauer fort und die Flammen griffen auf den Heuhaufen über den Kuhstall über. Die Kühe waren zum Glück auf der Hausweide, aber muhten angstvoll.

Der Schweinekoben, in dem Momme Kuckschief seine Dithmarscher Parföngschweine hielt, die auch gleichzeitig immer mit den Abfällen der Spirituosenproduktion leidgeprüft wurden, kippte um. Weil die Dachlattung des Wohngebäudes nun nicht mehr von dem Zwischengemäuer gestützt wurde, rutschten die Dachpfannen an der angrenzenden Seite auch noch ins Feuer, dass nun munter prasselte und lichterloh brannte. Die obdachlosen Schweine kniffen in alle Himmelsrichtungen aus.

Momme stützte sich mit seiner hartschwieligen Hand auf meine Schulter und betrachtete den ganzen Vorgang mit einem ruhigen Auge.

Ich war immer noch erschüttert - mein bester Freund lag vermutlich tot in diesem Inferno.

In diesem Moment der tiefsten Verzweiflung und Trauer prasselten die Steine, in der Ecke, in der Kool vorhin gesessen hatte.

Die Hausecke stand noch.

Hatte die Ecke die Wucht der Explosion aufgefangen und meinen Freund gerettet? Immerhin hatte die Explosion die Flammen buchstäblich ausgeblasen. Der ganze Schutthaufen qualmte nur noch kräftig.

Ein leises Stöhnen und ein noch leiseres „Hilfe!“ war zu hören. Eine Hand stieß von unten durch die Ziegel.

Momme und ich rannten zu dem Trümmerhaufen und zogen Kool daraus hervor.

Aus dem Mittelpunkt des Hauses gab es eine weitere Explosion. Was da knallte, weiß ich nicht - vielleicht die alte Schwarzpulverkanone, die zur Abwehr von Steuereintreibern und anderen Dieben im Stall bereitgehalten wurde. Die Bereitschaftsmunition der Kanone knallte auf einmal los, und in die letzten blauen Flammen des Alkoholfeuers mischte sich grauer Rauch und bunte Sterne.

Eben Schwarzpulver und Silvesterfeuerwerk.

Aus den Flammen wurde durch eine besonders eindrucksvolle Explosion eine braune Flasche wirbelnd zwischen uns hindurch geschleudert. Es machte einen merkwürdigen, satten Ton, als sie mit dem Hals in einem verfaulten Weidenbaum stecken blieb, die Mommes Hof umgrenzten. Momme sah der Flasche im Vorbeiwirbeln nach, stiefelte dann gemächlich zu der Buddel hin und zog sie aus dem weichen, morschen Holz der Weide heraus. Mit einem argwöhnischen Blick auf das selbst gemalte Etikett steckte er die Buddel in die großen Taschen seiner Arbeitshose.

„Da haben wir ja nochmal Glück gehabt“, brummte er.

Ich wies auf die Flammen:

„Und das da, Momme?“

„Ach was, das regelt die Versicherung, ich bin doch gut versichert.“

„Meinst nicht, dass sie dir das als Brandstiftung auslegen werden?“

„Papperlapapp“, fuhr er mir über den Mund “das wird schon.“

„Wenn du meinst.“

Momme nickte und ließ sich zu einer weiteren Erklärung herbei.

„Jaa, der Onkel von der Versicherung ist weitläufig verwandt mit der Familie meiner Frau, da wird schon nichts passieren.“

„Und wenn ein Sachverständiger hinzugezogen wird?“

„Ooch, dat is’ meistens Hinnerk, und Hinnerk is’ ein Skatkumpel von mir.“

„Ach“, tröstete ich mich „denn is’ ja alles in trockenen Tüchern.“

„Dat machs wohl sagen“ grinste Momme.

„Was,” fragte Kool, „ist eigentlich passiert?“ Eben hatte er noch bewusstlos und volltrunken auf dem Boden gelegen, da wo wir ihn hin gezerrt hatten.

„War wohl ein Materialfehler,“ meinte Momme gleichmütig.

Dieser klaren Definition konnten wir nichts Klügeres hinzufügen.

Aus der Ferne hörte man die Feuerwehr kommen.

◆ ◆ ◆

Wie durch ein Wunder war das Wohnhaus stehen geblieben. Lediglich von den Parföngschweinen (auch hier muss ich auf Band 0,5 verweisen) fehlten später ein paar, von denen man merkwürdigerweise auch keine Überreste in den Trümmern fand. Was aber dadurch erklärlich wurde, dass bei der Feuerwehr in den nächsten Tagen fleißig Grillfeste abgehalten wurden. Zur Feier des Feuers. Und Hauptperson bei einem Grillfest sind nun mal Koteletts und frische Schweinswürste.

◆ ◆ ◆

Als Momme, Kool und ich uns ansahen, mussten wir lachen. Wir hatten uns sämtliches Haar auf dem Kopf versengt und sahen aus wie schmierige Billardkugeln. Lediglich die Bärte hatten nur an den Spitzen gebrannt und waren ein bisschen gekräuselt. Wenn wir die Asche ausgebürstet hatten, würde es vermutlich noch nicht mal schlecht aussehen

„Du brauchst gar nicht so zu lachen“, knurrte Kol mich an, „du siehst auch nicht besser aus.“ Ich strich mir über den Kopf und betrachtete das Ergebnis in meiner Hand. Der Geruch von verbrannten Haaren stieg mir in die Nase.

„Ach du Scheiße“, sagte ich.

Kool grinste.

„Naja, da sehen wir jetzt wirklich aus wie die polnischen Erntehelfer.“

In dem Moment hörte man ein aufgeregtes Hupen von der Dorfstraße. Es hörte sich an wie Tin Lizzy von den Waltons. Kool und ich sahen uns an.

„Hat Wachtmeister Hansen ein neues Gefährt bekommen?“

Momme zuckte grinsend die Schultern.

„Mir doch egal.“

Dann kam tatsächlich Wachtmeister Hansen mit einer Tin Lizzy in weiß-grüner Polizeibemalung um die Ecke getöfft. Dieses arme Fahrzeug hatte 2 Weltkriege überlebt. Es war noch nicht einmal als Kriegsbeute wieder nach Amerika geklaut worden, sondern musste nun von Wachtmeister Hansen gemeuchelt werden.

Als er Momme sah, schrie er:

„Halt! Stehen bleiben!“

Doch Momme machte gar keine Anstalten zu fliehen. Und wir auch nicht. Hier nahm unsere Reise nun ein Ende. Jetzt würden gleich die Handschellen klicken, Hansen und Schulze würden einen Siegestanz aufführen, Zeitungen und Rundfunk würden unsere Verhaftung und baldige Exekution melden.

Ohne Verhandlung.

Ohne Gnade.

Vermutlich würde man uns mit einem nassen Lappen erschlagen - „damit es schön lange dauert,“ würde in der Urteilsbegründung stehen.

Doch dann sagte Hansen: „Momme, was hast du jetzt schon wieder verbrochen?“

„Gar nix, Wachtmeister, gar nix!“

„Ach, ihr Bauern steckt doch alle selber eure Hütten in Brand. Wer sind die Beiden?“, fragte er, und zeigte dabei auf uns.

„Öhh“, sagte Momme, „das sind meine polnischen Erntehelfer. Vossinzki und Koolinski.“

„So“, sagte Wachtmeister Hansen angestrengt nachdenkend, „eure Fressen hab' ich doch schon mal gesehen."

Er holte seinen großen Dienstschreibblock aus der Tin Lizzy und schlug die erste Seite auf. Dort war ein großes Konterfei von Kool und von mir, allerdings mit vollem Haupthaar und ein weiteres mit chinesischer Verkleidung und langem Boxerzopf zu sehen. Er guckte von einem zum anderen Bild und denn auf uns.

„Hmm, wenn ich nicht genau wüsste, dass die beiden viel zu dumm sind, um sich anders zu verkleiden, würd' ich meinen, ihr seid das. Aber naja."

„Nä, das sind meine Erntehelfer, ich hab jetzt so viel auf dem Hof zu tun, die bleiben noch."

Danke, Onkel Momme!

Hansen klopfte auf seinen Dienstschreibblock.

„Ich bin ja mal gespannt, wo diese beiden Lumpen später wieder auftauchen werden. Ihren Kompagnon namens Wu in Kiel wollte ich auch schon verhaften. Aber das ist ein echter Chinese und mit allen Wassern gewaschen. Außerdem hat der Geheimdienst gesagt, Wu darf nicht verhaftet werden. Doch was mit den Beiden, Voss und Kool, los ist..."

Kool und ich standen mit ausdruckslosen Gesichtern und unseren oben warm rasierten Köpfen dabei und machten einen unbeteiligten, unschuldigen und vermutlich auch ganz unmöglichen Gesichtsausdruck. Es ist gar nicht so leicht, unbeteiligt zu tun, wenn gleichzeitig hochinteressante Neuigkeiten über einen selbst verbreitet werden.

Hansen marschierte wieder ab.

Als er sich in sein Auto schwang, gefolgt von seinem Adlatus Schulz, blickten Momme, Kool und ich ihm noch einen Augenblick nach.

„Da geht einer der ganz Großen" murmelte Kool.

Momme nickte.

„Ja, er ist ein ganz besonderer Mensch."

„Knödelfresse halt", ergänzte ich vorlaut.

„Halt bloß die Fresse," meinte Kool, „wenn du ihn damals damit nicht immer geärgert hättest, dann müssten wir uns nicht die letzten dreißig Jahre mit ihm rumplagen."

„Nun", sagte Momme, „da ihr Beiden ja jetzt zu polnischen Erntehelfern mutiert seid, könnt' ihr gleich mal mit anfassen. "

„Ähh, Momme, wir müssen uns jetzt erstmal darum kümmern, dass wir irgendwo unterkriechen können, denn wir haben außer dem, was wir hier bei uns haben nichts mehr. Und wie du siehst, sind unsere Klamotten ganz schön versengelt.

„Och, mit Klamotten könnt' ich euch schon aushelfen", sagte Momme.

Kool streifte Mommes ausladende Gestalt mit einem Seitenblick und sagte:

„Nee, lass' mal."

Auch mir selbst war der Gedanke auf Mommes' abgelegte Kleidung auch nicht gerade angenehm. Kool und ich setzten uns an den Deich, der nur ein paar dutzend Meter entfernt war, blickten über das Blau der Nordsee und darüber das helle Blau des Himmels und überlegten uns unser weiteres Vorankommen.

„Hast du eigentlich noch deinen Sack aus dem Feuer retten können?"

„Mit unserem Geld, den Glücksgebissen und den Kondomen?"

„Jo, den meine ich!"

„Nee, da war nicht dran zu denken. Das ist alles im Feuer geblieben."

Traurig sinnierten wir über unser verbranntes Eigentum - ich über die englische Geschichte von Winston Churchill in vier Bänden, und Kool über die alten Gebisse.

Von Zeit zu Zeit lugten wir über die Deichkrone und peilten die Lage bei Momme. Die Feuerwehr war abgezogen, die Trümmer qualmten nur noch ein wenig, und man sah Polizisten von der Spurensicherung in weißen Overalls lustlos in dem Müllhaufen wühlen.

Einer kratzte mit dem Stock in den Trümmern herum, stocherte hier und da, fand dann wunderbarerweise die beiden Stahlgebisse. Die Polizisten der Spurensicherung wurden ganz aufgeregt.

„Hey Momme," schrie der Polizeibeamte, „hast du hier Leichen vergraben?"

Momme reagierte blitzschnell, „ne, aber gestern tauchten hier ein Paar chinesische Hilfsarbeiter auf, die hatten solche Stahlgebisse. Wo die geblieben sind, weiß ich nicht, aber vielleicht haben die sich oben im Zwischenboden versteckt."

Der Polizist kratzte mit dem Stock weiter auf dem Boden herum.

„Arme Schweine," sagte er, „die müssen restlos verbrannt sein."

„Ja," sagte Momme, „aber komm jetzt mal mit, ich habe einen schönen Imbiss hergerichtet."

„Oh," sagte der Polizist, „Imbiss, das ist gut."

Man barg die beiden Stahlgebisse, tütete sie ein, fummelte noch ein wenig lustlos an der Fundstelle herum und begab sich dann in die wohlverdiente, ausgedehnte Pause.

Wir hatten die ganze Aufregung mitbekommen und verlegten unseren Beobachtungsposten in das alte Baumhaus. Von dort beobachteten wir mit dem Feldstecher, der hier noch an der Wand hing.

Mit dem hatten wir vor vielen Jahren mit Mommes Sohn Schiele Piraten gespielt, bevor wir diese Aufgabe ernsthaft ergriffen.

Als Momme mit leichter Schlagseite vom Imbiss Richtung Maisfeld schlurfte, um sich ein wenig zu erleichtern, kletterte ich schnell vom Hochsitz und lief zwischen den Maisreihen bis zu Momme.

Der neutrale Beobachter:

Während Voss relativ leise durch die Maisreihen in Richtung Momme lief, kam der Polizeibeamte, der die Gebisse gefunden hatte, hinter Momme her und stellte sich zum Pinkeln neben ihn.

Kool von seinem Beobachtungsposten auf dem Baum konnte Voss nicht mehr aufhalten und so nahm das Unheil seinen Lauf. Momme war schnell mit seinem Geschäft fertig und ging weg.

Als ich die Pinkelgeräusche von Momme hörte, sagte ich, ohne aus den Maisreihen herauszutreten: „Psst, ich habe Informationen, die die Identität der beiden Stahlgebisse bestätigt. In Kiel im Einkaufszentrum an der Autobahn gibt es einen Zahnarzt. Der hat Röntgenbilder der beiden."

„Woher weißt du das?" wisperte mir eine erschrockene Stimme zu, „und wer bist du? Und wieso sprichst du aus dem Maisfeld zu mir?"

Ich erkannte, dass es nicht Momme`s Stimme war.

„Ich bin der Azteken-Geist der Maispflanze! Mein Name ist Quaxelbatzel!" sagte ich nun mit tiefer, tiefer, ganz verstellter Stimme.

„Oh ja, ok," sagte der Polizist zufrieden, verstaute sein Geschirr, zog den Schlitz hoch und stapfte davon.

Der neutrale Beobachter:

Entweder würde man morgen die Gebisse auf den Müll schmeißen oder im Triumphzug durch sämtliche Flure und Kellergänge durch das Polizeipräsidium tragen.

In diesem Fall reagierte die Polizei schnell.

Noch am selben Tag und trotz seines hohen Promillegehaltes konnte sich der Polizist an die Aussagen des „unbekannten Informanten" halbwegs erinnern und man untersuchte die Praxis des Zahnarztes. Der war gerade dabei, einem unserer unglückseligen Opfer, den just zurückgekauften Zahn neu einzusetzen. Die Polizei machte sich einen Reim darauf, wieso ein ganzes Taschentuch voller Goldzähne da war und wieso in diesem Einkaufszentrum zwanzig Leute Anzeige wegen Zahndiebstahl gemacht hatten.

Herzlos riss man dem glücklichen Wiederbesitzer des Goldschneide-

zahns, diesen gegen seinen heftigen Protest wieder aus dem Mund und fügte ihn den Beweismitteln zu, bevor man den Zahnarzt in Ketten davon führte.

RSH brachte eine Sonderreportage von lauter lispelnden, zahnlückigen Männern, die alle auf den Zahnarzt deuteten, wenn die Frage darauf kam, wer an dieser Folter beteiligt war. Der Zahnarzt gab wiederum an, dass er von uns beiden nur die Namen Kool-Ming und Voss-Ling mitbekommen hatte und dass er ansonsten ganz und gar unschuldig wäre.

Offensichtlich betroffen erzählte der Polizeichef dann folgende logische Geschichte: Die hinreichend bekannten chinesischen Triaden Mitglieder Kool- Ling und Voss-Ming hatten sich auf der Flucht vor der Polizei in Kiel alle Zähne ziehen lassen und dafür Stahlgebisse einbauen lassen. Um die Identität zu verschleiern. Weil man die zwei beiden zweifelsohne anhand der Röntgenbilder identifizieren konnte.

Nur durch die Aufmerksamkeit eines geistesgegenwärtigen dithmarscher Dorfscheriffs kam man den beiden auf die Spur.

Dann hatten sie bei Momme Kuckschief eingebrochen, der ihnen als Lieferant der China Cat bekannt war. Um einen unliebsamen Konkurrenten aus dem Weg zu räumen, und einen Racheakt zu verüben, hatten die beiden Momme`s weltbekannte Import- und Exportfirma für berühmte Alkoholika in Brand gesetzt.

„Allerdings müssen sie durch die Alkoholdünste so betrunken geworden sein, dass sie den Ausgang nicht mehr fanden und dann in den Flammen einen fürchterlichen Tod starben, sodass die körperlichen Reste bis auf ihre Stahlgebisse komplett zu Asche zerfallen sind," sagte der Polizeipräsident mit gewichtiger Miene und zufriedener Stimme auf der Pressekonferenz.

◆ ◆ ◆

11. GESTRANDET IM ARBEITSAMT

Unter dem Radar - Zu wenig Gebirge für uns.

„Na toll“, sagte Kool, „unsere alten Identitäten können wir vergessen. Und wir haben wieder mal keinen Cent auf der Naht.“

„Tja, Kool, im Moment können wir jeden Geldtransfer von Kiel zu uns auch vergessen. Mit Sicherheit wird die China Cat vom Finanzamt, dem Zoll und der Polizei überwacht. Jeder einzelne Cent, und wo der bleibt. So eine Chance, in die innere Struktur der chinesischen Triaden einzubrechen, lassen die sich nicht entgehen.“

„Weißt du noch, als die Triaden bei uns auftauchten und uns eine sogenannte Feuerversicherung angeboten haben?“

„Du meinst, als sie Wu sahen, zusammenzuckten und alle platt vor ihm auf die Knie gefallen sind?“

„Genau!“

Seitdem hatten die Triaden alle möglichen besonderen Zutaten, die für Normalsterbliche nicht in Europa erhältlich waren, umsonst in die China Cat geliefert. Diese erlesenen Zutaten waren schließlich der Gründe, dass wir den Gipfel aller Gourmettempel erreicht hatten.

„Aber wieso die vor Wu den Kotau gemacht haben?“

„Keine Ahnung. Aber bekommen wir das ja noch mal raus. Wer weiß, vielleicht ist Wu wirklich ein Enkel des letzten Kaisers von China.“

"Voss, das denkst du doch nur. Nee, Onkel Wu ist ein ganz normaler Chinese. Naja, Nobelpreischinese."

"Da habe ich aber erhebliche Zweifel!"

"Was du auch immer hast. Ich gebe ja zu, du hast oft recht, aber, hmm, nä, Wu als Kaiserenkel? No way!"

„Aber was anderes: Wie kommen wir zu Geld?"

„Du, ich hab' mal gehört, dass man vom Staat Geld kriegt, wenn man keinen Job hat und auch keinen in Aussicht und so. Das nennt sich irgendwie nach'm Mittelgebirge, warte mal... Weserbergland, Alpen..."

Kool guckte mich an.

„Also, ganz ehrlich, unter uns gesagt, für unsere Ansprüche reicht da nicht ein deutsches Mittelgebirge. Wir sollten zumindest den Himalaya nehmen."

„Gut denn."

Wir fragten uns bei ein paar Passanten zur nächsten Arbeitsamt-Filiale durch. Die war in Heide. Uns war etwas mulmig, weil wir jederzeit damit rechnen mussten, durch Bekannte, Freunde oder ganz gewöhnliche handelsübliche Feinde enttarnt zu werden.

Trotz unserer Bartpracht, die uns wie ein Bund Heu vor dem Maul tarnte.

Doch beim Arbeitsamt, nachdem wir unsere polnischen Tarnidentitäten verkündet hatten, schmiss man uns raus.

„Für euch sind die beim Ausländer-Arbeitsamt in Kiel zuständig. Hier habt ihr eine Busfahrkarte, fahrt da hin, und wenn die den Fall abnicken, können wir euch weiter betreuen."

Zutiefst gedemütigt fuhren wir mit dem Bus.

Ein Bus.

Kool und ich.

Im öffentlichen Personennahverkehr.

Es war... hmm.

Besonders, um es mal so zu sagen.

Erschüttert kamen wir in Kiel an, fanden prompt das Arbeits-

amt in der Innenstadt, zogen uns an dem Schalter eine Nummer und setzten uns auf den Flur. Mit der uns angeborenen Beobachtungsgabe machten wir uns daran, die Bewegungsabläufe der Arbeitsamtmitarbeiter zu analysieren.

Nach kurzer Zeit ergab sich aus der Strukturanalyse, dass alle Mitarbeiter stetig zu einem Raum im Hintergrund zogen, von dem ein anziehender, werbewirksamer Kaffeeduft ausging. Man hörte das Klicken von Löffeln auf Kuchentellern, leises Kichern und leises Gerede, als Kool und ich angelegentlich an der geschlossenen Tür des Aufenthaltsraumes, denn so wurde er laut Türschild bezeichnet, vorbeigingen.

Einige Viertelstunden später kehrten sich die Bewegungsströme um und die Mitarbeiter strömten wieder in ihre Arbeitszimmer. Dann wurde Kool aufgerufen.

„Herr Koolinski, kommen sie bitte herein." Wir standen beide auf, und gingen in das Zimmer.

„Sind sie der Dolmetscher, oder so?“

„Nein, nein“, sagte ich, “aber Koolinski und ich, ähh...“

„Also tut mir leid, das ist hier aus Datenschutzgründen nicht erlaubt.“

„Doch, doch, das ist erlaubt, schließlich ist Koolinski ja kein Deutscher und unterliegt demzufolge nicht dem deutschen Datenschutz."

Die Mitarbeiterin überlegte kurz, nickt dann und:

„Stimmt, richtig, das Datenschutzgesetz ist nur auf Inländer anzuwenden. Kommen sie mit rein. Sie sind beide aus Polen?“

„Ne,äh,äh, n-n-öh, JA“, sagte Kool nach einem Rippenstoß von mir.

„Dann müsste ich einmal ihre Ausweise sehen.“

„Äh, die haben wir noch nicht. Sind neu beantragt. Verloren beim Brand.“

„Tja, aber irgendwas müssen sie doch haben, um sich ausweisen zu können."

„Hhm", überlegten wir beide.

Da fiel mir etwas ein. Auf einem Kellnerblock hatte unser Notar eine Quittung für uns ausgestellt, auf denen unsere neuen Namen standen.

„Hier", sagte ich, und zog den schon arg zerfledderten und vom Löschwasser durchweichten Zettel hervor und breitete ihn auf dem Tisch aus. Die Arbeitsamtmitarbeiterin guckte uns beide an.

„Wollt' ihr mich verarschen?"

„Nööö!" sagten Kool und ich im Brustton der Überzeugung, der uns immer wieder so gut gelang.

„Überhaupt nicht!"

Sie griff nach dem Telefon. Nach einem kurzen Telefongespräch öffnete sich die Verbindungstür und ein offensichtlich Vorgesetzter stand da. Er warf einen kurzen Blick auf die Quittung, sagte:

„Na wieso? Ist doch ein Original-Notarstempel drauf. Ich kenne den Notar sogar."

Frau Krause, unsere Arbeitsamtsmitarbeiterin lehnte sich entspannt auf ihrem Stuhl zurück.

„Stimmt, und sowas reicht bei ausländischen Mitbürgern."

„Genau", sagte ihr Vorgesetzter und verschwand wieder. Dann fing sie an, an der altertümlichen Rechenmaschine zu rechnen, was ungefähr eine halbe Stunde in Anspruch nahm. Dann wurde ein Haufen Papier beschrieben, auf dem immer die gleiche Zahl stand. Irgendetwas bei 350 Euro. Kool und ich wurden unruhig. Dieser Betrag reichte gerade einmal dafür, unsere Grundbedürfnisse von ein paar Tagen zu befriedigen.

Dann schob sie Kool ein Blatt rüber und sagte: „Das sind ihre Ansprüche."

Woraufhin Kool die Augen aufriss, den Mund zuklappte und

sich erschüttert in seinem unbequemen Sessel zurücklehnte. Dann kam ich dran. Wieder eine halbe Stunde rechnen, ein Haufen Papier wurde geschrieben und eingetütet. Dann bekam ich einen Bescheid, der genau wie Kools ca. über 350 Euro lautete. Haargenau die gleiche Summe.

„Warum", fragte ich, „haben sie denn eine halbe Stunde mit der Rechenmaschine gerechnet?"

„Nun ja, die Zahlungen sind schon unterschiedlich. Je nach Familienstand und Kindern und so weiter, und so fort. Und das muss alles einzeln berechnet werden."

„Naja", sagte ich, „aber, äh, Koolinski und ich sind auf den Tag gleich alt, haben keine Kinder, haben denselben Familienstand, da müsste doch bei mir genau dasselbe rauskommen wie bei ihm. Das weiß man doch ohne Rechenmaschine."

„Tut mir leid, das weiß ich auch, aber das ist nun mal der vorgeschriebene Weg."

„Der vorgeschriebene Weg, so, so. Und, wie nennt sich dieses Geld jetzt?"

„Hartz IV."

„Öhh, könnte das nicht n bisschen höherer Berg sein?", machte Kool, „wir hatten ja eher mit dem Himalaya gerechnet."

„Tja", sagte Frau Krause, „unter uns gesagt, das ist schon wenig. Ich bin hier auch nur auf Zeit angestellt und muss Angst haben, dass ich nicht in einen unbefristeten Vertrag übernommen werde. Was man hier erlebt ist für jemanden wie mich, der aus der gewerblichen Wirtschaft kommt und auf Wirtschaftlichkeit und auf klugen Einsatz der Mittel getrimmt ist, der reinste Folterkeller. Können sie sich vorstellen, dass auf uns hier in diesem Amt ungefähr die fünffache Menge an Beamten kommt, die uns noch einmal kontrollieren, dass wir auch ja keinen Fehler machen?"

Kool und ich schüttelten entsetzt die Köpfe.

"Nee, können wir uns nicht."

„Und doch ist das so. Alleine diese Kontrolle könnte von einem Bruchteil von Leuten gemacht werden."

Jetzt beugte sich Frau Krause vor und sagte verschwörerisch: „Aber, weil wir ja nun mal diesen dicken Beamtenfilz haben, der auch um Himmels Willen nicht verkleinert werden darf. Selbst wenn ein völlig nutzloser Beamter in Pension geht, wird sein Arbeitsplatz erhalten. So wird es immer bei diesem Riesenbauch an Beamten bleiben. Sonst könnte der Minister an Macht verlieren."

„Hört sich schrecklich an. Aber mal was anderes, wie sollen wir von diesem bisschen hier leben?"

„Ach", sagte sie, „die meisten verdienen sich was mit Gelegenheitsarbeiten dazu. Das wissen wir auch. Dafür werden wiederum die Beamten nicht in Marsch gesetzt, denn da müssen sie sich ja dienstlich bewegen." Sie imitierte Entsetzen mit einem fast schon verletzenden Tonfall.

„Aber", sagte sie dann versöhnlich, „es gibt auch noch andere dieser Gattung. Viele, besonders die, die mit Publikumsverkehr zu tun haben, müssen wirklich schwer arbeiten. Nur in den Etappendiensten der Bürokratie, wo kein Mensch mehr die genauen Verschlingungen und Verknüpfungen weiß, da drücken sich die Leute faul rum. Sie schieben sich gegenseitig die Pöstchen und Zusatzaufgaben, die besonders entlohnt werden, gegenseitig zu."

„Das hört sich ja nach einem Paradies an", sagte Kool. „Wie kommt man da rein?"

„Dieses Paradies ist nicht so schnell zu öffnen. Aber, ich muss jetzt den nächsten machen und wünsche euch noch einen guten Tag. Übrigens, ihr könntet Beschwerde einlegen gegen diesen Bescheid. Das macht mir persönlich nichts aus, weil ich den Bescheid korrekt ausgeführt habe, aber dann könnt ihr mal so eine Arbeitsamtsmumie bei der Schneckenbewegung beobachten. Zimmer 517. Im 5. Stock unter dem Dach. Da sitzt die Beschwerdestelle. Ein Herr Müller, oder so. Dem werden die Beschwerden auf den Tisch gekippt, und nach einiger Zeit nimmt man die da wieder weg, unerledigt. Keine Sau kümmerts. Im Vorzimmer sitzt Steffi, die ist auch nur befristet.“

Und „Tschüss dann“, sagte Frau Krause, und wandte sich demonstrativ ihrer Schreibtischarbeit zu. Uns blieb nichts anderes, als uns mit unseren verbrannten Klamotten auf den Weg zu machen.

„Was meinst du, Kool, Zimmer 517?“

„Ja selbstverständlich, das will ich mir doch mal angucken. Und Beschwerde einlegen will ich auch, vielleicht kommt ein bisschen mehr dabei raus.“

„Gut, machen wir das doch einfach.“

Zimmer 517 hatte ein Vorzimmer. Dort saß eine freundliche junge Frau, die uns erwartungsvoll anlächelte. Sie betrachtete mich kurz, dann lange Kool und begann mit einer Haarlocke hinter dem Ohr zu spielen. Dabei hatte sie verträumte Augen.

„Wir wollen da rein!“ Ich unterbrach die Träume junger Frauen ja nur ungern, aber jetzt musste mal ein wenig Action passieren.

Stefanie Paulsen, so sagte das kleine Schild auf dem Tisch, schaute ein wenig erschrocken.

„Da rein?“ Stefanie zeigte auch auf die Tür zum Hauptbüro.

„Ja, was dagegen?“

„Nein, aber, es ist so, ich arbeite hier schon seit zehn Jahren, und habe noch nie Herrn Müller gesehen.“

„Hä, noch nie?“

„Nein, wirklich nicht!“

Hier schien sich ein großes Geheimnis zu offenbaren. Wie groß? Nun, hätten Kool und ich es geahnt, dann wären wir auf dem Absatz umgekehrt.

Und geflohen.

Weit weg.

Weiter als bis nach Amerika.

Auf die Kurilen zum Beispiel. Die liegen verträumt irgendwo weit südlich des indischen Subkontinents kurz vor der antarktischen Packeisgrenze. Und weil es dort nichts, aber auch gar nichts gibt, wäre das ein feiner Ort für uns geworden. Die Schrecken, die uns erwarteten, überstiegen alles Denkbare.

Aber wir wussten es nicht.

Das wäre der Beginn unseres neuen, unseres ehrlichen Lebens geworden. Wir hätten eine Umkehr gemacht, einen anderen Weg für unser Leben eingeschlagen. Wären Walfänger in der Südsee geworden- oder etwas anderes anständiges.

Indes, wir wussten es nicht besser.

So ergriff ich den Türgriff und trat ein.

Kool folgte mir auf dem Fuße. Stefanie hinter uns her.

„Ihr könnt doch nicht…"

„Doch, wir können. Sogar noch mehr als das. Wo steckt der Müller also?"

Stefanie sah sich blinzelnd um.

„Nicht da, wie ich schon sagte. Dort lege ich ihm immer die neuen Vorgänge auf den Tisch, und die alten nehme ich dann immer so unten wieder raus. Damit das läuft, kümmere ich mich um den Kram, selbst das, was der Müller nur entscheiden dürfte."

„Und du hast den noch nie gesehen, nicht mal bei der Weihnachtsfeier oder beim Geburtstagssekt?"

„Nö."

Wie es sich für halbwegs normale Menschen gehört, waren wir nach zwei Sätzen in das Du gewechselt. Dieses Büro war schon eine echte Nummer. Alles war piekfein und erste Sahne, die Computer, neueste Telefone, die übrige Einrichtung, wenn man von den allgegenwärtigen Dachschrägen absah. Von der Grundfläche her war das Büro riesig, durch die Schrägen wurde es etwas kleiner, und seitlich gingen Fensternischen ab. Man sah dem Raum an, dass die Planer es in der wilhelminischen Zeit erdacht hatten. Einerseits exakt und nüchtern, dann aber verspielt mit Ecken und Nischen. Ganz am Ende des Raumes, in der letzten Nische in der Ecke zum Nachbarhaus stand ein uralter Schreibtisch aus grauester Vorzeit herum. An dem mussten schon Bismarcks Beamte gearbeitet haben. Dem Aussehen nach.

„Warum der hier wohl noch steht?“ sinnierte ich.

„Es kann sein, dass bei den Ausschreibungen für Renovierungen diese Ecke nicht mit dazu gehört. Das ist manchmal so. Und die Handwerker fassen das dann nicht an.“

Dem exakt an der Grenze der Nische abgeschnittenen Teppich nach war das auch ganz genau so.

In der Nähe des alten Schreibtisches roch es merkwürdig. Wie in einer alten Krypta.

„Gut, Stefanie, ich denke, du hast Recht mit der Ausschreibung. Wir werden einen Moment hier warten und dann weitere Maßnahmen ergreifen. Bitte gehe jetzt wieder an deine Arbeit!“

Kool sah mich überrascht an, sagte aber nix. Stefanie lächelte etwas unsicher und ging dann hinaus. Sie schloss die Tür ganz leise zu.

„Du Idiot,“ fauchte er, „jetzt hast du uns die einzige Chance auf eine höhere Zahlung versaut.“

„Pass mal auf, siehst du hier irgendwelche Akten?“

Kool sah sich aufmerksam um.

„Nur die auf dem Tisch.“

„Die hat Stefanie hierhergeschleppt. Nach drei Wochen schleppt sie die dann wieder raus und macht die Vorgänge fertig. Die auf dem Tisch zählen nicht. Merkst du, hier stinkt was, und das so gewaltig, dass man es bis hier riechen kann. Den Müller gibt es gar nicht. Das ist bloß ne leere Planstelle.“

„Hä?"

„Das ist Beamtenjargon. Das bedeutet, dass hier eine Planstelle besetzt ist, die nicht gebraucht wird."

„Ja und wer kriegt die Kohle? Irgendwohin muss doch das Gehalt überwiesen werden."

„Keine Ahnung, aber das kriegen wir raus."

Der neutrale Beobachter:

Inzwischen hatte Stefanie in ihren schriftlichen Anweisungen, von ihr handschriftlich ergänzt um die mündlichen Anordnungen, nachgesehen. Sie fand eine passende Anordnung, die ihr am ersten Tag der Arbeitsaufnahme erteilt worden war. Sie setzte sich zurecht, griff nach dem Telefonhörer und wählte die interne Nummer. Kool und Voss entdeckten inzwischen die Quelle des muffigen Geruchs.

„Sag mal, kommt dir das mit dem Geruch auch so komisch vor?"

Kool nickte. Mit dithmarscher Gründlichkeit gingen wir dem Mief nach.

Und landeten, nachdem wir einmal das Büro wie zwei Trüffelschweine durchschnüffelt hatten, wieder vor dem mächtigen Möbel von Schreibtisch.

Hier kam der Geruch definitiv her!

„Kuck mal, das ist noch so ein richtig altes Teil, das vorne zugebaut ist, damit man nicht sehen kann, ob der Mensch dahinter Beine hat oder nicht. Oder nur Unterhosen trägt. Oder Rock, als Frau. Hilf mir mal, das Ding von der Wand zu ziehen."

Nur unter Anspannung aller Kräfte gelang es uns, das enorm schwere Möbel von der Wand zu bekommen. Wer es auch immer, wann es auch immer in diese Ecke gewuchtet hatte, seitdem war es mit Sicherheit nicht mehr bewegt worden. Links und rechts war kein Platz in der Nische, und so kletterten Kool und ich auf die Schreibtischplatte und spähten von oben in den entstandenen Hohlraum.

Dort lag ein mannsgroßes Paket, mit einer dicken roten Kordel umschnürt, in ein sehr teuer aussehendes Tuch eingeschlagen.

Auf dem Tuch waren ein paar dunkle Flecken.

Ich musste in diesem Moment an das Turiner Grabtuch denken. Das dieser Vergleich einerseits hundertprozentig stimmte, andererseits aber so abwegig war wie nur irgendetwas, konnte ich zu diesem Zeitpunkt nicht ahnen.

Und immer noch nicht wandten wir uns um, um noch rechtzeitig zu fliehen.

In diesem Moment klingelte das Telefon.

Kool und ich sahen uns an, dann zuckte ich mit den Schultern und nahm den Hörer ab.

„Hallo", flötete Stefanie aus dem Vorzimmer durch den Apparat, „ich hab hier einen Anruf für dich."

„Für mich?"

„Ja, oder auch für deinen süßen Kollegen."

„Denn mal her damit. Wer ist es denn?" fragte ich.

„Der Chef", erwiderte das Mädchen geheimnisvoll. Kurz darauf hörte man eine etwas sonore, aber auch angespannte Männerstimme, die sich mit:

„Meyer, Moin", meldete.

„Tach, Herr Meyer-Moin! Hier sind..."

„Ja, ja, ja, ich weiß schon, wer ihr seid. Das soll auch unter uns bleiben."

Das Gemurmel im Hintergrund bei Herrn Meyer-Moin wurde mit lautem „schscht, leise, schscht" unterbrochen und man merkte, dass sich auf der Seite von Herrn Meyer-Moin etliche Ohrenpaare spitzten. Aber das Gespräch war eben vertraulich, deshalb hielten die anderen vertraulichen Mithörer wohl auch alle den Mund.

„Ähh, da ich ja nun weiß, dass ihr von den internen Ermittlern hier bei uns im Haus seid, wollte ich fragen, ob ich in irgendeiner Art und Weise helfen kann."

„Ohh, ja, da könnte mir schon was einfallen. Ich würde vorschlagen, wir kommen dann gleich mal hinunter. In dein Büro."

„Ja, Zimmer 320. Und ich heiße nur Meyer, Heinz Meyer."

„Kein Problem, wir wissen schon." Meyer schwieg verblüfft.

„Wieso, wart ihr schon mal hier? Etwa in Verkleidung?"

„Nee, aber Zimmer 320 ist im 3. Stock Zimmer 20. Das ist doch logisch, oder?" Meyer-Moin schnaufte erschüttert.

„Stimmt! Ihr von den internen Ermittlungen habt schon was drauf."

„Ja, das haben wir, bis gleich. Und Meyer-Moin, so heißt doch niemand."

Ich behielt den Hörer noch einen Moment am Ohr und konnte die erstaunten Rufe der anderen diskreten Zuhörer auf der Seite von Heinz Meyer hören. Vorsichtig legte ich auf.

„Kool, ich glaube, hier bieten sich für uns Möglichkeiten, die weit über das hinausgehen, was wir uns jetzt erst noch ausmalen können. Wir müssen nur echt im Wortsinne cool bleiben."

Kool grinste überlegen.

„Fällt mir nicht schwer."

„Das glaub' ich dir gerne. Wenn wir das richtig angehen, was werden wir für ein Leben haben. Lass mich nur machen, Kool, mir fällt schon das Nötige ein." Wir schlurften, nachdem wir unseren Schreibtisch mit seinem ungelösten Geheimnis wieder an die Wand in der Ecke geschoben hatten, zu unserer Sekretärin.

Die wir jetzt schon mit Beschlag belegten, insbesondere Kool, dem, wie der wohlgeneigte Leser wohl weiß, alle Frauenherzen zuflogen.

Wir besprachen mit unserer Sekretärin, dass auch wir keine Störungen wollten, dass wir im Übrigen erst mal beim Chef wären, Büro 320.

Vor der Bürotür im dritten Stock:

„Kool, wir müssen uns dringend Decknamen überlegen."

„An was hattest du gedacht?“, fragte Kool zurück.

„Irgendetwas unauffälliges, was mit unseren wirklichen Namen nichts zu tun hat."

„Weißt du was“, sagte Kool, „wir belassen es einfach bei unseren polnischen Decknamen, dafür bekommen wir ja demnächst auch die Pässe.“

„Ja, aber das sind polnische Pässe.“

„Scheißegal, mit dem polnischen Pass behaupten wir, wir hätten deutsche Vorfahren, was ja in unserem Fall nun wirklich auch stimmt, und wir sind auf Schlag Deutsche."

„Gut, und dann müssen wir, wie gesagt, noch zur Personalabteilung, damit wir auch wirklich Geld bekommen. Wenn wir diesen Laden hier schon aufmischen. Interne Ermittlung...“

Kool kriegte glänzende Augen.

„Stell dir vor, ein ganzes Amt. Und wir, als angebliche interne Ermittler mittendrin. Das Leben kann so schön sein.“

„Ja, vor knapp 48 Stunden hat uns das Leben noch die Haare vom Kopf gebrannt.“

Gleichzeitig tätschelten wir unsere hohe Stirn.

„Ja, dafür können wir uns in den nächsten Wochen mit ’m Waschlappen kämmen, auch nicht schlecht.“

Dann betraten wir ohne Klopfen, und ohne ein „Herein“ abzuwarten, das Zimmer 320.

Denn das hatte gar kein Vorzimmer.

„Siehst du“, zischte ich, „kein Vorzimmer. Wir haben also eine wesentlich bessere Position als der hier."

Kool nickte weise.

„Hallo, da sind wir. Du bist der Meyer?"

„Ja, bin ich. Und Ihr seid..."

Choreografisch perfekt legten Kool und ich den Zeigefinger auf die Lippen.

„Dazu kommen wir gleich. Erst mal müssen wir hier was klären. Kommen hier im Hause manchmal kleine Unregelmäßigkeiten vor? Die Ihr hier intern vertuscht? Nein? Denn ist gut. Ihr hier seid eines der wenigen Ämter dieser Größe, die völlig ohne Auffälligkeiten arbeiten. Genauer: das einzige. Deswegen ist unser Besuch auch nur reine Routine, nur der Ordnung halber."

„Oh, dann bin ich aber beruhigt, denn von diesen klitzekleinen Unregelmäßigkeiten gibt es hier nie welche. Jedenfalls fallen sie bei meinen Kontrollen nicht auf."

„Oh, das ist sehr gut und zeugt von der Qualität deiner Mitarbeiter. Und deiner Führung."

Dass es von der mangelnden Qualität seiner Kontrolle herleiten könnte, realisierte Herr Meyer anscheinend gar nicht.

„Gut, dann will ich dich jetzt auch nicht weiter von deinen Aufgaben abhalten."

„Danke, ich habe noch genug zu tun. Ihr kommt zurecht?"

„Kein Problem, Heinz, wir werden unsere Aufgaben schon erfüllen, da du sicher sein. Totsicher."

Ein unterdrückter Schreckensruf kam hinter der halb geöffneten Berliner Tür im Hintergrund hervor. Offensichtlich hatten sich die diskreten Mithörer eben gerade zutiefst erschrocken. Oder vor Angst sogar in die Hosen gemacht.

„Wir gehen dann jetzt mal in die Personalabteilung."

„Öhh, Personalabteilung, was wollen ihr denn da?"

„Nun, diverse finanzielle Dinge klären und zum anderen, da

wir hier bei euch im Amt tätig sind, müssen wir natürlich auch hier von diesem Amt bezahlt werden, das ist ja wohl klar.“

„Öh, pff, äh, das geht ja auf meinen Etat!“

„Ja selbstverständlich geht das auf deinen Etat, auf welchen denn sonst? Ich kann da auch nichts für, das hat sich sicherlich so eine schlaue Kommission in Nürnberg ausgedacht.“

„Ja, hast Recht, das ist nun mal so. Na gut. Zimmer 340.“

Kaum hatten wir das Büro verlassen, lehnten wir uns schon mit angelegtem Ohr an die Tür und lauschten der erregten mehrstimmigen Diskussion, die dort in dem Büro von Herrn Meyer entbrannte.

„Um Himmels Willen, Heinz, jetzt ist uns die interne Ermittlung auf den Fersen. Wenn die dahinter kommen…“

„Ach was,“ sagte Meyer, „das haben wir alles viel zu gut getarnt.“

„Seid ihr wohl ruhig, ihr Hornochsen. Da hilft nur eines, wir müssen diese beiden Kerle auf unsere Seite bekommen. Was sind das eigentlich für Gestalten, hat einer die Namen mitbekommen?

Als erstes machst du das mal, Winfried, bei dir im Personalbüro, denn da werden sie ja gleich auftauchen.“

„Oh, dann muss ich aber sofort hin.“

„Ja, und zwar schnell.“ Das war dann auch für uns das Startzeichen. Wir stellten uns vor der Tür auf, als ob wir gerade im Begriff wären, wieder hineinzukommen. Unser zukünftiger bester Freund, nämlich der Personalleiter Referat Chef Winfried kam uns schon durch die Tür entgegen.

„Ahh, die Herren von der internen Ermittlung.“

„Woher wissen Sie unsere Aufgabe?“

„Öhh, öhh, öhh, - öhh, hab ich vermutet.“

Das Öhh kam merkwürdig blökend wie bei einem Schaf - genauer

einem Hammel.

Vor der Kastration.

„Ach so, gut, und jetzt wollen Sie uns vermutlich den Weg zu Ihrem Büro zeigen."

„Genau, das tue ich jetzt. Kommen Sie mal mit."

Im Personalbüro Zimmer 340 sagte er:

„So, jetzt brauch' ich erstmal eure Personalnummern."

Autsch, das konnte gefährlich werden, aber Kool griff souverän ein.

„Da wir ja bei den internen Ermittlungen sind, könnten unsere Nummern ja fast 007 lauten."

Winfried grinste reserviert.

„Aber da wir nicht die Lizenz zum Töten haben, haben wir nur die internen Ermittlernummern 006V", er zeigte auf mich,

„und 006K." Er zeigte auf sich.

„Wobei sich die Nummer „00" darauf bezieht, dass wir das Recht haben, jeden zu entlassen, sein Vermögen einzuziehen und ihn ins Gefängnis zu stecken, wenn noch so kleine Verdachtsmomente gegen ihn vorliegen."

Wow, diese schlaue Idee hätte ich von Kool nun wirklich nicht erwartet. Aber, mein bester Busen- und Überhauptfreund überraschte mich immer wieder.

„Dann wollen wir mal schauen. Welches Gehalt habt ihr euch denn vorgestellt?"

„Naa, was sind denn noch für Möglichkeiten drin?" eröffnete ich vorsichtig mit einem Bauern den ersten Schachzug. Heinz sagte:

„Also, mittlerer Dienst scheidet wohl aus. Gehobener Dienst, na klar."

Er nannte uns eine für die Verhältnisse des öffentlichen Dienstes wohl ganz anständige Summe.

Dass diese Zahlen für Kool und mich absolut lächerlich waren - in der China Cat mit den dazugehörigen Einkommensquellen verdienten wir das am Tag - sagten wir nicht.

„Gibt es nicht etwas wie Sonderdienste? Wir machen das ja auch zum ersten Mal, das mit der Bezahlung durch das zu überprüfende Amt. Man hat uns in Nürnberg viel mehr versprochen."

„Nein, Sonderdienste gibt es nicht, aber wenn wir die höchste Stufe im gehobenen Dienst nehmen und ihr vielleicht noch über diverse Zusatzleistungen und Sonderqualifikationen noch Sonderboni und Zuschläge bekommt, dann wird das was."

„Welche Sonderboni und Zuschläge hattest du da angedacht?"

„Ach, der einfachste zum Beispiel ist, wenn man verheiratet ist und Kinder hat."

Ich wusste zwar nicht, ob Kool Kinder hatte, aber dem konnte Kool bei seinem sexuellen Lebenswandel in Kürze in Massen abhelfen.

„Nun gut, also das mit den Kindern klappt ja noch nicht", sagte ich mit einem warnenden Seitenblick auf Kool.

„Wo gibt es denn sonst noch Zuschüsse, die wir bekommen können?"

„Oh, da gibt es großartige Möglichkeiten.

Ich sag mal so, wenn ihr jetzt in Hamburg bei der Müllabfuhr beschäftigt wäret, dann könnte ich euch durchaus eine Stunde extra frei pro Tag geben, als Waschzeit und wegen der besonders schmutzigen Arbeit noch einen Zuschlag in Höhe von 15%."

„15% auf das Grundgehalt?"

„Ja, klar."

„Nun ja, wir als interne Ermittler haben natürlich extrem viel mit Schmutz zu tun. Und reinigen müssen wir uns eigentlich auch von Zeit zu Zeit.“

„Sicher, sicher, ich könnte sogar zwei Augen zudrücken und euch mehr als 1 Stunde am Tag als Waschzeit geben.“

Die Absicht war klar. Und wie sehr er uns damit in die eigene Tasche spielte, wusste der gute Winfried gar nicht.

„Nur, wenn ich euch die Schmutzzulage gebe, dann muss ich das eben irgendwie anders begründen als mit internen Ermittlungen. Da müsst ihr mir schon etwas anderes bieten. Vorerst kann ich euch nur Sonderurlaube für besonders schwere Dienste anbieten. Sagen wir drei Wochen extra?“

„Gut, das mit dem Sonderurlaub machen wir schon mal, mit dem Lohn, nun wir überlegen uns mal was.“ Wir schlurften zum Foyer hinaus und sahen uns mit ganz neuen Augen um. Jetzt war das hier zu unserem Arbeitsplatz geworden, na ja, wobei arbeiten nicht mit dem zu vergleichen war, was normale Menschen als Arbeit bezeichnen.

Und hier stank etwas ganz gewaltig, mehr noch als das komische Ding da oben im Büro. Nur was?

◆ ◆ ◆

12. DIE MUMIE DES SCHRECKENS

Was beim Amt so aufbewahrt wird.

Oben in unserem neuen Büro angekommen wuchteten wir wieder den Schreibtisch aus der Wandnische. Wenn in einer durchschnittlichen Behörde circa nach 30 Jahren das Linoleum erneuert wird, dann konnte man anhand der unterschiedlichen Farben des Bodenbelags auf mindestens 3 Erneuerungen schließen.
Eine konnte erst wenige Jahre zurückliegen, dabei war auch die ganze Infrastruktur für die Computer eingebaut worden. Rechnete man dann zurück, kam man ungefähr auf eine Zeit nach dem Kriegsende.

Aber was lag da unter dem Schreibtisch? Es half nicht. Heraus mit dem Riesenmöbel aus der Ecke. Endlich bekamen wir das Ding richtig zu packen und schoben es in die Mitte des Büros.

In der Ecke lag nichts mehr.

Dafür lag dies unförmige mannsgroße Paket immer noch unter dem Schreibtisch. Es hatte sich verkeilt. Wir zerrten es hervor.

„Kuck dir mal das Tuch an!"

„Ist ein Tischtuch, na und?"

„Das Muster, du Depp!"

Eingewebt in das dicke, sehr hochwertige Damasttuch waren Goldfäden.

Und diese Goldfäden bildeten Hakenkreuze.

Viele Hakenkreuze.

Über und über viele Hakenkreuze aus Goldfäden waren in das Tuch eingewebt.

Mir wurde schlecht.

Einen Moment musste ich mich besinnen, dann erst konnte ich weitermachen. Die Stimme in meinem Hinterkopf sagte immer noch *„Fliehe, fliehe, so schnell du kannst, und sieh dich nicht um!"*

Kool hörte die Stimme nicht und reagierte nicht wie gewünscht.

„Kool, sieh mal, was wir hier haben," sagte ich mit flacher Stimme. Mir war gaaanz flau.

„Ein Paket," sagte Kool schlicht, ohne auf meine tonlose Bemerkung einzugehen.

„Kuck mal von hier, das ist nicht nur ein Paket."

Kool stellte sich neben mich und schaute sich das Ganze aus meinem Blickwinkel an.

Vor uns lag, in ein sauteures Tischtuch gewickelt, eine Leiche.

Eine Leiche, die mindestens seit siebzig Jahren da drin versteckt war.

Eine Leiche, die man nicht gefunden hatte, weil irgendjemand sie dort versteckt hatte, um sie später wieder abzuholen.

Aber dieser Jemand war nicht gekommen. Aufgrund der behördlichen Amtsschimmelei war niemand auf die Idee gekommen, den Schreibtisch von der Wand zu ziehen, und die Ecke mit zu nutzen. War ja auch zu mühselig. Da mussten erst zwei kräftige Knaben wie Kool und ich kommen, um den Fall aufzudröseln.

Doch wer war die Leiche? Dem Gewicht nach war sie im Laufe der Jahre mumifiziert. Das konnten wir mit einem vorsichtigen Schütteln feststellen.

Immerhin hätte es sich ja auch um einen dem Buddhismus zugeneigten Priester des Sankt Hippokratius in tiefer Meditation handeln, den man um Himmels Willen nicht stören durfte.

Solches Handeln an einem Beamten im Grübelzwang konnte jahrtausendelange Fehden zwischen Ministerien und nachgelagerten Stabsstellen heraufbeschwören. So viel hatten Kool und ich im täglichen Geschäft mit diesen Menschen im prämumifizierten Zustand schon gelernt.

Aber der geheimnisvoll vor sich hin müffelnde Inhalt des schweren Tischtuchs rührte sich nicht.

„Glaubst du, dass irgendjemand das hier nach dem Kriegsende verpackt hat?“

„In so einem Hakenkreuzlappen? Nö.“

„Also vor Kriegsende. Lass uns mal das Tuch abwickeln.“

Gesagt, getan. Wir wickelten die Mumie etwas ruppig aus dem Tuch, indem wir an der Kordel kräftig zogen. Die Mumie rotierte auf dem Fußboden.

Heraus kam erstmal ein weiteres, kleineres Paket. Immer noch mannsgroß, aber erheblich dünner. Diesmal in eine alte Wolldecke gewickelt. Und mit einem Hanfseil zugebunden.

Da standen wir nun mit unserer Weisheit. Uns grauste davor, die Verpackung der Mumie zu öffnen. Aber es half nichts, wir zerrten die letzte Binde des Kopfendes. Dem Toten war auch noch ein Taschentuch über das Gesicht gelegt worden. Das Taschentuch war aber mit der Mumie verklebt.

Tatsächlich.

Eine Leiche.

Mumifiziert.

Und kein Beamter, der sich selbst in den präpensionierten Schleichmodus versetzt hatte.

„Tja Kool, jetzt haben wir schon wieder diese Situation. Wir stehen da und haben ne Leiche am Hals. Denn glaubst du, dass die uns laufen lassen, wenn die uns hier mit der Leiche entdecken? Auch wenn der schon über siebzig Jahre tot ist und schon lange vor unserer Geburt gestorben?

Das schieben die uns in die Schuhe, da kannst du dir sicher sein, Kool."

„Wir müssten den Burschen wieder verstecken."

„Jede Wette, dass die Kollegen vom Amt ab sofort jeden Abend unser Büro durchsuchen werden. Nur um sicherzugehen, dass sie auch wissen, was wir wissen. Den entdecken die noch in der ersten Nacht."

„Wir müssten den Buschen vor aller Augen verstecken."

„Klar, ich hab ne Idee: Wir checken jetzt mal ganz genau, dass er kein prominenter Nazi ist und stellen ihn dann öffentlich aus. So dezent in der Ecke vom Büro. Mit einem Schild an der Brust. ´Feigheit vor dem Feind` oder so. Dafür haben die doch etliche ermorden lassen."

„Na, an dem Text müssen wir noch arbeiten, aber die Idee ist nicht schlecht. So denkt jeder, wir sind zwei superscharfe und superharte Hunde. Die schmelzen wie Butter in der Sonne."

Wir machten uns auf die Suche nach einer geeigneten Büroeinrichtung. In einem ordentlichen Amt gab es mit Sicherheit einen Fundus für passende Büroausstattungen. Die Mumie hatten wir wieder hinter dem Schreibtisch versteckt. Das Taschentuch wollten wir vorsichtig mit Wasser aus einem Blumensprüher ablösen.

◆ ◆ ◆

Winfried war so nett, dass er uns für die Suche einen Lehrling mitgab. In einer Viertelstunde hatten wir das Gewünschte im Keller gefunden.

Kool zeigte auf eine Vitrine.

„Ich glaube, die können wir brauchen."

„Die Vitrine?"

„Ja, hübsch verglast, knappe 2 m hoch, die brauchen wir." Wir marschierten in unser Büro zurück und erledigten damit mehr als das doppelte des Laufpensums eines normalen Beamten schon in der Zeit bis zum Frühstück.

„Die Vitrine unten im Keller", sagte Kool zu unserer Sekretärin Steffi, „diese Vitrine brauchen wir hier oben, aber ohne Inhalt."

„Ja, ok, aber Moment mal, wer könnte das denn veranlassen?"

„Na, sicherlich doch der Hausmeister. Der Lehrling weiß Bescheid, welche wir meinen."

„Aber nur mit Erlaubnis von allerhöchster Stelle!"

Kool stemmte die Arme in die Seite und musterte unsere Sekretärin. Gekonnt zog er eine Augenbraue hoch.

„Na?" fragte er, „reicht das jetzt? Oder brauchst du noch 'höhere` Absegnung."

„Nein, nein, nein", sagte sie, „überhaupt kein Problem, das wird sicherlich innerhalb von Windeseile erledigt sein."

Ich für meinen Teil dachte mir, dass ich froh sein könnte, wenn das bis zum Wochenende erledigt war.

Der darauffolgenden Woche, versteht sich. Aber tatsächlich hatten wir kaum unsere Plätze eingenommen an dem kleinen Besprechungstischchen in unserem Großraumbüro, kam schon der Hausmeister mit einem Gehilfen und schleppte ächzend die Glasvitrine herein.

„Was wollt ihr eigentlich mit der Vitrine?" fragte er uns. Kool baute sich vor ihm auf, musterte ihn von oben bis unten und sagte:

„Wenn wir mal wieder ein Exempel statuieren müssen."

Verwirrt schaute der Hausmeister von Kool zu mir und von mir zu Kool zurück und dann zur Vitrine.

„Hauptsache", sagte er, „ich lande nicht in dem Ding."

Kool setzte sein fiesestes Grinsen auf und sagte:

„Für wen, das ist noch nicht festgelegt. Warte es nur ab."

Nun war ich allerdings auch etwas verwirrt, war aber schlau genug, es nicht aller Welt zu zeigen. Abgesehen davon war es ganz gut, wenn man gegen einen Hausmeister ein kleines Druckmittelchen in der Hand hatte. Damit hatten wir ja Erfahrung.

Wir ließen die Vitrine vom Hausmeister und seinen Gehilfen noch ein paarmal hin und her schieben, waren dann zufrieden und schlenderten ins Personalbüro.

Wilfried stattete uns mit Dienstausweisen aus, auf denen „Interne Ermittlung“ stand sowie unsere Decknamen. Wir zogen uns in unser Büro zurück.

Wir verschlossen die Zimmertüren und widmeten uns unserem staubigen Fund.

„Jetzt müssen wir uns nur noch was überlegen, wie wir das mit unserer Mumie machen. Wir können ihr ja schlecht einen Stock in den Arsch stecken, damit sie hochkant in der Glasvitrine steht."

„Lass uns mal schauen, wer das überhaupt ist.“

„Erst denken, Kool. Aus der ersten Riege der Nazis kann das keiner sein. Die hat man alle in Nürnberg gehabt. Hitler, Göbbels, Himmler, alle tot. Sofern sie nicht vorher tot waren. Es fehlt Bormann, von dem weiß keiner was. Mengele ist angeblich in Argentinien gestorben. Den Rest der Gauleiter und KZ Chefs hat man gleich vor Ort abgemurkst.“

„Dein Tipp ist also Bormann?“

„Tja... oder Mengele, sonst fällt mir keiner ein. Wen würde man sonst so sorgfältig einwickeln? Andererseits wurde Bormann von allen gehasst. Den würde keiner ausfliegen. Ganz ehrlich, Kool, wollen wir den Burschen jetzt wirklich ganz auswickeln?“

„Na klar."

Mit angehaltenem Atem wickelten wir die Mumie komplett aus der Wolldecke. Mit dem Blumenspray benetzten wir vorsichtig das Taschentuch.

Langsam und vorsichtig zogen wir das Taschentuch ab. Heraus kam tatsächlich ein Toter. Mittelgroß, in einer braunen Uniform, den Kopf seitlich tief auf die Brust geneigt, sodass man die rechte Schläfe und ein Einschussloch darin sehen konnte. Das ganze Gesicht war komplett mit getrocknetem Blut bedeckt. Durch die Mumifizierung kannte man auch kaum etwas von den Gesichtszügen erkennen.

Wenn wir wissen wollten, wer das war, mussten wir ihm das Gesicht sorgfältig waschen. Vielleicht würde ja das helfen.

Es war lediglich zu erkennen, dass der Tote ein Hitlerbärtchen trug.

Hitler hatte dieses Bärtchen aus seinem Schnurrbart heraus rasiert.

Nicht aus modischen Gründen, sondern während des ersten Weltkrieges die Giftgasangriffe zunahmen. Mit der Gasmaske vertrug sich ein Schnurrbart nicht. Viele der Frontkämpfer des ersten Weltkrieges trugen das später sogenannte Hitlerbärtchen als äußeres Kennzeichen ihres Mutes und ihrer persönlichen Frontteilnahme am großen Krieg. Auch um sich von den Etappensoldaten abzusetzen. So wurde aus der Bartmode der Weimarer Republik das Erkennungszeichen des Führers.

Und so war das Hitlerbärtchen bis zum 8. Mai 1945 Mode.

Dann plötzlich nicht mehr.

Doch wer war der Tote? Das Gesicht war durch das Blut unkenntlich. Der jahrzehntelange Trocknungsprozess der Mumie hatte auch einige extra Falten produziert.

An der braunen Uniform waren keine Rangabzeichen, nur ein

altes Eisernes Kreuz aus dem ersten Weltkrieg. Meine Vermutung stimmt ja also. Die Mumie hatte am ersten Weltkrieg teilgenommen und das EK 2 bekommen. Und das Verwundetenabzeichen.

Wir schüttelten die Wolldecke und die Tischdecke, dabei kam auch nichts Zutage.

Kool zog aus der Innentasche der Mumie eine Brieftasche hervor. Knisternd brach das trockene Leder, als wir sie aufklappten.

„Oha", sagte Kool, „nur ein ganz altes Bild von einem jungen Mädchen. Geli steht hinten drauf. Hm, komischer Name."

In mir wuchs ein unheimlicher Verdacht. Geli, da bimmelte was in mir. Hatte nicht der Dings, der Dingbumms, DERR Dingsbums, eine Nichte dieses Namens...? Ich sah mir das Gesicht der Mumie noch einmal genau an. Wer ER es? Ich war mir nicht sicher, auch wenn man im Spiegel den Hitler alle drei Wochen abbildetet.

„Tja, fällt dir noch was auf an der Brieftasche?"

„Keinerlei Fotos von weiteren Verwandten oder Bekannten. Kein Ausweis, kein Führerschein. Ich glaube, der war völlig ohne Familie. Oder er konnte die nicht leiden."

In diesem Moment beschlich mich ein fürchterlicher Verdacht. Das Bimmeln in meinem Kopf wurde zum schrecklichen Schrillen. Ein Verdacht, der so unmöglich, so undenkbar war, dass ...

Trotzdem war dieser Verdacht im Bereich des Möglichen, denn man hatte die Leiche nie gesehen.

Diesem Moment geschah etwas Neues in der unsichtbaren Welt des NB. Dort, in dieser Welt des dunklen Lichts, wo alle Seelen der Gestorbenen auf den Ruf zum Gericht warten. Diese Welt, in der die Seelen nur herumwandern.

"Kommt," rief dort eine sanfte Stimme: "kommt, ihr, die ihr so un-

zeitig gestorben seid. Kommt und seht."

Und die Seelen machten sich auf und suchten ihren Weg nach Kiel. Es waren zu Anfang nur wenige, aber dann wurden es schnell mehr.

Aus Dutzenden wurden Tausende, Zehntausende, Millionen. Zu einem breiten Strom schwollen die Massen an. Ein breiter Strom von Seelen, die nur wenige Augen sehen konnten...

Wenige, die nachts unterwegs waren, sahen den Strom der Toten.

◆ ◆ ◆

Aber wie sollte ich meinen Verdacht allein nachprüfen, wie konnte ein Beweis angetreten werden?

Vor allem, was wären die entsetzlichen Folgen?

In Deutschland würde ein grässliches Tauziehen, Hauen und Stechen um den Toten losbrechen.

Jeder würde ihn haben wollen.

Die einen, um ihn zu verbrennen, ihn zu köpfen, ihn vierzuteilen und die Körperteile in alle vier Himmelsrichtungen in alle Städte zu senden.

So, wie einst Oliver Cromwell in England Jahre nach seinem Tod ausgebuddelt und behandelt wurde.

Andere würden ihn in ein Mausoleum stecken, damit andere ihn anbeten konnten.

Da stand ich nun, ich armer Mensch und wusste nicht weiter.

Andererseits hatten sich zum Ende des dritten Reiches Dutzende, vielleicht hunderte von Parteigängern mit Hitlerbart ein Ticket in die Hölle gelöst und mit einem Kopfschuss die Reise bezahlt.

„Naja, aber weißt du was, wir fahren jetzt erstmal Momme besuchen, vielleicht weiß der einen Rat," holte mich Kool aus meinen Überlegungen.

„Ja, vielleicht kann der uns den einen oder anderen Tipp

geben.“

Meinen Verdacht behielt ich für mich. Die Mumie wurde wieder versteckt, der Plan mit der Vitrine war erstmal auf Eis gelegt. Im tiefen Vertrauen darauf, dass niemand sich so viel Arbeit machen würde, den alten Schreibtisch vorzuziehen. Auf einen Besuch der China Cat verzichteten wir. Dort lauerten Hansen und Schulze. Mit Sicherheit.

◆ ◆ ◆

Ich riss mich gewaltsam aus den trüben Gedanken, und zwang mich zu einem Gespräch über ein ganz anderes, aber auch wichtiges Thema. Wir beratschlagten, wie immer tiefsinnig und lang andauernd, wie wir denn noch zu ein paar Zuschlägen kommen könnten.

„Sag mal, die Idee mit der Müllzulage war doch eigentlich nicht so schlecht?“

„Ja, aber du hast doch mitbekommen, wir müssen es nur irgendwie plausibel machen, dass wir diese Müllzulage auch verdient haben, Kool.“

Trübsinnig blies Kool immer wieder die Backen auf und ließ die Luft zischend abpusten - „pffft, pffft. Fragen wir auch Momme."

„Jo!“

Gesagt, getan. Wir holten aus dem Innenhof der China-Cat heimlich unseren umlackierten Bulli und karriolten munter los. Dank der liebevollen Pflege von Ochja hatte sich das ehemalige Polizeiauto vom Wrack wieder zu einem halbwegs erträglichen Fahrzeug entwickelt. Zwar war es immer noch hässlich bunt, aber Ochja behauptete, dass sein Vater in so einem buntbemalten Bulli gezeugt worden war.

Was der so alles wusste.

Er war doch nicht dabei.

Jedenfalls trafen wir auf dem Hof ein, und Momme hatte schon ordentlich die Werbetrommel gerührt. Immerhin ließ sich aus der Geschichte mit dem Brand eine erhebliche Aufmerksamkeit auf Mommes alkoholisches Angebot locken. Über seine vielfältigen PR- Kontakte, die er zu Weihnachten und Ostern mit einem Bukett aus alkoholischen Neukreationen in schöner Verpackung beglückte, hatte er alle möglichen Medienleute auf den Hof geholt.

Die Geschichte, wie er sich als mutiger Dithmarscher der chinesischen Mafia erwehren musste, wurde immer ausgeschmückter und toller, je mehr alle Beteiligten dem freigiebig ausgeschenkten Alkohol zusprachen. Um die Wahrheit seiner Geschichten zu unterstreichen, wies er immer wieder auf die beiden angesengten Skalps hin, die er dekorativ an den Mauerrest genagelt hatte. Das waren unsere alten Zopfperücken.

“Unzweifelhaft: die chinesische Mafia!” rief er immer wieder in die Runde, und die beschiggerten Journalisten wiederholten halb lallend im Chor: “Die chinesische Mafia!” Daraufhin stieß man die Gläser an.

Zweifelsohne würde sich diese Medienansicht in Kürze durchsetzen und alle würden es glauben.

Auf dem Hof herrschte ein tolles Gedränge. Haufenweise von Fernsehfritzen und Rundfunkjournalisten lungerten dort herum, in der Hoffnung auf ein tolles Interview mit dem Helden des Tages.

Alle möglichen Fernsehsender wollten Neues wissen. Immerhin galt Momme ja als der inoffizielle geheime Verbindungsmann zu den beiden Schwerverbrechern Kool und Voss.

Und zur chinesischen Mafia.

Nicht zu vergessen, die Beziehungen in höchste diplomatische und politische Kreise!

Ja, selbst höchste Mitglieder des Adels, des alten Adels und des Uradels!

Sogar Gewerkschaftsvertreter sollten involviert sein.

Man sieht, die Spekulationen der Journalisten schossen ins Kraut.

Kool und ich, getarnt durch unsere Decknamen, die juckenden Vollbärte und durch unsere neu erworbenen Glatzen, mischten uns unter das muntere Treiben. Niemand erkannte uns mit den Glatzen, den schwarzen Augenbrauen und den Vollbärten. Wenn uns jemand ansprach, sagten wir:

„Nej ponjiee manu – Erntehelfer."

Die ersten zwei Male, als Momme mitbekam, wie wir die Pressefritzen abwimmelten, zuckte er ein wenig erstaunt zusammen. Dann schüttelte er den Schreck ab, verlor gleich darauf das Lampenfieber und begann in seiner üblichen bramarbasierenden Art und Weise das Geschehen auszumalen. Wie er in das brennende Haus hineingesprungen war, uns beide am Schlafittchen packte und unter Einsatz seines Lebens aus dem Feuer rettete.

Man rief nach uns und fotografierte uns mit Momme in allen möglichen drolligen Posen.

Momme zischte uns in einem kurzen, nicht interviewten Moment gestresst zu:

„Verschwindet, ich werde die nächsten Tage nicht dazu kommen, mit euch zu reden."

Wir trotteten mit hängenden Ohren zu unserer Kutsche zurück. So waren wir von Onkel Momme lange nicht mehr abgefertigt worden.

Unser Vehikel, der alte Polizeibulli, stand leise rostend und knisternd zwischen den Luxuskarossen der Medienfritzen.

„Nje ponjie manu", sage ich zu Kool.

„Hä?", sagte der, „ich hab dich nicht verstanden."

„Genau, du Ochse, du gibst dich als Polski aus und redest russisch mit den Leuten. Dass das keinem aufgefallen ist!"

„Ach, was du immer hast“, maulte Kool. Wir hörten von hinten einen LKW näherkommen, der uns mit aufgeregtem Hupen erschreckte. Die Müllabfuhr! Und zwar mit einem funkelnagelneuen, dem Aussehen nach garantiert jungfräulichen Müllwagen. Mir kam eine geradezu schändliche Idee, auf die mich Winfried gebracht hatte.

„Hey, Meister!“, rief ich dem Fahrer im Fahrerhaus zu. Der drehte gelangweilt das Fenster runter, genauer gesagt, er ließ drehen, denn das Ding hatte elektrische Fensterheber. Das war damals noch ganz was dolles.

„Watt willst du?“

„Meister, da hast du aber ein feines Auto. Aber ich glaub’, hier wirst du heute nix.“

„Wieso werd’ ich hier heute nix?“

„Na, guck dir das doch an. Die ganzen Presseheinis hier, du kommst doch gar nicht bis zu den Mülltonnen durch.“ Unschlüssig und arbeitsunlustig guckte der Fahrer zu dem 150 m entfernten Abfallhaufen hin, den er wohl auf Mommes’ Geheiß entsorgen sollte. Der Gedanke, sein wunderschönes neues Müllschlachtschiff, mit dem Dreck von Momme Kuckschief zu verunreinigen, war ihm sichtlich unangenehm.

„Meister, vielleicht können wir dir helfen“, sagte ich frech zu ihm.

„So?“, sagte er unschlüssig.

„Ja, lass uns erstmal reinkommen. Außerdem ist uns lausig kalt.“ Das stimmte, denn mittlerweile hatte ein veritabler Schneefall eingesetzt, der alles mit einem weißen Leinentuch zudeckte. Wir enterten das Fahrerhaus und machten nette Konversation mit dem Müllmann. Geschickt fischte ich eine Flasche von Momme Kuckschiefs Fusel aus meinem Rucksack und sie bot ihm an. Dass er zwischendurch einem Schluck nicht abgeneigt war, konnte man seiner Nase ansehen.

„Das ist ja ein feiner, neuer Wagen!“, sagte ich.

„Ja, und hat erst 300.000 km auf der Uhr."

„Hä?", sagte ich, „aber man sieht dem Wagen doch an, das da noch nie Müll rein entleert worden ist."

Der Fahrer grinste.

„Nö, seit 300.000 km schaffe ich es, mit dem Wagen durch die Gegend zu fahren und nicht eine Mülltonne zu entleeren. Entweder sind die Mülltonnen zu weit entfernt oder nicht da, wenn ich komme. Was auch daran liegen kann, dass ich dann statt dienstags einfach schon mal montags komme und so weiter und so fort. Hehe", machte er, und trank noch einen kräftigen Hieb aus der Buddel.

„Monometer, da habt ihr aber 'n feinen Job, man wird ja gar nicht dreckig dabei."

„Nee, dreckig wirst du dabei nicht. Ich hab Kollegen, die haben ihr Fahrzeug mit 2 Millionen km auf'm Buckel wieder zur Verschrottung gebracht. Ohne eine einzige Mülltonne da rein getan zu haben.

Da läuft'n interner Wettbewerb. Ist aber nur für die Unkündbaren. Wir sind unantastbar. Gewerkschaftsregel."

Kool und ich sahen uns an.

„Dann müssen die anderen eure Arbeit mitmachen?"

„Na klar, wir waren doch auch mal jung und mussten für die Alten knechten."

„Hey, hör mal, da könnten wir dir aber helfen."

„Wie wollt ihr mir helfen?"

„Na ja, der Wettbewerb wird doch sicherlich darüber gehen, dass ihr möglichst viele Kilometer ohne eine Mülltonnenentleerung macht."

„Na klar, selbstverständlich, ist doch 'ne tolle Idee für einen Wettbewerb."

"Ist euch dabei auch erlaubt, dass ihr Hilfe in Anspruch nehmt?"

„Ja selbstverständlich dürfen wir dabei Hilfe in Anspruch nehmen."

„Dann hätte ich da 'ne Idee. Schau mal, wir arbeiten nämlich in dienstlichen Angelegenheiten in Kiel, manchmal vielleicht auch in Berlin und in Nürnberg. Man hat uns den Dienstwagen gestohlen. Jetzt müssen wir mit einer, hrmmf, geliehenen Karre rumfahren. Gleichzeitig könnten wir dieses Auto, was ja nun in einem hervorragenden Zustand ist, wunderbar gebrauchen. Mit einer wöchentlichen Reisestrecke Kiel – Nürnberg – Berlin und hier nach Dithmarschen kriegt die Karre ja so viele Kilometer auf die Uhr, dass du garantiert Sieger wirst."

Verdattert blinzelte der Typ mit den Augen. Dass er die Weisheit nicht mit Löffeln gefressen hatte, sah man ihm an, sofern er überhaupt wusste, was ein Löffel war.

(Falls er nicht aus einer dieser hinterwäldlerischen Dithmarscher Familien stammte, wo man Besteck nicht kannte und die Teller in die Küchentischplatte eingeschnitzt waren. Diese Einrichtung hat mein Vater noch in den sechziger Jahren gesehen. Sie wurde tatsächlich und wahrhaftig noch benutzt!)

„Ja, aber zur Weihnachtsfeier, da brauch ich ihn. Bei der Weihnachtsfeier, da werden alle Autos gezeigt, es wird der Zustand kontrolliert, dass die Autos von innen auch garantiert sauber und unbenutzt sind und dann wird der Kilometerstand abgelesen."

„Na, famos, zu Weihnachten brauchen wir den Wagen sowieso nicht."

„Super, dann kann ich ja nun doch zur Weltreise aufbrechen. Es ist angeblich eine Weiterbildungsfahrt, deswegen auf Steuerkosten, aber man wird nicht sonderlich dadurch belästigt. Man muss sich nur in allen Städten einen Stempel der Müllabfuhr abholen." sagte er mit verschwörerischem Gesichtsausdruck.

„Und wenn es keine Müllabfuhr gibt? In Afrika zum Beispiel?"

„Dann hast du ein riesiges Problem. Du kommst nicht weg.

Jedenfalls würdest du auf den Reisekosten sitzenbleiben. Ein Kollege von mir soll seit Jahren in Bombay festsitzen."

"Keine Müllabfuhr?"

"Genau, gibt's da nicht. Bloß, wenn ich euch meinen Wagen gebe, wie komm ich jetzt von hier aus nach Hause?"

Ich zeigte auf den VW-Bus, Baujahr 1955.

„Siehst du den Oldtimer da? Den VW-Bus mit der geteilten Frontscheibe?"

„Oh, wow! So ein Ding hatte mein Vater gefahren. Angeblich wurden zwei oder drei von uns in so einem gezeugt. Weißt du, wir waren sechs Kinder."

Noch welche, die Erinnerungen an den guten alten VW Bulli haben - nicht nur die Natives in Amerika.

„Na, siehst du, das sind ja die reinsten Heimatgefühle für dich. Und außerdem bringt das Auto unter Eingeweihten schon wieder richtig Kohle. Also, wir machen einen Tausch: Solange wir mit deinem Auto fahren dürfen, darfst du mit unserem Auto fahren."

Wortlos reichte der Typ die Hand darüber, die wir beide inbrünstig schüttelten. Kool zog den Autoschlüssel für den VW-Bus aus der Tasche, den er hütete, wie seinen Augapfel. Immerhin ließ ich ihn den VW-Bus von Zeit zu Zeit auch einmal fahren. Dies war für Kool eine seltene Ehre, denn sein Fahrstil war unbeschreiblich...

Was mir in diesem Fall aber völlig egal war, denn bekannterweise war dieses Auto ja Wachtmeister Hansen gestohlen worden. Die Besitzverhältnisse dieses Fahrzeuges hatte ich schon berichtet. Es ging mir auch ziemlich weit am Arsch vorbei, ob Hansen für weitere Beulen an dem Auto, für dessen Diebstahl er ohnehin schon gebüßt hatte, noch weiter drangsaliert

wurde.

„Und wie soll ich euch benachrichtigen, wann die Weihnachtsfeier ist?“

„Rufst du einfach beim Ausländerarbeitsamt in Kiel an.”

Plötzlich wurde unser neuer Kumpel grün im Gesicht:

“Äh, Arbeitsamt?”

“Ja, Abteilung Interne Ermittlung. An die beiden Agenten 006K und 006V. Wir kommen dann,” erzählte Kool munter weiter.

Der Fahrer wurde jetzt ganz bleich:

„Ihr seid interne Ermittler vom Arbeitsamt?“

„Jaa, aber nur im Arbeitsamt, nicht außerhalb.“

„Ach so, dann bin ich ja beruhigt.“

„Wieso, arbeitest du etwa schwarz bei der Müllabfuhr?“

„Nein, aber ich hab ’ne Menge Bekannte, die nebenbei noch schwarzarbeiten. Das würde ich auch gern. Oder hättet ihr was dagegen, während ihr mit meinem Wagen fahrt? Ich meine, ich kann ja ohnehin nicht arbeiten, also offiziell. Und ich bin dann ja sowieso schon mal arbeitslosenversichert!“

Kool zuckte mit den Schultern.

„Ich glaube, in dem Fall können wir noch mal, hm, wie heißt das, Gnade vor Recht ergehen lassen.“

Ich nickte: „Ja, das sehe ich auch so. Arbeite ruhig schwarz nebenher. Erlaubnis erteilt.“

„Puuh, also, wenn ihr ’ne Nachricht kriegt von Müll-Müller, das bin ich, Fritz Müller, genannt Müll-Müller.“

„Alles klar, Fritz, lass dich nicht hetzen.“

„Nee, lasst ihr euch auch nicht hetzen.“

Ich enterte den Fahrersitz und ließ den Müll-LKW langsam rückwärts, von Momme Kuckschief Hofauffahrt herunterstoßen. Während ich rückwärtsfuhr, machte der LKW dieses

merkwürdige „Piep", das hinter dem Auto stehende Personen warnen soll. Der Wagen, der als letzter eingetroffen war und hinter uns parkte, rührte sich nicht. Obwohl deutlich zu sehen war, dass der Fahrer im Auto saß.

„Kool, regle das mal." Kool schwang sich aus der Fahrerkabine und ging auf den Medienfuzzi los.

„EY!", grölte er, „Fuzzi, sieh zu, dass du deinen Schlorren hier wegkriegst. Hast du nicht gehört? Der Wagen macht die ganze Zeit piep, piep, piep. Also, verzisch dich!"

Verängstigt guckte der Medienkerl hinter seinem Lenkrad hervor. Nun ist Kool mit seinen über 1,90m durchaus eine beeindruckende Figur, aber dem Volumen nach, dass der Kerl in dem Ü-Wagen hatte, war der auch nicht viel kleiner. Nur Kool stand mit drohend erhobenen Fäusten und zähnefletschendem Gesichtsausdruck vor dem Kerl. Ich sah diese Szene zwar nur im Rückspiegel, kannte aber Kools' Grimassen viel zu genau, um mich irgendwelchen Illusionen hinzugeben. Entweder brach der Typ in Tränen oder in Lachen aus.

Eins von beiden.

Je nachdem, ob er hartgesotten war oder ein Weichei. Kool machte noch einmal den Laut des rückwärtsfahrenden LKWs nach.

„Piep, piep, piep, piep, piep", und wedelte dabei mit den Fingern, wie wenn man eine Fliege vom Kuchen verjagen will. Und der Medienfuzzi fuhr dann kopfschüttelnd und eingeschüchtert weg.

◆ ◆ ◆

Haben Medienfuzzies Wechselunterhosen im Dienstwagen? Und was bezweckten unsere beiden, ahem, Helden mit dieser Aktion? Ein Auto verschwinden zu lassen, um dann ein neues zu klauen, ist doch eine ihrer leichtesten Übungen? Wozu den Müllwagen?

Dankbar sammelte ich Kool ein und wir fuhren in Richtung der großen Ortsumgehung Büsums los.

Kaum befand sich der fast vollgetankte LKW in ruhiger Fahrt Richtung Kiel, sprach mich Kool an.

„Ich ahne, was dir vorschwebt."

„Ja, klar, Kool, das liegt doch auf der Hand." Lachend schlug sich Kool auf die Schenkel und wir fuhren mit unserem neuen Arbeitsauto in den Feierabend irgendwo am Strand der Ostsee. Es lag etwas Schnee, aber wir grillten im Mondschein unsere Nackensteaks. Der Müllwagen hatte eine Standheizung. Zum pennen machten wir uns das in der Kabine bequem. Fritz hatte da vorgesorgt.

Am nächsten Morgen parkten wir bescheiden das Fahrzeug auf dem Parkplatz des Geschäftsführers und stiefelten dann als erstes zum Personalbüro, um die Fragen unseres uns zustehenden Parkplatzes, integer wie wir waren, als erstes zu klären. Und den Zuschlag für besonders schmutzige Arbeit.

„Moin, Winfried!"

„Moin Vossinski, moin Koolinski. Na, was macht die interne Ermittlung?"

„Ah, sie schreitet mit großen Schritten voran. Aber sag einmal, du hattest gestern gesagt, wir würden Schmutzzulage bekommen, wenn wir das einigermaßen plausibel machen könnten."

Scharf musterte er uns.

„He, Jungs, macht ja keinen Scheiß. Ihr wollt mich doch nicht etwa hoppnehmen?!"

„Nein, nein, nein, nein, nein. Keine Bange, Wilfried, von dir bekommen wir ja unser Gehalt. Das würden wir ja nie wagen. Nein, du hast doch gesagt, wenn wir das dokumentieren können, dass das nachvollziehbar ist, dass wir unter besonders schmutzigen Bedingungen arbeiten."

„Ja, nur hab ich schon eure Abrechnung fertig gemacht, die

müsste ich dann ja ändern."

„Nun, dann mach das doch einfach ab nächsten Monat, aber guck erstmal, ob der Beweis für dich ausreicht." Wilfried guckte aus dem Fenster und sperrte die Augen auf.

„Ach du Scheiße", sagte er. Dabei wurde er ganz bleich im Gesicht, „gar nicht gut!"

„Was, nicht gut?"

„Um Himmels Willen, ihr steht auf dem Parkplatz von Heinz, dem Chef!"

„Och, Wilfried, mach dir da keine Gedanken um. Vergiss nicht, wir sind interne Ermittlung. Und du glaubst gar nicht, was wir alles für einen Müll und Dreck aufwühlen können."

Winfried schluckte ein paar Mal und blickte uns ratlos wie ein Einsiedlerkrebs ohne Haus an.

Dann ergriff seine über 20 Beamtenjahre gewonnene Lethargie wieder Oberhand.

„Puh, stimmt, hast du auch wieder Recht. Ok, also, die Schmutzzulage ist erteilt." Wilfried hatte währenddessen unsere beiden Personalbögen hervorgezogen und kritzelte auf den Dingern herum.

„Wie viel kriegen wir denn dafür?"

„Oh, ihr dürft 'ne Stunde eher Feierabend machen und 750 Euro netto, bei eurer Steuerklasse."

„Apropos Steuerklasse, ist da nicht noch irgendwo was drinne?"

„Na ja, wie ich schon sagte, es gibt mehr Geld, wenn ihr Kinder habt und es gibt auch eine bessere Steuerklasse, wenn ihr Kinder habt."

„Oho!"

„Ja, das lohnt sich so ab mehreren Kindern richtig. Ich selber habe acht."

„Wow! Winfried! Acht Kinder!"

Kool machte ein strahlendes Gesicht: „Ich wüsste es auch gerne genau."

„Seit wann bist du kinderlieb, Kool? Das ist ja ein ganz neuer Zug an dir." Kool seufzte und zuckte die Schultern.

„Ich weiß auch nicht so recht, was in mich gefahren ist. Aber so 'ne satte Gehaltserhöhung ist auch schon mal nicht schlecht. Aber sag mal, Winfried, wo wir gerade dabei sind. Zählen auch angenommene Kinder dazu?"

Irgendwie hatte Kool einen lauernden Gesichtsausdruck bei der Frage.

„Du meinst, richtig adoptierte Kinder?"

„Ja klar, adoptierte Kinder."

„Ja – a, in gewisser Weise schon."

„Müssen diese Kinder in Deutschland leben?"

„Moment, das weiß ich gar nicht genau. Da kann ich ja noch mal nachschlagen."

„Winfried, tu mir einen Gefallen, schlag das mal nach, überprüf das mal, es könnte nämlich durchaus noch sein, dass ich einige Kinder habe."

„Wo das denn?"

„Na, in den ehemaligen Kolonien."

„Hä?", sagte Winfried.

„Er meint Namibia", sagte ich. Winfried guckte verwirrt von einem zum anderen.

„Na gut, da werd ich zwar jetzt nicht schlau draus, aber vielleicht werd ich das ja später verstehen."

„Wirst du bestimmt, Winfried, gaaanz bestimmt."

„Das macht bei euch, Moment, ja, auch noch mal so 150 Euro pro Monat aus. Bei eurem Einkommen würdet ihr jeder mit 5 Kindern keine Steuern mehr zahlen."

„Wow! Andererseits müsste man dann ja berücksichtigen,

wenn wir noch andere Zuschläge bekommen, dass wir dann ja wieder mehr Steuern zahlen müssen."

„Genauso ist es", sagte Wilfried fröhlich, „Aber dann müsst ihr euch halt 'n bisschen anstrengen, ich hab es ja auch gemacht. Ich verdiene fast so viel wie ihr jetzt und zahle keinerlei Steuern. Und weil ich Beamter bin, auch keinerlei Krankenversicherungsbeiträge. Ich muss mich zwar selber versichern, kriege das Geld aber fast voll vom Arbeitgeber zurück."

„Oho, Wilfried, wie kommt das eigentlich, dass du verbeamtet bist und wir nicht?"

„Weil ich mich schon frühzeitig für die Beamtenkarriere entschieden habe."

„Ich weiß gar nicht mehr, ob wir beide verbeamtet sind", sagte ich zu Kool.

„Jaa, da müsste man mal in der Personalakte graben."

Winfried guckte wieder von einem zum anderen. Dabei tippte er unschlüssig auf die Akten, konnte aber die Versuchung, etwas Außergewöhnliches zu entdecken, nicht aufbringen und schob den Gedanken beiseite. Außerdem begann in einer Stunde ja die Frühstückspause, warum vorher ein Fass aufmachen? Also:

„Ja, das müsste ich dann ja wirklich mal tun."

„Da wird sicherlich irgendwo ein Vermerk sein in unserer Akte, nicht wahr? Aber weil diese Akten natürlich geheim sind, kommst du da nicht ran, Winfried. Jedenfalls diesen Teil."

„Stimmt", sagte Winfried beruhigt, denn er hatte ganz offensichtlich keine Lust zu arbeiten: „An die Akten werde ich wohl nicht herankommen."

„Genau, dieser Teil ist in Nürnberg, und garantiert so tief vergraben, dass ihn niemand finden wird. Sollten wir auf einer unserer schwierigen Missionen getötet werden oder sonst wie verschollen sein, niemand wird uns suchen, niemand wird uns

vermissen.“

„Ja, und das Gehalt läuft bis in alle Ewigkeit weiter“, sagte ich. Winfried wurde bleich. Mein Instinkt brüllte geradezu auf. Da stimmte doch etwas nicht.

„Ist was, Winfried?“

„Nöö, nöö“, sagte dieser trocken schluckend.

Akten in Nürnberg und ein endlos weiterlaufendes Gehalt, das würde ja geradezu zwangsläufig Ermittlungen nach sich ziehen.

„Dir ist doch mit einem Mal so schlecht, das sieht man dir doch an.“

Kool stellte den handgearbeiteten Bastkorb für Papierabfälle Winfried auf den Schreibtisch. Den hatte Eva für ihn mal handgeklöppelt.

„Falls du kotzen musst, hier rein!“, sagte er.

Winfried guckte dankbar, obwohl Kool ihn verarschte, denn der löchrige Bastkorb war als Auffangbehälter für seinen Mageninhalt ungeeignet.

Wir ließen Winfried mit seiner plötzlichen Übelkeit und der umgekehrten Peristaltik seiner Speiseröhre alleine, und verzogen uns in unser Büro. Als ich sowohl die Tür zum Vorzimmer als auch zum Flur sorgfältig geschlossen hatte, baute ich mich mit verschränkten Armen vor Kool auf.

"Mich ödet das Verpissen, Nichtstun und die Suche nach Extraeinkommen tierisch an. Das ist nicht mein Lebensstil. Jetzt, mal so zum Spaß, na gut. Aber, mein lieber Kool, hier ist irgendwas oberfaul. Hier hat doch jeder irgendwie Dreck am Stecken. Hast du dir die Reaktion von Winfried eben genau angeschaut? Da fehlte nicht viel, und er hätte sich in die Hose gemacht.“ Kool grinste.

„Wir sind die interne Ermittlung.“

Ich schüttelte den Kopf: "Da ist noch etwas anderes im Argen."

„Ja, außerdem müssen wir uns überlegen, was wir mit dem Altnazi da unter unserem Schreibtisch machen."

„Na ja, mit Massenmördern wissen wir ja mittlerweile umzugehen."

„Ja, aber nur mit angehenden, Kool, denn meines Wissens ist noch keine der Atombomben von Onkel Wu explodiert."

„Na gut, ok, mit angehenden Massenmördern. À propos Wu, was meinst du, ob wir ein paar Sachen aus unserer Wohnung holen können?"

„Da sollten wir sehr vorsichtig sein. Wenn Wachtmeister Hansen auf die Idee kommt, unsere Wohnung überwachen zu lassen, sind wir geleimt."

„Stimmt, außerdem, wir müssen uns jetzt um die Mumie kümmern. Ich hätte ja nicht übel Lust, den Kerl zu verbrennen. Erstens merkt der nichts mehr und zweitens wäre das doch ne prima Idee. Dann ist er weg."

"Ich habe für den da nicht den Ansatz eines Hauchs von Mitleid über. Meinetwegen hätte er sich in den Bauch schießen können, dieser Lump. Und jammernd verrecken."

"Und die ganze Welt meinte, Bormann, Mengele, oder wer das auch ist, hätte sich nach Buenos Aires abgesetzt und wäre dort eines friedlichen Todes gestorben."

„Tja, eine historische Sensation. Nur, wenn wir jetzt damit auftauchen, fliegt unsere Tarnung auf."

„Stimmt. Und das können wir im Moment am wenigsten gebrauchen. Aber zur Abschreckung für die 'Kollegen' sollten wir ihn aufstellen. Wie machen wir das in der Vitrine?"

„Es gibt zwei Möglichkeiten: Wir schieben ihm einen Stock in den Arsch"

„Igitt!" sagte Kool, der bekanntlich sonst vor nicht zurückschreckte.

„ oder wir schieben ihm 'n umgekehrten Besen hinten ins

Jackett."

„Das ist schon besser." Wir zogen die Mumie unter dem Tisch hervor und richteten seine knisternden Knie wieder gerade aus. Dann schoben wir ihm hinten in das Jackett einen umgedrehten Besen hinein, den wir auf seine Rückenlänge kürzten, so dass er jetzt in der Vitrine halbwegs aufrecht stehen konnte. Ein bisschen angelehnt, an die linke Seite. Da er auch den Kopf auf die linke Schulter gelegt hatte, sah das nur zu natürlich aus, dass er sich auf die linke Schulter lehnte. So sah das Ganze ganz famos und beeindruckend aus. Für Spitzbuben erschreckend. Doch das sollte es sein.

Wir wollten ja nicht das Amt durch die Mangel drehen, sondern nur unsere Ruhe haben und Gras über unser Kerbholz wachsen lassen. Und hoffen, das kein Kamel das Gras wegfraß.

In die Vitrine legten wir einen Zettel, auf den wir schrieben: "zur Wahrnung an alle ".

Außerdem, auf mein Geheiß hin, versuchten wir mit dem vertrockneten Papier Klebestift aus dem alten Schreibtisch das blöde Hakenkreuz auf dem Knopf der braunen Uniform mit einem Cent großen Stück Pappe abzudecken. Denn das mochten wir nicht leiden.

Währenddessen im Büro von Winfried:

Winfried saß zitternd an seinem Schreibtisch. Seine Sekretärin Eva kam herein und trug einen großen Pott Kaffee vor sich her.

„Winfried", sagte sie beruhigend,

„ich glaub, mit den beiden Jungs Koolinski und Vossinski kann man sprechen. Hab doch keine Angst."

„Ach, Eva", sagte er,

„du glaubst gar nicht, wenn die dahinterkommen"

„Ach Winfriedi, meinst du, die suchen nach Liebesgeschichten im Amt?

„Ach, Eva!“ wimmerte er, „ich hab ja nur Angst, das du mit unseren Kindern...“

„...mit deinen unehelichen Kindern“, unterbrach Eva spitz, „wo du zu feige warst, sie deiner Frau zu beichten.“

„Ja“, wimmerte Winfried, „ich war feige“

„Weißt du was“, sagte Eva,

„ich werde den beiden Kerlen oben einen Besuch abstatten. Ich werde den beiden Burschen mal auf den Zahn fühlen.“

„Ja, Eva, mach das“, wimmerte Winfried wieder.

„Ich muss mich erstmal beruhigen und meine Herztabletten nehmen.“

„Hier“, sagte sie, „mein Lieber“.

Aus ihrer Handtasche holte Eva eine Schachtel und schob sie ihm über den Tisch. Hastig schluckte Winfried einen seiner Beruhigungsdragees und zur Sicherheit halber drei weitere gleich hinterher.

Dass Eva das Büro verließ, bekam er schon gar nicht mehr mit, denn sein Kopf sank beduselt auf die Schreibtischunterlage.

Eva marschierte mit dem entschlossenen Schritt von Menschen, die eine Mission haben, die Treppe zum Büro von Kool und Voss herauf. Das Vorzimmer war leer. Eva sah sich um und lauschte. Aus dem großen Büro der beiden verdeckten Ermittler kam angestrengtes Stöhnen, Zerren und Schnaufen.

Vorsichtig linste Eva durch das Schlüsselloch. Erst nach ein paar Sekunden erkannte sie erschrocken, was die beiden Bengels dort trieben: Sie trieben mit einer Leiche Schabernack!

Dann schoben wir den mumifizierten Leichnam, der immer noch leise vor sich hin knisterte, weil er sich noch nicht an seine neue aufrechte Haltung gewöhnen mochte, in die Vitrine. Diese schlossen wir mit Vorhängeschloss und Schlüssel ab. Mich irritierte, dass merkwürdige Geräusche aus dem Vorzimmer kamen. Ein ganz merkwürdiges Klappern, als ob

künstliche Zähne aufeinanderschlugen. Ich dachte mir nichts weiter dabei.

Eva kehrte mit klappernden Zähnen in das Personalbüro zurück. Aufschluchzend setzte sie sich an ihren Schreibtisch.

„Was", stöhnte Winfried noch halb betäubt, „ist?"

„Die beiden von der Inneren, die beiden von der Inneren, oh Winfried, du glaubst nicht, was ich gesehen habe."

Winfried wurde bei dem merkwürdigen Verhalten von Eva schlagartig wach. „Was hast du gesehen?"

„Die beiden haben unter dem Schreibtisch einen Leichnam hervorgezogen, ihm einen Besen hinten reingesteckt und ihn dann in die Vitrine gestellt.

"Soll der Sauhund doch hier rumstehen," haben die beiden gesagt. Die beiden müssen ja unendlich harte und scharfe Hunde sein." Aufstöhnend griff Winfried wieder nach dem Fläschchen mit den Beruhigungspillen und zog sich dann in einen Besprechungsraum zurück, wo er auf dem Boden kniete und vor sich hin schluchzte.

„Oh, großer Gott der Bürokratie, heiliger, heiligster Sankt Hippofunghi, ich werde dich nie wieder bescheißen" schwor er, auf den Knien liegend und die verschränkten, gefalteten Hände in Richtung Brüssel zeigend, langsam auf- und abschwenkend.

Dann machten sich unsere beiden Helden mit ihrem tadellosen Mülltransporter auf den Weg zu ihrer Unterkunft am Strand.

◆ ◆ ◆

Evas' prüfender Blick lugte wieder durch das Schlüsselloch und fand das Großraumbüro der Beiden von der Innenrevision leer. Winfried stand mit schlotternden Hosen daneben.

„Du meinst wirklich, dass wir hier in das Büro hinein sollen?"

„Na klar, warum werden denn wohl in deinem Büro die Zweitschlüssel aufbewahrt, wenn nicht für solche Fälle. Her damit!"

Inzwischen hatte Eva wieder Mut gewonnen und die Initiative ergriffen. Zielstrebig, wie sie war, hatte sie nicht nur die Kinder von Winfried bekommen, sondern auch seine Steuerung übernommen. Selbst der beste Personalchef braucht eine feste Hand, die ihn führt. Und Eva hatte beschlossen, dass sie diese feste Hand sein wollte.

Eine sichere Hand öffnete mit einem Nachschlüssel die Tür zum Büro von Kool und Voss, nachdem die Dunkelheit hereingebrochen war.

Leise schlossen sie die Tür auf und inspizierten das Innere des Büros. Die Altvorgänge, die noch auf Müllers Schreibtisch lagen, hatten Kool und Voss mittlerweile weggeräumt, nur noch die Mumie des vermutlichen Bormann oder des SS-Arztes Mengele stand leise knisternd in ihrem gläsernen Sarg.

Die beiden Gestalten schlichen sich in das Büro. Das nur von dem Widerschein der Straßenlaterne beleuchtete Büro. In dem es schon seit vielen Jahren schon so merkwürdig gerochen hatte.

„Schau", sagte Eva

„so, wie ich es gesagt habe. Die haben hier eine Leiche angeschleppt. Von irgendeinem armen Kollegen aus einem anderen Arbeitsamt, und haben ihn hier auf einen Stock gespießt zur Warnung an die anderen hingestellt.

Und schaue, was auf dem Zettel steht: „Eine WaHrnung für alle..."

„..mit drei Punkten und Warnung mit großem "H" geschrieben. Oh Eva", schluchzte Winfried, „ich glaube, das sind ganz besonders ausgekochte Hunde! Wenn sie WaHrnung, siehst du nicht dieses Wortspiel „WAHR" an die Mumie eines Menschen kleben, die sie in ihrem Büro aufstellen: Die schrecken vor nichts zurück, da kannst du sicher sein!"

„Eva, was du auch immer denkst. Dass die beiden Kerle ja zwei ganz durchtriebene Gestalten sind, hab ich mir schon lange gedacht."

Eva grinste ihn mit einem verschmitzten Augenaufschlag an.

„Ja, das hast du dir ganz gewiss gedacht."

„Umpff", machte Winfried,

„wir müssen doch hier irgendwie Unterlagen von diesen beiden Kerlen finden. Und dort finden wir vielleicht irgendwie etwas, womit wir die beiden in die Hände bekommen können. „

„Das wären nicht die ersten von der Inneren, die wir auf den rechten weg bringen, denk daran." Dann verschwanden die beiden.

Noch am selben Abend schrieben die beiden diverse E-Mails an ihre Kollegen im Hause, um sie zu warnen.

Manche allerdings bekamen keine E-Mail. Die hatten sich irgendwann die Feindschaft von Winfried und Eva erworben.

Am nächsten Morgen trafen sich Eva und Winfried ganz unbewusst pünktlich zu Dienstbeginn, was normalerweise im Amt nicht die Regel war, in ihrem Personalbüro.

„Ich habe nachgedacht", sagte Winfried. Auf Deutsch dachte Eva:

„Du hast die fünf Minuten vor'm Einschlafen dir den Kopf zergrübelt und hast dann ruhig und selig die Nacht durchgeschnarcht."

„Ich habe nachgedacht", wiederholte Winfried,

„wir müssen die beiden mit ausgesuchter Höflichkeit behandeln. In jeder Form zuvorkommend und müssen versuchen, sie auf die Spur der anderen zu lenken. Irgendwann werden die Jungs doch mal aus ihrem Blutrausch aufwachen, und das wird hoffentlich sein, bevor sie uns auf die Schliche gekommen sind."

„Das ist eine gute Idee", sagte Eva, „und vielleicht", sagte sie,

„machen sich die Jungs ja auch irgendwie erpressbar. Schon alleine die Geschichte mit dem Mülltransporter." Winfried plinkerte mit den Augen.

„Du Eva, nicht, dass du das falsch verstehst, aber das gibt die Besoldungsrichtlinie für Beamte durchaus her. Allerdings fällt mir ein, da es sich da ja zweifelsohne um ein Dienstfahrzeug handelt, muss ich ihnen ja noch die Entfernung von Privatfahrten zwischen Wohn- und Arbeitsstätte wiederum vom Gehalt abziehen. Gut, dass du mich darauf gebracht hast. Und, so 'ne kleinen Korrektheiten

werden die beiden Herren sicherlich zu schätzen wissen als Ermittler von der inneren Revision."

Eva lächelte listig.

Etwa dreieinhalb Stunden später kamen die Herren Koolinski und Voosinski, Agent 006K und 006V, ohne die Lizenz zu töten, aber mit der Lizenz zu grillen auf den Hof des Arbeitsamtes gefahren. Da die Frage des freien Parkplatzes noch immer nicht geklärt war, planten sie wieder quer über die Parkplätze der Geschäftsführer und stellvertretenden Geschäftsführer zu parken, was ihnen aber durch den größeren Diensteifer dieser Herren vermasselt wurde: Diese waren nämlich schon früher zum Dienst eingetroffen. Also stellten sie sich quer hinter deren Fahrzeuge.

Kaum waren wir in den 5. Stock geklettert und hatten uns einigermaßen bequem eingerichtet auf unseren Sesseln, klingelte auch schon das Telefon. Unsere Vorzimmer – Steffi.

„Ihr sollt zu Winfried kommen, der hat irgendetwas für euch!"

„Schon wieder? Schon wieder 'n Gehaltszuschlag?" maulte Kool.

„Ich kann's nicht aushalten, wohin nur mit der Kohle." Steffi lachte.

„Na, so schlimm kann's doch wohl bei euch auch nicht sein."

„Nee, aber es könnte noch schlimmer werden", unkte Kool.

Kraftlos trotteten wir die Treppe herunter, denn unser neues Fahrzeug hatte gerade in den frühen Morgenstunden eine erste Beschädigung seiner Jungfräulichkeit erlitten. Irgendein besoffener Penner hatte eine leere Pommes Frites Schale mit Ketchup- und Majo-Resten darauf in die Ladeschale unseres exklusiven Edelgefährtes geworfen. Erschwerend kam hinzu, dass Kool bei seinen trunkenen Ausparkversuchen das Fahrzeug des Nachbarn gerammt hatte. Zwar hatte unser wunderschöner Mercedes außer einem Kratzer an der stählernen Stoßstange nichts davon getragen, aber der, wenn auch kleinere Mercedes unseres Nachbarn, ein zweisitziges Coupé, war von

Kotflügel zu Kotflügel an der Fahrerseite aufgerissen. Etwas, was man selbst mit etwas Spachtel und Lack nicht überdecken konnte. Denn man konnte die Innenverkleidung der Türen sehen. Obwohl wir eigentlich pünktlich waren, hatten wir bei der Herumdiskutiererei mit dem Nachbarn wertvolle Zeit verloren.

„Jungs“, eröffnete uns Winfried,

„schlechte Nachrichten.“

„Was nu’?“, sagten Kool und ich erschrocken.

„Ich muss euch für eure Heimfahrten 30 Cent pro Kilometer von eurem Gehalt abziehen. Für die private Nutzung.“ Wir beruhigten uns gleich wieder und Kool ging sofort zum Gegenangriff über.

„Herjemine, da lohnt es sich ja bald gar nicht mehr, zur Arbeit zu kommen. Etwas Neues in Sachen adoptierter Kinder im Ausland? Die auch im Ausland leben?“

„Oh ja!“, sagte Winfried.

„Also, ich habe hier einen Gerichtsbeschluss gefunden, wenn einer von euch ein Kind im Ausland hat, das bei der Mutter wohnt, aber von euch mit Geld unterstützt wird, dann könnt ihr das bei eurer Steuererklärung geltend machen und wenn ihr das bei eurer Steuererklärung geltend macht, dann werdet ihr auch dementsprechend höher besoldet.

„Das hört sich ja lustig an“, sagte Kool, „ich habe nämlich einige Kinder in Afrika."

„Aber bestimmt nicht mehr als ich“, grinste Winfried. Kool betrachtete ihn abschätzend.

„Mal sehn."

„Was meinst du mit “mal sehn“? Entweder hast du oder hast du nicht?“

„Ich weiß es nicht genau“, sagte Kool.

„Naja“, sagte Winfried, „das brauch ich dann ja nicht zu kom-

mentieren, nicht wahr?“

„Nö, lass mal. Ich werd dir schon die entsprechenden Geburtsurkunden reinreichen.“

„Aber bitte keine Geburtsurkunden auf Kellnerblocks."

Trocken fragte Kool:

„Reicht’n Bierdeckel?“ Resigniert ließ sich Winfried wieder hinter seinen Schreibtisch fallen.

„Ach so, und noch eins. Hier sind eure Parkausweise. Ihr kriegt die Parkplätze vier, fünf und sechs.“

„Welche sind das?“ Kool und ich sahen aus dem Fenster.

„Da stehen aber noch welche drauf.“

„Ab morgen nicht mehr, dafür sorge ich.“

„Und du meinst, das kriegst du mit dem Geschäftsführer und seinen beiden Stellvertretern hin?“ Winfried grinste mich diabolisch an.

„Vossinski, Agent 006K oder V, was meinst du, was hier in diesem Hause der Personalchef für eine Macht hat?“ Ich grinste ebenso diabolisch zurück.

„Na, meinen Segen hast du.“

„Und wo parken der Chef und seine Stellvertreter?“

„Ach, die müssen in Zukunft einmal um’s Haus laufen.“

Kool nickte.

„Okay, dann haben wir ja unseren uns zustehenden Parkplatz. Auch an der entsprechenden Stelle.“

„Ja, es hat auch seinen logischen Grund. Es gibt sonst nur Zweier-Parkplätze. Die drei Parkplätze vom Chef und seinen beiden Stellvertretern liegen einfach nebeneinander. Und davon gibt es hier bei uns nicht so viele. Überall sonst ist da ein Baum dazwischen gepflanzt oder so ein hässlicher Bügel, damit man an der Stelle eben nicht parken kann.“

„Ich hoffe, deine Argumente dringen auch wirklich bis in die

Seelentiefe unserer Vorgesetzten ein. Na ja, genauer gesagt sind es ja deine Vorgesetzte, denn wir von der Inneren…“ Kool machte eine Pause.

„Stehen ja über den Dingen“, beendete ich. Jetzt zuckten Winfried und Eva wieder zusammen. Ich fragte mich mittlerweile, was diese beiden wohl für ein fieses Geheimnis miteinander verbargen.

◆ ◆ ◆

Ich muss an dieser Stelle auch einmal eine Lanze für meinen Freund Kool brechen. Über dessen hier getreulich berichtete Herzensbrecherfähigkeiten haben mich etliche Schmähschriften erreicht. Wie es denn angehen könnte, dass ich so einen Freund hätte. Nun, es verhält sich mit dem Kool so: Er ist sicherlich nicht einer der bestaussehendsten Männer, aber in Gegenwart von Frauen geht ein ganz merkwürdiger Ruck durch diesen Mann:

Er hört auf zu popeln, sich am Hintern zu kratzen, hat stets ein feinsinniges, zurückhaltendes Lächeln auf den Lippen und benimmt sich mit einer dermaßen zuvorkommenden Höflichkeit, dass der ganze Typ wie ausgewechselt ist. Und er hat eine Fähigkeit, die verblüffend ist. Er ist in der Lage, seine drei oder vier gleichzeitigen Freundinnen verwechslungsfrei bei ihrem richtigen Namen anzusprechen, ohne auf solche Notnamen wie „Schatzi“, „Liebste“ oder „Süsse“ zurückgreifen zu müssen. Er macht also das genaue Gegenteil. Er macht also nicht das Bild eines Draufgängers, sondern das ganz genaue Gegenteil davon. Er bringt sogar Blumen mit und macht keine anzüglichen Andeutungen, kurz, er macht sich für die Damen interessant und benimmt sich zurückhaltend. Das ist eines der Geheimnisse von Kool.

◆ ◆ ◆

Als wir noch im Büro von Winfried aus dem Fenster schauten,

erschraken Kool und ich gemeinsam beim Anblick von Wachtmeister Hansens' Tin Lizzy. Die war etwas versteckt auf dem Besucherparkplatz geparkt, so das sie nicht gleich sichtbar war.

„Da soll mich doch dieser oder jener…", murmelte ich und Kool nickte dazu mit angespanntem Gesichtsausdruck.

„Verdammte Scheiße, wie hat der uns denn gefunden?"

„Keine Ahnung."

„Ach", sagte Winfried, und legte uns von hinten die Hände auf die Schultern, als er von hinten an uns herantrat, „da ist übrigens ein Wachtmeister Hansen, der nach euch fragt."

„Wieso fragt der nach uns? Wir sind doch undercover."

„Keine Ahnung, irgendwas will der von euch wissen. Hier bei mir im Personalbüro war der auch schon zweimal und hat nach euch gefragt. Aber ihr habt ihn merkwürdigerweise jedes Mal verpasst."

„Reines Glück", murmelte Kool aus dem zusammengepressten Mundwinkel, „reines Glück."

„Gut, Winfried", sagte ich, und schnappte mir den Parkausweis,

„dann werden wir jetzt mal versuchen, Wachtmeister Hansen zu finden. Wenn er zwischenzeitlich hier wieder auftaucht, schick ihn in unser Büro." Wir verschwanden aus Winfrieds Büro und versteckten uns in der Besenkammer, die wir als geheimes Besprechungszimmer für uns auserkoren hatten. Vorher vergewisserten wir uns mit einem Rundblick, dass uns niemand belauschen konnte, schlossen die Tür und guckten uns dann an.

„Kool, was meinst du? Den Hansen auf die Hörner nehmen wie den berühmten Stier?"

„Ich glaube, das ist das einzig Richtige, was wir jetzt machen können. Voss, wir tragen Vollbärte, haben dicke schwarze Augenbrauen und Glatzen. Wir sind getarnt."

“Und so wie ich Hansen kenne, wird der nicht lockerlassen, und dreimal am Tag hier auftauchen. Jedes Mal ein bisschen wütender. Irgendwann laufen wir ihm in die Arme und unsere Karten werden mit jedem Mal schlechter. Seine Laune auch. Abgesehen davon wäre er garantiert nicht alleine hier aufgetaucht, sondern mit einer ganzen Armada, um uns zu fangen, wenn er wirklich wüsste, wer wir sind.“

Im Geschwindschritt machten wir uns auf den Weg zu unserem Büro und wurden in unserem Vorzimmer gleich von unserer Sekretärin vorgewarnt.

„Dort wartet ein Wachtmeister auf euch.“

„Ich weiß, wir haben ihn schon kommen sehen. Keine Störung, bitte." Wir rein in das Zimmer. Wachtmeister Hansen stand sinnierend vor der Mumie. Er schrak zusammen, als wir hereinplatzten.

„Oh“, sagte er, „die Herren Koolinski und Vossinski, die beiden angeblichen Erntearbeiter.“

Jetzt galt es aber, kaltes Blut zu bewahren.

„Genau. Wachtmeister Hansen, wenn ich mich recht erinnere.“ Er lauschte meiner Stimme nach.

„Euer Deutsch war bei unserer letzten Begegnung aber sehr viel schlechter. Und die Bärte sind auch gewachsen!“

„Tarnungsgründe, Hansen, Tarnungsgründe. Nehmen Sie Platz." Ich wies ihm den unbequemen Stuhl am Besprechungstisch zu. Kool und ich setzten uns ihm gegenüber.

„Also, Sie haben uns hier aufgespürt. Hat unsere Sekretärin Sie mittlerweile über unsere Deckidentität aufgeklärt?“ Hansen schüttelte mit dem Kopf.

„Ähh, Deckidentität?"

"Gehören Sie denn nicht zur Ermittlungsgruppe der Kieler Staatsanwaltschaft zur Aufdeckung von illegalen polnischen Erntehelfern? Die nach Deutschland geschmuggelt werden, um hier für Hungerlöhne zu arbeiten?“

„Erntehelfer? Wie?“

Kool und ich schoben fast gleichzeitig unsere Dienstausweise über den Tisch. Erstaunt blickte er von den Ausweisen zu unseren Originalgesichtern und wieder zurück.

„Uff“, sagte er niedergeschlagen, „ich hatte den leisen Verdacht, euch für jemand anderes zu halten.“

“Tja, das ist unsere Aufgabe“, grinste Kool,

„als verdeckter Ermittler muss man unauffällig sein, in der Menge verschwinden und Alltagsgesichter haben. Wir beide sehen nun mal aus wie polnische Erntehelfer. Also sind wir von Nürnberg damit beauftragt worden, hier ein wenig verdeckt zu ermitteln. Neben noch diversen anderen Tätigkeiten hier im Arbeitsamt.“ Hansen blies die Backen auf.

„Da hab’ ich mich ja völlig vergaloppiert“, gab er zu.

„Inwiefern?“

„Ich habe euch für zwei flüchtige Verbrecher gehalten, die ich von Dithmarschen nach Kiel und von Kiel nach Dithmarschen verfolgt habe, über mehrere dutzend Jahre. Aber nie habhaft werden konnte. Und die euch gleichen, naja, bis auf’s Haar. Denn die beiden Kerle haben Haare, und ihr ja nicht.“

„Stimmt, auffällig“, grinste ich, und strich mir über meine Glatze.

„Aber vielleicht können wir dir ja auch in dieser Angelegenheit helfen. Du weißt schon, so durch die kalte Küche. So, wie man von Amtsschimmel zu Amtsschimmel wiehert.“

„Dann nehmt doch mal das Lokal von diesen beiden Verbrechern unter die Lupe. Das ist die „Chinacat." Angeblich ein chinesisches Nobelrestaurant, in dem sich die High Socicty und Schickeria der Landesregierung trifft. Aber gleichzeitig treiben sich da auch Agenten von der CIA, vom russischen Geheimdienst und von der chinesischen Auslandsabwehr herum. Neben diversen anderen Geheimdiensten, deren Namen und Abkürzungen mir jetzt nicht einfallen. Entweder ist das Ding eine reine Schickeriabude, was ich bei der Herkunft der beiden Besitzer fast ausschließen möchte, oder es handelt sich um ein kriminelles Spionagenest."

„Ein kriminelles Spionagenest", überlegte ich laut, „was können wir da finden? Nun gut, vielleicht illegal Beschäftigte in der Küche. China Cat, heißt der Laden? Nie gehört."

Insgeheim wusste ich natürlich genau, das wir alle Mitarbeiter in der China Cat ordentlich angemeldet hatten, mit allen Papieren. Da wurde in Deutschland zuviel kontrolliert, das würde innerhalb eines Monats zu richtig Ärger führen. Bei aller Raubrittergesinnung, die mir von den Vorfahren vererbt war, man kann nicht alle gleichzeitig… überlisten.

„Hm, da ist sicherlich illegale Beschäftigung zu finden. Aber habt ihr denn mit 'ner Razzia nichts ausrichten können?" fragte Kool.

Hansen blies den Atem aus.

„Ha, was denkt ihr denn? Die beiden Kerle werden von höchster Regierungsseite geschützt. Wenn die Regierung die Hand drüber hält, brauchen wir schon hieb- und stichfeste Beweise im Vorwege, bevor wir was ausrichten können."

„Ist es so?"

Hansen nickte.

„Genauso ist es. Sonst brauch ich mich gar nicht bei meinen Vorgesetzten zu melden."

„Und warum bist du so hinterher hinter den beiden?", fragte Kool. In Kools Augen glomm etwas Unheimliches, von dem ich nicht wusste, ob ich mich davor fürchten oder in Lachen ausbrechen sollte.

„Das ist eine lange Geschichte."

„Also vermutlich was Persönliches, wenn du die beiden schon mehrere Dutzend Jahre jagst."ergänzte ich.

Hansen nickte.

„Wenn ich die beiden Lumpen zu fassen kriege." Er zeigte seufzend auf seinen vereinsamten, einzelnen grünen Pickel auf der Schulter. Der niedrigste Rang, den ein Polizist haben kann und den er quasi mit Bestehen der Polizeischule verliehen bekommt. Wachtmeister eben.

„Die beiden lassen mich ständig dumm dastehen und haben schon so manches Mal ihre eigene Verhaftung vereitelt.“

„Also sind die beiden dir über?“, sagte Kool genüsslich. Hansen rutsche ob dieser direkten und fast schon intimen Frage auf dem Stuhl hin und her.

„Nuuuun?“, frage ich langgezogen. Hansen guckte von Kool zu mir und zurück zu Kool.

„Nun ja, offensichtlich werdet ihr mir nicht helfen, wenn ich euch nicht darüber klare Antwort gebe.

Tja, es ist so: Die beiden haben es immer wieder geschafft, mir ein Schnippchen zu schlagen. Also wurde ich bei sämtlichen Beförderungen übergangen. Wenn ich es schaffe, die beiden zu fassen, hat mir der Polizeipräsident zugesagt, werde ich auf einen Schlag nach oben befördert. Soweit wie der Durchschnitt meiner Kollegen von der Polizeischule auch. Die sind alle mindestens sechs Rangstufen über mir. Und das Gehalt bekomme ich auch in voller Höhe nachgezahlt.“

„Oho, wie viel wäre das denn?“

"Bei den dreißig Jahren Dienstzeit ungefähr mit dem dreifachen Gehalt von dem, was ich jetzt bekomme, mit Zins und Zinseszins aufgelaufen, ohh, irgendeine Summe zwischen 'ner halben und einer Million, schätze ich mal. Abzüglich Steuern.“

„Uihh“, pfiff Kool,

„das ist ja mal 'n Jackpot...“

„...und ein Anreiz“, ergänzte ich.

„Wenn es uns also gelingt, Kool und Voss ans Messer zu liefern, quasi mit einem Geständnis, wie würde sich deine Dankbarkeit dann ausdrücken?“, fragte Kool, wobei er Daumen und Zeigefinger gegeneinander rieb.

Hansen guckte uns wieder abwechselnd lange an. Dann nickte er und sagte:

„Wenn ihr das schafft, ein Geständnis von den beiden über sämtliche Straftaten, dann machen wir fifty, fifty."

„Fifty, fifty", das ist doch ein Wort. Das möchten wir gerne schriftlich haben." Kool ging zu seinem Schreibtisch, holte einen karierten Block und einen Kuli und legte ihn vor Hansen hin.

„Schreib das auf."

„Ihr geht aber ran", staunte Hansen.

„Wir sind ja nicht zum Spaß hier", sagte ich. Misstrauen zog in Hansens' Augen.

„Den Spruch benutzen die beiden Kerle auch immer."

„Naja, wenn man so undercover arbeitet, kriegt man so einiges mit."

Hansen schrieb gehorsam auf den Block:

'Hiermit versichere ich, Wachtmeister Hansen, an Eides statt, dass ich Vossinski und Koolinski fünzig Prozent meines Gehaltes abgebe, wenn es den beiden gelingt, Kool und Voss zu einem Geständnis zu bringen.'

Als er seinen Namen daruntergesetzt hatte, stutzte er kurz und sagte:

„Merkwürdig, diese Namensgleichheit."

Kool grinste.

„Naja", sagte er, „da haben wir uns schon was dabei gedacht."

So schieden wir von Hansen fast als Freunde. Und das, wo Kool bei den letzten Begegnungen mit Hansen deutliche Beißreflexe gezeigt hatte.

Ich wunderte mich über dieses geläuterte Verhalten Kools.

„Du brauchst mich gar nicht so zu mustern“, knurrte Kool.

„Wir zwei werden auf jeden Fall auch halbe, halbe machen, damit dir das klar ist. Nichts, von wegen 60:40 oder gar 70:30.“

Sah man mir das so deutlich an? Kool grinste diabolisch.

„Ich kenn deine Sehnsucht nach Geld."

„Deshalb brauchst du aber nicht so die Zähne zu fletschen, du Aas.“

„Ach, halt den Sabbel. Lass uns lieber überlegen, wie wir aus der Mumie von Bormann noch ein bisschen Geld rausschlagen.“

„Hm, können wir ihn bei Ebay verhökern?“

„Mensch, das ist doch die Idee.“

„Ja, andererseits, wir dürfen bei Ebay doch keine ausgestopften Tiere verkaufen. Also Tierpräparate. Und auch keine menschlichen Einzelteile. Auch keine national-sozialistischen Symbole oder so’n Quatsch.“

„Nun, Kool, überleg doch einmal. Würdest du Bormann als einen Mensch bezeichnen?“

„Den? Niemals. Für den hätte ich alle schlimmeren Bezeichnungen, aber als richtigen Mensch würde ich den nicht bezeichnen.“

„Siehst du. Also ist der schon mal kein Mensch. Als nächstes: Ist der Kerl denn in irgendeiner Form ein nationalsozialistisches Symbol, wie ein Hakenkreuz, oder ähnliches?“

„Na, die hat er ja an seiner Uniform.“

„Gut, die müsste man entfernen. So, wie wir das mit den Papierschnipseln schon gemacht haben. Oder übermalen. Damit wäre das auch erledigt. Und ’n ausgestopftes Tier ist er auch nicht. Er ist eben ein Unmensch.“

Kools Augen begannen zu glänzen.

„Voss, manchmal bist du genial.“

Unsere beiden Helden Kool und Voss verließen ihr Büro und fuhren mit ihrem merkwürdigen Fahrzeug zu ihrem Unterschlupf. Am Strand der Ostsee, dort, wo man mit so einem Riesenkoffer von Müllwagen über Nacht bleiben konnte.

◆ ◆ ◆

Zögernd fragte Kool: „und wenn es nicht Bormann oder Mengele ist, sondern…, “ während er unsere Nackensteaks auf dem Grill wendete.

„Wir äußerst vorsichtig mit der Mumie umgehen und uns auf keinen Fall aus der Deckung begeben,“ antwortete ich mit vollem Mund.

So trauten wir uns nicht, die Mumie einfach aus dem Amt zu schleppen. Dabei hätte uns jemand schnappen können. Feinde hatten wir genug. Also blieben wir bei der internen Ermittlung und mimten Beamte. Bis wir einen plausiblen Grund hatten, länger zu arbeiten. Denn das war nicht so einfach in der Behörde. Da gab es alle möglichen Regeln, die das verhinderten.

◆ ◆ ◆

13. WECH MIT DEM LUMPEN

Asche zu Asche, Nazi zu Staub - Heroisch wie wir sind, und doch fast nach Recycling-Vorschrift.

Kool packte die Aufräumwut, denn die Tage und Wochen im Amt vergingen wie zäher Kaugummi. Lange ausgekauter Kaugummi. Die Sorte Kaugummi, die dann anfängt widerlich metallisch zu schmecken.
Da wir uns hüten mussten, Müll in unserem geliehenen Müllwagen zu lassen, warfen wir unsere Abfälle in dem Großraumbüro in die Ecken. Aber jetzt musste der Dreck mal weg. Kool staubte in dem ganzen Büro mit einem Staubwedel wie ein Wilder herum und machte sich zum Schluss sogar daran, die Mumie abzustauben. Mit einem bisschen verächtlichen Gesichtsausdruck wischte er ihm über seinen Orden und futscherte dann über die Ohren hinweg. Er stutzte, dann pustete er ihm ins linke Ohr. Aus dem rechten Ohr kam eine Staubwolke.

„Hi, hi, hi", sagte er,

„Voss, guck dir das an. Der Typ ist hohl!"

Ich knurrte:

„Dass die Nationalsozialisten hohl in der Birne sind, hab ich schon immer gewusst." Ich belinste den Fall genauer, indem ich Bormann in das rechte Ohr, direkt neben dem Einschussloch schaute.

Mir ging es wie dem Forscher, der einen Affen dabei beobachten wollte, was dieser in einem verschlossenen Zimmer tun würde. Mich blinzelte ein Auge durch das Türschloss an, respektive durch das Ohrloch, nämlich Kool.

„Kuckuck!“, sagte Kool,

„ich sag doch, völlig hohl, die Birne.“

„So ist es.“

„Wenn Hansen und Schulze checken, wer das ist und uns mit der Mumie erwischen, dann ist aber Schluss mit lustig. Die schaffen uns in ein Verlies, das sie zumauern werden. Hansen lauert doch nur auf so etwas. Ein Fehler, und das wars für uns.“

Kool grinste: „In 43 Minuten bricht der Sturm los. Dann trampeln alle nach Hause. Feierabend. Danach haben wir freie Bahn.“

„Und was willst du mit ihm machen? Durch die Gegend kutschieren? Von der Brücke werfen? Irgendwo verbrennen? Egal, wer uns dabei schnappt - dann sind wir im Arsch. Schnappen wird uns einer - entweder Hansen oder unsere geliebten Kollegen hier im Amt. Die lauern doch nur auf einen Fehler von uns.“

Kool hatte recht, die Gefahr war viel zu groß. Wir mussten mit der Mumie sehr, sehr vorsichtig sein. Die Untätigkeit der vergangenen Zeit durfte uns nicht einlullen. Vor allem, wenn mein heimlicher Verdacht Wahrheit war. Dann musste der Bursche endgültig und für alle Zeiten schnellstmöglich verschwinden. Diesen Verdacht hatte ich schon seit Anfang an, aber ich konnte es nicht festmachen. Ich erwischte mich ein paar Mal, wie ich sinnierend vor der Mumie stand. Diese Gesichtszüge waren mir doch sehr bekannt! Doch woher?

Vermissen würde ihn ohnehin niemand, wenn ich mit meinem Verdacht recht hatte. Denn er war ja offiziell tot und die Leiche nie gefunden. Angeblich sollte sein Tage später gefundener Schädel im Kreml aufbewahrt werden, aber vielleicht war das ja auch nur eine Geschichte...

„Haben wir hier im Keller nicht einen Schredder? Für die alten Akten, die nicht mehr gebraucht werden?“, fragte ich spontan. Mir war eine Idee gekommen, die uns im Nu aus der Bredouille bringen konnte.

„Die werden doch jetzt zentral zerhackt in Nürnberg. Könnte aber sein, dass da noch ein alter Schredder im Keller steht, für schlechte Zeiten. Als wir hier die Bude nach der Vitrine durchsucht haben, habe ich keinen gesehen.“

„Vielleicht weiß der Hausmeister was.“

Stephanie wusste die Telefonnummer des Hausmeisters auswendig. Angespornt durch unser drohendes Verhalten mit der Vitrine kam er im Stechschritt anmarschiert.

„Na klar, da steht noch einer im Keller, sofort betriebsbereit. Ich hab auf die eingemotteten Geräte immer noch ein Auge, damit nichts kaputt geht.“

„Das trifft sich sehr gut, weil wir hier ein paar Unterlagen haben, die wir nicht über den normalen Dienstweg vernichten lassen dürfen. Es handelt sich um Kopien von Top-Secret Akten, deren Originale in Nürnberg für 150 Jahre versiegelt aufbewahrt werden. Damit keiner die Akten hier oder auf dem Weg klaut, müssen die Akten unter unserer Aufsicht vernichtet werden.“

Hausmeister nickte verstehend. Das ganze Gehabe war ihm wohl nicht neu.

„Wann soll das stattfinden?“

„Heute Abend nach Dienstschluss. Es handelt sich um einen gaanz großen Beutel voll. Sobald der letzte Kollege raus ist, machst du Meldung und gehst auch nach Hause. Koolinski und ich regeln das dann.“

„Gut, ich zeig euch dann schnell noch, wo das Ding steht und wie es bedient wird.“

Dann saßen wir die folgende halbe Stunde im Büro und warteten auf die Stampede der heimwärts drängenden Herde, die auch pünktlich begann.

Nur ein paar Minuten später rief der Hausmeister an und meldete verschwörerisch: „Die Luft ist rein. Ich habe euch auch noch einen großen neuen Plastiksack für die Schnipsel eingehängt."

„Na, dann mach du mal auch Schluss für heute, wir schließen nachher ab. Vielen Dank für den Sack!"

Jetzt wurde es ernst, und ich musste mehrmals tief durchatmen. Was nun kam, sollte sich tief in mein Gedächtnis einbrennen. Sehr tief.

Das Warum ahnte ich noch nicht.

So schnappten wir uns die Mumie, legten sie in die Wolldecke und die Tischdecke, und schleiften alles hinter uns her, bis zum Aufzug. Im Keller zerrten wir das Bündel bis zum Schredderraum. Bevor wir zur Tat schritten, suchten wir selbst noch mal den Keller ab, ob hier noch jemand Unbefugtes herumstrolchte. Beruhigt schlossen wir die Tür hinter uns und begannen unser Werk.

Der Schredder war ein wahres Monster. Oben war ein riesiger Trichter, in den man komplette Aktenordner hochkant hinein schmeißen konnte. Für unsere Zwecke reichte er.

Im Nu war der Schredder eingeschaltet. Es wurde sehr laut. Zu Testzwecken schmissen wir die Tischdecke mit den Hakenkreuzen hinein.

Der Schredder hatte echte Mafiaschrottplatz Qualitäten. Kaum hatten die Exzenterschneiden einen Fitzel des Tuchs gepackt, riss er das komplette Ding in sein Maul. Das Geräusch des Motors wurde etwas angestrengter, der Schredder kaute zweimal, rülpste, dann liefen die Schneiden wieder frei.

“Lass uns mal in den Sack kucken, ob da noch was zu identifizieren ist.”

Kool hatte meine Gedanken gelesen. Im Sack war aus der eigentlich toll hergestellten Tischdecke ein kleiner Haufen Putzwolle geworden. Die Hakenkreuze waren nicht mehr zu erkennen.

“Super, der Staub ist unkenntlich.”

Jetzt kam der schwierige Teil für uns. Auch wenn es sich bei der Mumie um einen Massenmörder handelte - einen Leichnam in einen Schredder stecken...

Jedoch verschwinden musste der Kerl. Wir stopften die Mumie mit den Füßen voran in den Trichter. Mit dem Kopf voran brachten wir nicht übers Herz.

Mir ging wieder Wilhelm Busch durch den Kopf:

„...und in den Trichter kommen nun die Bösewichter.“

Ein leichtes Gruseln hatte ich. Aber was half es. Wir mussten jeden Moment damit rechnen, dass uns jemand enttarnte, und dass dann mit der Mumie eines hochrangigen Nationalsozialisten.

Nee, danke.

Aber ich hatte noch etwas zu tun. Ich musste das Versprechen eines anderen Mannes erfüllen.

Ich zog einen Zettel hervor.

„Kool, hör zu. England stand in den ersten Kriegsjahren allein gegen Hitlerdeutschland. Am Tag, als Hitler Russland angriff, hielt Winston Churchill folgende Rede, aus der ich zu deinem Leidwesen jetzt zitieren werde.“

Ich hatte damit gerechnet, das Kool jetzt maulen würde, mit einigen blöden Kommentaren zu meiner Geschichtsbegeisterung. Aber weit gefehlt.

Er nickte nur und räusperte sich, ohne etwas zu sagen. Der Blick, den er auf mich richtete, sagte mir, dass Kool sich dieses weltgeschichtlichen Momentes bewusst war.

„Als Deutschland 1940 Frankreich angriff und überrannte, stand das britische Empire mit dem Rücken zur Wand. Die komplette britische Armee konnte sich nur in Segelbooten aus

Dünkirchen retten. Die Briten wollten sich schon ergeben. Es gab nur ein einziger Mann in England nicht auf. Es war Winston Churchill. Einer meiner Lieblingsschriftsteller, und damals der Ministerpräsident von England.

Der sagte in einer Ansprache:

Wir haben nur ein Ziel. Wir sind entschlossen, Hitler und jede Spur des Naziregimes zu vernichten. Davon wird uns nichts abbringen, nichts. Wir werden uns nie auf ein Gespräch mit ihm einlassen, nie mit ihm oder einem aus seiner Bande verhandeln. Wir werden ihn bekämpfen zu Land, zu See und in der Luft, bis wir mit Gottes Hilfe die Welt von diesem Scheusal befreit und sein Joch von den Schultern der Völker genommen haben.“

Ich ließ den Zettel sinken und blickte Kool an. Der blinzelte ein wenig verwirrt, aber er nickte mir dann zu. Er hatte noch keine Ahnung.

"Kool, dieser Moment ist jetzt gekommen. Wir beide sind jetzt hier, um dieses zu beenden!“

Ich nickte, und Kool schaltete den Schredder ein.

Sofort gab es ein heulendes Geräusch, und die Wolldecke wurde vom Schredder gefressen. Uns stand der Schreck ins Gesicht geschrieben.

Kool drückte in seiner Panik auf den Notausknopf.

Die Mumie stand aufrecht mit beiden Füssen im Trichter, den Oberkörper nach vorn geneigt. Der Anblick war furchtbar gruselig. Jetzt, wo die Decke herunter war, sah es fast aus, als ob die Mumie mit schräggeneigtem Kopf ein abschätziges “Na?” fragte.

Kool aber schaltete gefühllos wieder an. Der Schredder würgte die Wolldecke herunter. Langsam verschwand auch die Mumie in dem Maul des Schredders. Die handgearbeiteten, wunderbaren Lederschuhe machten anfangs ein bisschen Schwierigkeiten. Ein wütendes Knurren des Motors, dann ging es besser.

Die Staubentwicklung war kräftig. Der Staub und die Hackschnitzel füllten langsam den Plastiksack. Je kürzer die Mumie wurde, desto leichter wurde sie.

So, dass sie einen unheimlichen hüpfenden Tanz in dem Trichter aufführte. Durch die Stöße und Schläge schüttelte sich das letzte getrocknete Blut vom Kopf der Mumie.

Langsam wurde das vertrocknete Gesicht erkennbarer. Ein Gesicht, das von Furchen und Trockenrissen durchzogen war, das ich aber verd.... gut kannte. Viel zu gut für meinen Geschmack.

Ein Gesicht, das der "Spiegel" jede dritte Woche in verschiedenen Versionen als Titelbild verwendete.

Kool gab einen erschrecken Laut von sich. Jetzt hatte er auch er begriffen, wer das in Wirklichkeit war.

Dann geschah es: Die rechte Hand der Mumie blieb am Trichterrand hängen. Knirschend bog sich der ganze Arm in die Waagerechte. Als der Oberkörper langsam verschwand, bog sich der Arm immer höher.

Diese verdammte Leiche zeigte uns einen letzten Hitlergruß!

Trotz unseres Grausens traten wir nahe an den Trichter heran und beobachteten, wie der Rest der Mumie bis zum letzten verhutzelten Fingernagel verschwand.

Dann war alles durch die Mühle gegangen, und das Schneidwerk drehte leer.

„War das..." fragte Kool. „Der sah doch aus wie..."

„Ja." erwiderte ich knapp. „Aber jetzt ist er Schredderstaub. Und wir werden ihn ins Meer kippen. Das sind wir einigen Millionen Menschen schuldig."

„So ist es. Aber wenn „Er" das war, wie kam er von Berlin hierher?"

„Keine Ahnung, und das ist mir auch schnuppe. Jetzt ist er eingesackt, und wird schnellstens Fischfutter. Wenn die ihn nicht wieder ausspucken."

Kool nickte ergeben.

„Okay, aber du kannst doch diese komische altdeutsche Schrift lesen?“

„Ja, ein bisschen, wieso?“

„Ich hab hier noch so einen Zettel gefunden, den ich nicht lesen kann. Der war unter dem Schreibtisch, oben, steckte zwischen einer Zierleiste und der Rückwand. Der muss auf der Mumie gelegen haben und dann irgendwann runtergerutscht sein. Lies mal!“

Kool hielt mir einen gefalteten Zettel hin. Der Zettel war zweifellos alt.

Ich stellte den Schreddersack vor mich hin, griff nach dem Zettel und buchstabierte mich durch die hastige, gehetzt geschriebene Nachricht.

„Ich bin mit der Leiche meines geliebten F... (hier wurde es besonders unleserlich) aus Berl... mit Ziel Flensburg geflogen... die Leiche bei der neuen Regierung einbalsa...zu können.

Bei Plön wurde ich von Spitfire beschossen, und konnte nur ... bis ...... Flugfeld durchhalten. Auf dem Fliegerhorst half man mir.

Niemand ahnt, wen ich hier bei mir habe. Da wegen der ständigen Angriffe durch die verdammten Jagdbomber kein Durchkommen mehr nach Flensburg ist, lasse ich hier in dem heil gebliebenen Teil der Kaserne am Exerzierplatz die Leiche in einem Büro. Nach dem Endsieg, bitte ich den Finder des ....

Hanna Reitsch

“Hanna Reitsch?”

“War eine berühmte Kunstfliegerin im dritten Reich. Und braun bis in die Knochen!”

“Hm, es könnte also wirklich Ad...!”

“SSCHT, Kool, halt bloß die Schnauze. Hier haben doch die Wände Ohren. Wenn das rauskommt!”

„Tja, sagte Kool, “genau werden wir es also nicht wissen.“

„Hm. Vor allem, das wird uns keiner glauben. Trotzdem glaube ich, dass wir es richtig gemacht haben. Egal, ob er das nun war: Der geht jetzt ab zu den Fischen. Basta.“

In diesem Moment begann es. Ganz unspektakulär.

Das Licht der Kellerbeleuchtung würde wie durch schwadigen Nebel getrübt.

In diesem Moment geschah etwas, das ich bis an mein Lebensende nicht vergessen werde: Aus der massiven Kellerwand heraus kamen Gestalten.

Wir sahen zuerst eine junge Frau, etwas altmodisch gekleidet und leicht durchscheinend, die zwischen Kool und mir hindurch ging und einen Blick auf den Schredder und den Sack warf. Kool und ich sahen uns etwas erschrocken an. Dass wir hier Geister sehen würden in einem deutschen Arbeitsamt, hätten wir niemals erwartet. Dann hörten wir noch mehr Schritte und Tritte und ein Trappeln.

Diese Schritte hörten sich aber ganz anders an. Es war wie das entfernte Echo eines Schrittes, eines Trittes, eines Trappelns. Eine ungeheure Menge von Gespenstern erschien plötzlich und drängte uns nach hinten an die Wand. Sie beachteten uns nicht, aber alle sahen den Sack mit dem geschredderten Staub an. Es war eine ungeheure Menge von Menschen. Teilweise mit Judenstern, teilweise in allen möglichen Uniformen. Alle blickten auf den Schredder und den Sack. Es waren Millionen von Gespenstern.

Jeder, ausnahmslos jeder nickte, wenn er den Sack ansah. Die endlosen Reihen marschierten weiter, auf die gegenüberliegende Kellerwand zu und verschwanden davor, nicht darin. Die ganze Zeit war nur das entfernte Echo, das Ahnen von

Schritten zu hören, die Gespenster machten eigentlich keinen Laut. Waren es die Echos vergangener Schritte? Waren das die Toten, die die Mumie zu verantworten hatte?

"Kool, siehst du das auch?" flüsterte ich

"Ja, natürlich. Ich würde jetzt gerne verschwinden, aber nicht ohne den Sack. ", wisperte er.

"Ja, wir müssen uns durchdrängeln, es hilft ja nichts."

Doch die Gespenster ließen uns keinen Platz. Es wurden immer mehr, und sie kamen schon in Zehner-Reihen.

Der Raum weitete sich, die Marschreihen wurden noch breiter.

Auch die Zeit dehnte sich und zog sich dann wie ein atmender Körper wieder zusammen.

Schließlich tröpfelte der Strom aus. Wir sahen uns an und versprachen uns ohne Worte, dies niemals und niemandem zu erzählen. Den Sack mit den Schredderresten der Mumie schleppten wir mit uns.

Kool und Voss schlichen mit dem Sack zu ihrem Müllwagen.

In dem Moment, als sie den Sack auf die Ladefläche schmeißen wollten, platzte er. Der feine Staub und die Wollfetzen raschelten über den Parkplatz.

◆ ◆ ◆

„Halt!," donnerte die Stimme von Wachtmeister Hansen durch die Dunkelheit, „jetzt habe ich euch erwischt!"

Wir standen wie die Salzsäulen und rührten uns nicht. Stolz kam Hansen anmarschiert und baute sich vor uns auf. Sein Adlatus Schulz stand wie immer krumm neben ihm.

Jetzt war alles vorbei. Gleich würden Handschellen klicken, man würde uns ins Verlies schleppen, dann würde man uns öffentlich hinrichten. Oder sowas ähnliches.

◆ ◆ ◆

Hansen blies die Backen auf: „Illegale Müllentsorgung! Das habe ich mir schon so gedacht."

„Nene, Wachtmeister, das ist etwas anderes. Das tun wir im Auftrag der Republik, wenn nicht im Auftrag der ganzen Menschheit."

„Redet keinen Blödsinn, ich hab doch genau gesehen, wie ihr den Sack hier hinter dem Müllwagen auf den Boden geschüttet habt."

„Das war ein Unfall, das sollte eigentlich hier rein." Ich wies auf den Schlund des Müllwagens.

Hansen wollte was erwidern, aber Schulze, ja Schulze!, zog ihn am Jackenärmel und sagte die bedeutungsschweren Worte:

„Halt mal die Luft an."

Hansen blies die Backen auf, sah Kool an, sah mich an, sah Schulz an, und gab auf!

Mit einem Tritt verteilte er den Staub weiter, knurrte: „Na, will mal nicht so sein!" und marschierte wieder in die Dunkelheit.

Schulz grinste uns an, nickte, salutierte und verschwand hinter Hansen in der Nacht.

Kool sah mich völlig verwirrt an: „Ist das nun ein Blödmann oder sein Aufpasser?"

„Keine Ahnung, aber lass uns die Reste zusammenfegen."

Dieser schweren Tätigkeit wurden wir durch einen einsetzenden Nieselregen enthoben. Wir beschlossen das feuchte Gefiesel im Wagen abzuwarten. Innerhalb von zehn Minuten wurde das Gefiesel zu einem kernigen Landregen. Einer von der Sorte, über die sich Momme im Frühjahr freute, weil dann das Gras für die Kühe besser wuchs.

Der Schauer war nur eine knappe Viertelstunde später vorüber, und dann fanden wir keine Spur unseres, nein, DESSEN Spuren des Staubes. Lediglich ein paar Metallfetzen des Eisernen Kreuzes lagen da noch.

Kool und ich standen uns gegenüber, reichten uns ganz dem Moment der Weltgeschichte bewusst die Hände, und Kool sagte:

„Jetzt ist Zeit für einen deiner Kernsprüche, Voss!“

„Ich erkläre den zweiten Weltkrieg hiermit endgültig für beendet!“ sagte ich heiser.

„Ja, er ist tot, und endgültig weggespült.“

“Ob wir uns trauen können, in die China Cat zu gehen? Ich habe etwas Heimweh. Und ich möchte mal was anderes essen als Gegrilltes vom Strand.“

„Solange Hansen und Schulze hier Streife gehen und uns nicht erkennen, ab dafür!“

Den zerplatzen Plastiksack mit den allerletzten Staubpartikeln der Mumie stopften wir in einen Mülleimer auf dem Parkplatz und machten uns in das nächste Abenteuer davon.

◆ ◆ ◆

14. NOCH NE LEICHE

Wer sagt, das Eiergrog nur norddeutschen Küstenbewohnern schmeckt?

Unbekümmert machten wir uns mit unserem Müllwagen auf den Weg zur China Cat. Geschützt vor Entdeckung durch unsere Glatzen und Vollbärte wollten wir nur etwas Bargeldausrüstung - ein paar Zehntausend - abgreifen und uns auf eine Reise machen. Wohin, entschieden wir durch Münzwurf. Wo die Münze neben dem Kompass landete, war unsere Richtung. Nachdem wir den ganzen Schmus unsrer Deckidentitäten und den Herrn mit dem Kopfloch hinter uns gelassen hatten, freuten wir uns auf tarnfreien Urlaub. Ein richtiges Hochgefühl hatte sich unserer bemächtigt.

In der China Cat war das abendliche Treiben in vollem Gange. Ochja sauste durch den Gastraum und parlierte in Englisch, Deutsch und Französisch mit den Gästen. Wenn er sich nicht in der Küche lauthals mit Wu auf Navajo stritt. Wir setzten uns wie normale Gäste hin und bestellten uns etwas Leckeres zu essen. Ochja kannte uns nur mit chinesischen Perücken oder mit kurzem Haarschnitt ohne Perücke. Glatze und unsere Vollbärte waren ihm neu.

“Wieso habt ihr nicht vorher angerufen? Wir hätten doch etwas Leckeres vorbereitet.”

“Weil die Telefone wahrscheinlich überwacht werden und eventuell sogar verdeckte Ermittler hier im Haus sind.”

“Höchstens der alte Sack da hinten, der da ganz allein seinen Eiergrog süffelt. Hat schon zehn Stück weg. Andererseits...”

“Zehn Grog? Das passt zum Profil eines Geheimdienstagenten.

Die sind schrecklich durstig."

"Der ist mindestens über achtzig Jahre. Wenn nicht neunzig. Das meinte ich mit andererseits."

"Ich seh mir den Kerl mal an. Kool kann inzwischen die Geschichten erzählen, die wir erlebt haben. Echt gruselig, da im Amt."

Ich tat, als ob ich die Toiletten suchen würde und ging dicht an dem alten Mann vorbei.

Von der Seite sah der Kerl aus wie... Charles Bukowski. Ich nutze die Toilette, damit die Tarnung stimmte, und dachte auf dem Klo darüber nach, ob das stimmen konnte. Charles Bukowski, genannt Hank, geboren in Deutschland, als Kind nach Amerika, dort irgendwann groß rausgekommen als Untergrundautor, alt wie Moses, nicht totzukriegen, und der sollte hier bei uns in der China Cat sein?

Das musste ich testen!

Auf dem Rückweg schob ich mich gegenüber von Hank auf die Sitzbank.

"Hallo Hank," sagte ich und beäugte ihn. Der Kerl sah Bukowski tatsächlich zum Verwechseln ähnlich. Oder begann ich jetzt auch hier Geister zu sehen?

"Halloh..." antwortete der Bursche leicht angekifft von den zehn Eiergrog.

"Ich würde dir gerne einen ausgeben. Für die vielen Stunden, die du mir zu denken gegeben hast. Du weißt schon, den Lesespass."

"OK."

Wow, das ging ja einfacher als gedacht. Ich durfte mit Charles Bukowski einen Eiergrog trinken. Und ich durfte ihn sogar bezahlen!

Ochja kam wie der Blitz angeflogen, servierte, zwinkerte mir zu und verschwand zu der Stelle am Tresen, an der ich sonst stand. Von wo man alles überblicken kann.

Da Hank zunehmend hinüber ging, sprachen wir nicht viel und prosteten uns nur zu. Irgendwann:

“S’ is’ genu...!” Damit knallte seine Rübe auf den Tisch und ich erwartete das friedliche Schnarchen eines verdienten Schlafs.

Ochja stand schon neben mir: “Und, ist er Agent?”

“Nee, das ist Hank Bukowski.”

“Auf jeden Fall ist er tot.”

“Was?”

Ochja hob das Augenlid und zeigte auf den Augapfel. “Kuck - kein Licht mehr.”

Tatsächlich rührte sich nichts.

“Hol Kool, schnell!”

Wieder umstanden wir gemeinsam eine Leiche und grübelten nach Ideen.

“Jungs, das ist Bukowski.”

„Der Schriftsteller? Ist der nicht schon ein Jahrzehnt tot?“

„Hmmm. Aber es gibt doch so viele Stars die angeblich so früh sterben oder nie mehr in der Öffentlichkeit gesehen werden- so wie der Rennfahrer!“

„Stimmt, da vermutet man auch, das der quicklebendig mit operativ verändertem Gesicht sein Leben lebt. Kein Bock mehr auf Prominenz.“

Zweifelnd sah Kool die Leiche an. „Wenn das so ist...“

“Viel wichtiger ist doch, was machen wir mit ihm?”

Schon während wir uns einen Eiergrog nach dem anderen gönnten, hatte sich der Gastraum geleert und außer uns war nun niemand mehr da.

“Nach hinten mit ihm. Hier muss er weg!”

Mit Hauruck und gemeinsamer Kraft legten wir den toten

Hank auf den Hackklotz in der Schnippelküche. Nach HACCP Standard müssen die Schneidearbeiten in der Küche ja von dem eigentlichen Kochen getrennt sein, damit böse Keime nicht übertragen werden können.

“Was soll mit dem passieren? Verschwinden lassen wie in ‘Dänische Delikatessen’?”

Der Film hatte uns vor ein paar Jahren viel Freude bereitet. Auf einer dänischen Insel hatten zwei Schlachter alle möglichen Gegenspieler in der Wurst und im Grillfleisch verschwinden lassen. Wir hatten das Geschäftsmodell nicht wirklich kopieren wollen. Haben wir auch nicht. Das wäre ja viel zu fantastisch. Sowas kommt nur in fiktionalen Büchern vor.

Doch jetzt saßen wir da, mit einer langsam erkaltenden Leiche eines alten Sacks.

Jetzt polterte es an der Tür und Momme Kuckschief kam herein. Er schob auf einer Fasskarre ein blaues industrielles Kunststofffass vor sich her. Auf dem Fass waren drei Kreuze, und „Sir Horatio Nelsons Select“ aufgemalt. Das erste Fass aus der abgebrannten und wiederaufgebauten Schnapsdestille. Das Fass, gewidmet dem alten Seehelden, der bei seinem Sieg vor Trafalgar starb, und im Rumfass konserviert nach England gebracht wurde. Statt in eine Hängematte geschnürt über die Reeling zu fliegen.

“Meun Jungs, alles klar?”

“Wir haben Scheiße am Schuh. Der hier ist uns gerade vorn verreckt.”

Kool zeigte auf den Leichnam.

“Hat aber keiner was mitgekriegt? Von den Gästen?”

“Nee, das war der letzte Gast. Hast du ne Idee?”

Wir erzählten die Geschichte und Momme nickte gewichtig.

“Der Kerl ist aus den Staaten? Dann bringt ihn doch dahin zurück. Wenn der aus Los Angeles kommt - dann bringt ihn genau dahin. Passt doch - Los Angeles - das heißt zu ‘den En-

geln'."

"Und wie sollen wir ihn reinschmuggeln? Im Pappkarton? Im Koffer? Die Amis scheißen sich doch schon wegen den Terroristen ein."

"Wenn ihr mit einem kleinen Segelboot segelt? Die Amis haben doch nicht an jedem kleinen Hafen eine Grenzpolizei?"

"Aber willst du so eine Leiche vier, fünf Wochen stinkend auf der Koje liegen haben?"

Mommes blick wanderte durch den Raum. Am blauen Fass blieb er hängen.

"Ich habs. Helft mal abpumpen..."

Ich ahnte, das mein verabredetes Rendezvous mit Melanie aus dem Kochstudio sich aufgrund der Umstände um einige Zeit hinauszögern würde.

********* Ende*********

CLIFFHANGER UND SCHLUSS

Na, ok, Cliffhänger.

Gibt also noch ein Buch über die beiden Lümmel.

Freut euch drauf. Die Abenteuer der Burschen brodeln schon fleißig in meinem Achterbreegen.

Letzte Meldung des NB:

Polizeibericht, Kiel, nur für Leitung/ höhere Offiziere
Die beiden Straftäter, Erzverbrecher und Spione Kool und Voss sind wieder auf der Flucht. Die Einsatzagenten Hansen und Schulz sind Ihnen dicht auf den Fersen. Eine öffentliche Fahndung wird nicht empfohlen, da die beiden Schnapphähne sofort eine neue Verkleidung anwenden würden. Da die jetzigen Verkleidungen bekannt sind, würde dies das Vorgehen der Einsatzkräfte erschweren. Es wird erwartet, das die beiden in der Verkeidung Koolinski und Vossinski in die USA flüchten. Außerdem ist zu befürchten, das die Beiden einen sehr bekannte und hochgestellte Person als Geisel mit sich führen. Es ist nicht sicher, das diese Geisel noch lebt. Trotzdem muß mit erheblicher Vorsicht vorgegangen werden. ES BLEIBT SPANNEND!

DISCLAIMER:

Wenn Sie den weltweit einzigen zivilen Übergang in eins der 666 Paralell Universen (PU) auf der Homepage Freshfriedchinacat.de benutzen wollen, müssen Sie sich vor den PU Nr 7, 9, 12 und 16 in acht nehmen. Und den Nummern über Hundert.

Auf diesen Welten haben Kool und Voss Wachtmeister Hansen derart verärgert, das auf Reisende aus unsrer Welt ohne Warnung mit Pistolen (Kaliber 7 oder 9 mm) oder Schrotflinten (Kaliber 12 und 16) gechossen wird.

Dies ist nicht persönlich gemeint, weil es sich um reflexhaftes „Angstknallen" handelt. Reisende können sich vor dem Betreten der PU vor dem Tot geschossen werden mit Büchern schützen. Diese sind gegen einen kleinen Obolus auf der Homepage erhältlich!

Halten Sie das Buch in Herzhöhe vor sich, und schwenken Sie dies solange, bis Hansen sich beruhigt hat.

Ein Fechtkurs ist kein Nachteil!

Diese Bücher mit Einschussloch wurden uns von erfahrenen, schussfesten Reisenden zur Verfügung gestellt.

Dann denkt Hansen: „oh, auf den halb ich schon mal geschossen." und kuckt genauer hin.

Schaue dich in den Paralleluniversen gerne um!

Besonders warnen wir vor den Nummern 204 (A.H.s Geburtstag) und den anderen dreistelligen PUs. Dort gibt es derbsohlige dreitittige Harpien mit Anacondabrüsten, die Ihre Opfer erst anlocken, einlullen und dann fressen.

Oder echte Nazi- Paralleluniversen. Und da willst du nicht hin!

◆ ◆ ◆

IMPRESSUM

Die „Fresh Fried China Cat" ist

erschienen bei

We bite Aliens
dem Verlag für

phantastische Bücher

Verleger Nils Peters, 25541 Brunsbüttel, Koogstr 48

ISBN 978-3-9824065-0-3

Lektorat Marina Monaco (alle Fehler wurden danach gemacht)

Cover by Crossmedia, Nina Wöhst, Brunsbüttel

Bild Coverrückseite Birte Peters

gedruckt bei

Drukarnia Abedik Sp. z o.o.

Glinki 84 in 85-861 Bydgoszcz/ Bromberg in Polen

◆ ◆ ◆

NACHWORT

Alle im Buch beschriebenen Personen und Ereignisse sind reine Phantasie.

**Sie wurden aus einem traurigen Grund erfunden und geschrieben:
Als Erinnerung an einen guten Kollegen und Freund, Lars
B. , der viel zu früh bei einem Motorradunfall starb.**

Diese Abenteuer wollte ich mit Dir erleben, Kerl

Printed in Poland
by Amazon Fulfillment
Poland Sp. z o.o., Wrocław

19285207R00157